UNA NOVELA

WILLIAM PETRICK

PEARHOUSE
PRESS
.COM

Publicado por Pearhouse Press, Inc., Pittsburgh, PA 15208
pearhousepress.com

Primera impresión: Noviembre de 2020

Impreso en los Estados Unidos de América

ISBN: 978-1-7347119-8-1

Traducido por Juliana Benavides

Diseño de la portada y del libro: Mike Murray, pearhouse.com

Para Carol Billings

(1935-2018)

UN HUESO COLGANDO DE UNA CUERDA DEL ESPEJO DEL TAXI. Dean lo miró como si se tratara de un cadáver mientras se acomodaba en el asiento trasero del viejo Chevy. La curva del hueso indicaba una cara, tal vez una astilla de pómulo. Sabía lo suficiente sobre el Vodou haitiano como para saber que la reliquia humana era probablemente real y provenía de un familiar del taxista. Los seguidores de Vodou las usaban como amuletos, talismanes para mantener cerca a los espíritus ancestrales.

El taxista se estrujó detrás del volante y lanzó la puerta lo suficientemente fuerte como para que el coche se estremeciera. Se volteó para saludar a Dean, sus ojos eran amarillos e ictéricos, cansados pero amistosos. La piel bajo esos ojos se hundía en profundos pliegues como un bulldog.

—¡*Bonjou*! ¿A dónde vamos? —preguntó.

—Hotel Erickson —respondió Dean. Él no sabía qué esperar en Puerto Príncipe, pero fue cauteloso. Había estado siguiendo los recientes informes sobre los disturbios y los sangrientos, aunque aislados, ataques en la calle por parte de bandas políticas rivales. Había tenido la impresión de que la ciudad estaba permanentemente en peligro.

El conductor tomó el hueso entre dos dedos gruesos y lo frotó como si fuera una pata de conejo. El hueso se balanceaba ligeramente de un lado a otro como un péndulo. Dean se preguntó si era un ritual.

El coche salió del aparcamiento de tierra. Era un junker, un Chevy Bel Air de cuando Detroit hacía coches tan grandes como barcos. Dentro era una sala de estar y solo se calentaba por el feroz calor de la tarde que entraba por las ventanas abiertas.

—¿Puede encender el aire acondicionado?

—Sí claro. Pero está dañado.

El coche rebotó en el asfalto de dos carriles que era el único camino al centro de la ciudad. El aire espeso y con olor a salmuera que entraba por su ventana era extrañamente reconfortante, le recordaba a su casa. No a la ciudad de Nueva York, que no consideraba su hogar, incluso después de vivir allí durante dos décadas, sino a su hogar de la infancia en la zona baja de las afueras de Charleston. Respiró profundo y profundamente agradecido.

—¿Es usted periodista? —preguntó el conductor, entablando una conversación.

La pregunta se sintió aleatoria y extraña. Como si él supiera con lo que había estado luchando durante meses antes de tomar la decisión de viajar a Haití.

—¿Por qué cree que soy periodista? —Dean preguntó.

—Por el Hotel Erickson. Todos los periodistas se quedan ahí.

El Chevy se detuvo de repente como un crucero a la deriva en un atestado puerto. La fuerte brisa se detuvo con el taxi. El otro tráfico se detuvo. Una línea de viejos coches usados y pequeños camiones destartalados jadeaban y fumaban en la niebla.

Dean buscó distraídamente la luz roja. Pero no había ninguna a la vista. De hecho, no había ningún semáforo. Tampoco había un policía dirigiendo el tráfico. Nadie podía moverse. A Dean le preocupaba que nunca lo hicieran.

—¿Dónde está el hotel Erickson? —el interior del coche se había convertido en un horno. La espesa humedad se aferraba a su piel como un plástico.

—Allí —el taxista señaló un edificio blanco que se elevaba en la distancia. Una serie de torretas se asemejaban a un castillo de jengibre salido de Disneylandia. Altas y viejas palmeras adornaban la entrada.

—Lo suficientemente cerca.

—Sí, no está lejos de aquí.

—No, voy a caminar —dijo Dean. Tan pronto como empujó para abrir la pesada puerta del taxi y salió a la calle hirviendo, pero tuvo la sensación de que había cometido un error. No ayudó que el conductor pareciera asustado. Pero podía ver por los ojos abiertos del conductor que tenía miedo de perder el dinero.

—*Map peye* —dijo Dean—. Voy a pagar.

Dean abrió su equipaje de mano y lo colocó en el asfalto a su lado. El sol enojado estaba sobre él. Agarró el sobre con el logo de su compañía y rasgó el extremo, mostrando un grueso montón de nuevos y nítidos gourdes haitianos que le habían dado como caja chica. Parecía excesivo, lo suficiente como para que durara semanas o más, no solo unos pocos días. Sabía que la mayoría de la gente vivía con poco más de un dólar al día en Puerto Príncipe y más allá.

Mientras ordenaba el dinero, notó un grupo de niños en edad escolar. Habían aparecido de la nada, corriendo alrededor de los coches aparcados. Corrían hacia él como palomas de ciudad persiguiendo migas de pan. Una joven le cogió el brazo con valentía sosteniendo el sobre. Sus ojos oscuros, lascivos como una mujer adulta, se fijaron en los suyos. Dean le arrancó el brazo de sus seductoras garras.

La joven inclinó la cabeza y le sonrió. Una dulce y coqueta sonrisa. Ella fue a tocarle el brazo de nuevo, pero Dean retrocedió, contra el coche caliente. La chica asintió con la cabeza como si esperara lo mismo de un viejo extranjero y se dio la vuelta.

El musculoso taxista saltó de repente y estaba a medio camino de la parte delantera del coche, con el cuello abultado. La pandilla de chicos de la calle salió corriendo como si hubiera recibido una descarga eléctrica, dispersándose como un rebaño en todas las direcciones. Dean miró, atónito. Luego buscó su bolsa de viaje en la calle. No estaba.

Dean miró fijamente el lugar vacío, y luego buscó a su alrededor. Probablemente lo había movido con el pie sin pensar. Pero no, no estaba. Miró a la calle donde los niños habían disminuido la velocidad, tratando de desaparecer entre la multitud. Dean salió corriendo como si se hubiera disparado un arma, corriendo tras ellos. Pensó que había visto a la chica que lo había distraído. Pero cuando llegó al hormigón roto, no la vio por ninguna parte. Se asomó a través de la multitud, esperando ver algo. Habían desaparecido de alguna manera. Dean miró tontamente a un grupo de mujeres con pañuelos de seda sentadas en una manta junto a una pila de carbón en venta.

El conductor llegó al lado, respirando pesadamente. Su nariz ancha estaba encendida por la ira.

—*Bouda kaka* —maldijo en kreyol—. Culo de mierda.

—¿Niños? —preguntó Dean—. ¿Era una pandilla o qué?

—*Sanguine* —respondió el conductor. Chicos de la calle.

Dean recordó la mirada de la joven. Era inteligente, enfocada, una joven mujer acostumbrada a cuidarse a sí misma.

—*Mon sac* —dijo Dean, señalando donde la *sanguine* desapareció.

—Se llevaron su maleta. ¿Está seguro?

En el aeropuerto, tuvo la idea de poner su pasaporte, teléfono celular, y dólares americanos dentro de la bolsa para protección y facilidad de viaje. Había planeado redistribuir todo una vez que estuviera en el taxi para que todo no estuviera en un solo lugar. Pero se había olvidado de ello.

—¿Podemos llamar a la policía?

—¿Policía? —el taxista parecía genuinamente sorprendido.

—Sí, por supuesto. Necesito la maleta.

Sintió que los ojos ictéricos lo estudiaban.

—El tráfico. Será largo para la policía, también.

Dean sintió que el sol le perforaba el cuero cabelludo. El maldito calor era constante, dominante sobre todo, una presencia prepotente desde el momento en que llegó.

—Lo llevo a la policía —dijo el conductor—. Por favor.

Dean no iba a volver a entrar en ese taxi. Vio que el motor seguía en marcha, la puerta abierta de par en par como la habían dejado.

—Está bien —le dio al conductor los gourdes y se dirigió a la acera de nuevo. Fue arrastrado rápidamente como un tronco en un río abultado de brazos, piernas y caras. El aire apestaba a orina, aguas residuales y sudor humano amargo. Esquivó a la gente mientras pasaban a toda prisa, con un propósito sorprendente, con la intención de llegar a un destino. No había nada de los temblorosos y cansados vagabundeos de los sin techo o las almas perdidas que estaba acostumbrado a ver en las calles de Manhattan. Estos hombres y mujeres eran trabajadores. ¿Pero con qué fin? Los trabajos eran tan escasos como el agua limpia.

Pronto, las dobles torretas de los Erickson se alzaron hacia adelante, enmarcadas por las icónicas palmeras. Amplios escalones de cemento conducían por una pendiente de hierba hasta la entrada del vestíbulo. Era llamativo, pero con un encanto rafado que le gustaba. Tenía una historia.

El desgarbado empleado lo registró con una sonrisa alegre y profesional, sin molestarse en pedirle el pasaporte. Parecía no darse cuenta ni preocuparse de que Dean no llevaba ningún equipaje. Estaba concentrado en el libro de cuentas, jugando con una pluma estilográfica. Como el viejo Chevy que lo había llevado a la ciudad, la pluma era otro objeto de época que pocos tenían motivos para usar.

—¿Es usted de Nueva York, Sr. Dubose? Estamos muy contentos de tenerlo —continuó el dependiente, entregándole formalmente una llave. Dean no podía recordar la última vez que el hotel había dado una llave de habitación en lugar de tarjetas magnéticas.

—Su habitación está en el anexo. Estamos llenos, ¿ok? Pequeño, pero *Tres prive*.

¿Sobrecargado de periodistas? Dean se preguntaba. Nunca pensó que correría el riesgo de que se agotaran las habitaciones.

—¿Hay algún mensaje para mí por casualidad? —Dean preguntó. Debía reunirse con su cliente y conducir juntos a Coluers, el pueblo en las altas montañas donde comenzaría su trabajo.

—No, *monsieur*. No hay ninguno.

Dean se sintió aliviado. Necesitaba resolver su problema, especialmente el pasaporte.

—¿Hay una comisaría de policía cerca?

—¿Hay algún *problème*, monsieur? —el dependiente parecía preocupado.

—Me han robado la maleta —dijo Dean.

—¿*Ici à l'hotel*? —los ojos del dependiente se abrieron de par en par con sorpresa y miedo. Él miró alrededor del vestíbulo vacío con un aire de misterio como si sospechara que el culpable estaba al alcance, escuchándolos.

—No, en la calle —dijo Dean. El robo se repitió en su mente. Sabía que era poco probable que la policía recuperara sus cosas.

—La comisaría está al otro lado de la calle, monsieur. *Je t'accompagne* —ofreció el dependiente. Se acercó al mostrador, listo para acompañar a Dean.

—No *merci* —dijo Dean, levantando la mano. Lo que realmente necesitaba hacer era conseguir que lo sustituyeran, rápidamente. El departamento de viajes reemplazaría todo. Eran hábiles en el apoyo a los empleados. Sin embargo, le preocupaba cómo el resto de la oficina podría interpretar el incidente. Sin duda, encendería una nueva ronda de chismes, añadiendo a esos murmullos de los pasillos que pretendía ignorar, haciendo luz sobre su decisión de tomar el proyecto de Haití. Fue el tipo de tarea que ni siquiera los novatos más desesperados harían. Nadie podía entender por qué un socio principal estaría tan decidido a viajar al país más pobre del hemisferio.

Dean miró al empleado sin verlo. Decidió no ir a la oficina. Solo quedaba su novia, Cynthia. La hermosa, cariñosa y autoritaria Cynthia. No sería un favor fácil. Había demasiados problemas entre ellos, sin mencionar que ella también había criticado lo que ella llamaba su tonto "paseo".

—¿Señor? —preguntó el dependiente. Se quedó de pie pacientemente, esperando.

—Necesito hacer una llamada telefónica.

El dependiente frunció los labios.

—Muy bien. Pronto lo arreglaremos.

—¿Arreglaremos?

—Dentro de una hora, *monsieur*. Hubo un problema. ¿Quizás pueda ir a la cafetería de abajo mientras espera?

La cafetería estaba llena, vibrando con una lánguida charla. Los ventiladores de techo giraban lentamente en el aire húmedo que olía dulcemente a tabaco. Dean vio un taburete solitario al final de la barra de madera. Se deslizó entre las mesas de café de estilo francés y las elegantes sillas llenas de invitados susurrantes. Unos pocos miraron al *blan* con sospecha como si fuera un intruso.

El barman delgado estaba trabajando en el extremo opuesto de donde Dean estaba parado, agitando una mezcladora de cóctel plateada como si fuera una marimba. Se estaba divirtiendo. Después de verter su creación en un vaso de cristal, se dirigió hacia Dean, pero fue interceptado por otro cliente.

Dean esperó a que se abriera una brecha para llamar su atención. Se distrajo admirando el arte haitiano colgado en las paredes sombreadas.

Eran brillantes, incluso en el bar más discreto, con colores tropicales - mandarinas y cerceta con cuerpos de cacao rudimentariamente pintados en un estilo popular en algunas de las galerías de Chelsea en Manhattan. Los ávidos coleccionistas habían quedado fascinados con la simplicidad de las pinturas, comparando la técnica no escolarizada con la honestidad y pensando que la aparente ingenuidad las hacía más auténticas. La gente que se entretenía en las mesas debajo de ellas era urbana, pensaba, sofisticada, posiblemente europea, bien vestida y exudando una gracia que le gustaba y admiraba.

El barman por fin echó un vistazo a su camino con ojos astutos y conocedores. Tenía largas y gruesas rastas que le caían a lo largo de la espalda. Dean lo saludó.

—R.J. terminará cuando esté listo. Guárdate el brazo —dijo un hombre en el bar. Sus ojos estrechos se asomaban por debajo de las cejas gruesas que le daban un aire feroz y alcista. Tenía una cara estrecha y marrón con una barba corta de color platinado.

—¿R.J.? —dijo Dean—. Lo conoces bien.

—Hemos pasado un poco de tiempo juntos —dijo el hombre con un extraño acento británico, del tipo que a menudo se encuentra en los internados de allí. Dean estudió el par de cámaras metálicas SLR que se mostraban en el mostrador frente a él. Tenían décadas de antigüedad, pero eran usadas con delicadeza, eran piezas de museo más torpes que las elegantes cámaras electrónicas de plástico que ahora eran comunes.

—Usted me es familiar —dijo el hombre. Se inclinó hacia adelante, desafiando a Dean—. Estuvo en Mogadiscio, ¿no?

Dean se tomó un momento para recordar que la ciudad devastada por la guerra estaba en África. La CNN la había puesto en el mapa cuando los EE.UU. enviaron a los marines.

El resto de ese vasto continente, con muchos países que le costó nombrar, no figuraba en la lista de clientes de su empresa ni en la de posibles clientes, y los viajes importantes de Dean para ejecutivos eran generalmente viajes a las costas adineradas -el Mediterráneo, los Hamptons, California- donde se instalaban los centros turísticos, hoteles y minoristas de alto nivel que la empresa representaba.

—¿Somalia? No.

—¿No? —el hombre persistió. No era el tipo de persona que tenía dudas.

—Haití es una primicia para mí en más de un sentido —Dean se dirigió a las cámaras del hombre en pantalla—. ¿Siempre mantiene sus cámaras al alcance de la mano?

—Uno nunca puede ser demasiado cauteloso —dijo el hombre—. Las cosas pueden desaparecer fácilmente aquí, incluyendo a la gente.

—Sí, ya me di cuenta de eso.

Dean le contó sobre el robo de la *sanguine*.

—Los he visto. ¿Qué ha perdido?

—Todo. Casi.

—Es un botín impresionante. ¿Cómo se las arreglaron?

—Les ayudé poniendo mi pasaporte y el dinero en una bolsa.

—Ya veo. Bueno, vivir y aprender, supongo.

—Supongo.

La atención de Dean volvió a las piezas del museo. Una obra clásica de Nikons. La carcasa metálica se desgastó como una vieja pieza de bicicleta. Había una muesca debajo que se conectaba al rollo de película en el interior. Kodak ya no hacía películas y pocos laboratorios se preocupaban por revelarlas.

—¿No filmas en digital? —Dean preguntó, preguntándose qué clase de periodista usaba intencionalmente métodos anticuados.

—No me gustan. Es demasiado fácil, demasiado rápido. Lo digital solo toma instantáneas, no fotografías.

Dean recordó a los audiófilos que se alejaban de lo digital y compraban viejos tocadiscos para escuchar música. Gente que buscaba algo más auténtico como este fotógrafo tan claramente lo hizo.

—Ali —el hombre se presentó.

—Está con Reuters. ¿Usted? —parecía asumir que eran colegas, cubriendo las noticias.

—Con una agencia —dijo Dean, deliberadamente vago porque le gustaba que lo confundieran con un colega periodista. Podría haber sido un Ali si no hubiera dejado de informar.

—Estuve en Mogadiscio hace unos años cuando sus marines desembarcaron —dijo Ali—. Pensé que podría haber estado en la piscina con nosotros allí.

Dean estaba acostumbrado a que la gente lo confundiera con otra persona. Tenía un buen aspecto, incluso, pero ninguna característica destacaba. La suya era la cara suave y amistosa de un vendedor. Era lo que hacía, en lo que se había convertido. Él podía vender una imagen o una historia sobre cualquier cosa a cualquier medio de comunicación.

—Haití me hace pensar en África —Ali consideró su propia declaración—. No, Haití *es* África.

Dean recordó a la mujer alta con el vestido africano que había visto en la calle, balanceando un tocado de cartones apilados en lo alto, los suaves huevos blancos brillando como piedras preciosas.

—¿Qué estás cubriendo aquí? —preguntó Dean. Normalmente sabía que no debía preguntar, ya que la mayoría de los periodistas eran instintivamente reservados sobre lo que perseguían. Algunos temían que un competidor les sacara la historia o la pusiera en peligro.

—The Cite Soleil —dijo Ali como si fuera obvio—. Como el resto de la manada.

A Dean le pareció extraño cómo tantos reporteros con los que había trabajado, de tantos medios de comunicación diferentes, cubrían invariablemente las mismas historias. Los medios eran un grupo, persiguiendo a los desafortunados y a los comprometidos como coyotes.

—Todos estamos persiguiendo *chimères*, ¿no? —Ali dijo.

—No entiendo.

—Persiguiendo fantasmas en los barrios bajos —dijo Ali, molesto por no haber entendido el juego de palabras. *Chimères* era el nombre en francés de los fantasmas y el apodo de las bandas que luchaban en los barrios bajos.

Ali tomó un sorbo de su ron dorado. Solo tenía débiles patas de gallo en el rabillo de los ojos y ninguna señal de envejecimiento en su interior. Dean se dio cuenta de que el reportero era más joven que él y aún así era un periodista consumado, lo que Dean podría haber sido.

El barman larguirucho apareció frente a ellos.

—Coca-Cola. Sin hielo, por favor.

El barman sacudió la cabeza.

—Sin hielo nunca. Y nada de refrescos. Solo Mabi.

—¿Mabi?

—Le gustará. Es sano —dijo sonriendo, y se apresuró a hablar con otro cliente.

—Mabi —dijo Ali, con una sonrisa—. Nunca he visto una orden de un *blan*.

—No lo he pedido, pero parece que voy a tener uno.

—Sí. Dime, ¿qué piensas de las *chimères*? —Ali reanudó—. ¿Deberían haber sido derrotadas esas bandas? ¿Atacan a su propia gente?

Dean aún no lo entendía. Pero se quedó callado, no quería parecer más ignorante.

—Las Naciones Unidas invaden el barrio más grande, más pobre y más desesperado del mundo —dijo Ali—. ¿El resultado? No hay agua limpia, ni saneamiento, ni servicios. Viviendo peor que los perros y manteniéndose así.

El camarero puso una pinta de agua marrón turbia delante de Dean con una mano y vertió más ron de una botella de color ámbar claro en el vaso de Ali junto a él.

—Le quitará la sed —dijo el camarero—. Confíe en mí.

Ali y Dean lo vieron alejarse en silencio.

—El primer ministro les suplica. Quieren liberar a toda Cite Soleil de las pandillas —continuó Ali—. Van a la barriada con tanques, sí, tanques y sus cascos azules. Una guerra para erradicar a los fantasmas.

A Dean le costaba creer que las Naciones Unidas lideraran un ataque dentro de un país soberano, especialmente contra sus propios ciudadanos. Simplemente no sucedía. Eran una fuerza internacional de mantenimiento de la paz, no un ejército privado.

—Dos días de batalla —dijo Ali—. Muchos *chimères* murieron. Los cascos azules también —el periodista apretó sus delgados labios con fuerza. Dean pudo ver que estaba claramente perturbado por lo que había presenciado. Si había visto algo peor, esta batalla lo había eclipsado.

Dean estudió el vaso de Mabi. Había trozos de hierbas y otras partículas suspendidas en lo que parecía un té turbio.

—¿Qué es lo que reportas si no es la invasión en Cite Soleil? —preguntó Ali.

Cuando era joven, Dean tenía el hábito de sonreír de forma inapropiada si se le pillaba con las manos en la masa, como si fuera una mentira. La extraña reacción enfureció a los adultos que lo percibieron como arrogancia o desafío. No podían estar más equivocados; la sonrisa traicionaba su propio miedo y nerviosismo. Trató de parecer serio y arrepentido porque así es como se sentía. Pero, de alguna manera, como un actor que juzga mal su papel, la mirada estaba equivocada.

—¿Es una broma? —preguntó Ali.

—Ya no soy periodista —dijo Dean—. Vengo del otro lado de la valla —añadió. La mayoría de los profesionales de los medios entendieron que hablaba de relaciones públicas.

—¿Valla? —preguntó Ali—. No entiendo.

Muchos reporteros que había conocido odiaban en secreto a los relaciones públicas como hacedores de mentiras y propaganda, ofreciendo cualquier cosa a cualquiera por los generosos sueldos que recibían por sus esfuerzos de colocar historias. Todas las noticias eran relaciones públicas. La información se proporcionaba con una agenda, oculta o no, pensó Dean.

—Estoy en una historia sobre una ONG, una organización benéfica —dijo Dean. Decidió que era más fácil actuar como un colega que dar explicaciones. Informar era lo que echaba de menos, de todos modos.

Era un momento en el que su vida tenía sentido o al menos algún tipo de propósito no centrado solo en ganarse la vida.

—¿Qué es lo que hacen?

—Cultivan árboles —dijo Dean—. Árboles milagrosos.

—¿Son milagros? —Ali sonrió, escondiendo sus pequeños dientes.

—Para los pobres, sí —dijo Dean—. El árbol entero es como un supermercado.

—No estoy comprendiendo.

A Dean le gustaba que sus papeles se hubieran invertido de repente, aunque fuera brevemente. Ali no se enteró de las noticias.

—El árbol es comestible. Tiene suficiente nutrición para alimentar a un pueblo —Dean habló con el mismo entusiasmo que había sentido desde el principio.

Aquí había una bala mágica que podía transformar la pobreza y la calidad de vida de un solo golpe.

—Las semillas de la moringa incluso purifican el agua —dijo Dean—. Pero eso todavía está siendo probado.

Dean tenía sed, con o sin Mabi. Tomó un sorbo, la acidez que envolvía su boca. Pero tan pronto como la tragó, se sintió mejor, revivió. Estudió la bebida, decidiendo que le recordaba a la kombucha, la bebida favorita de su novia, que normalmente evitaba.

—¿Quién te envía en esta historia?

—Moisson —respondió Dean—. Una organización sin ánimo de lucro con sede en Nueva York.

—Quieren ayudar a Haití —Ali asintió como si ya lo hubiese escuchado antes. Dean se encontró tomando un largo trago de Mabi. Estaba adquiriendo experiencia. Y lo más importante, tenía una notable habilidad para saciar su sed.

—Este lugar es un imán para los bienhechores —dijo Ali—. Hubo un tejano que llegó a la ciudad hace un año.

Contó la historia de un hombre rico de Midland, Texas, que se había sentido atraído por Haití y quería ayudar. Usó su jet privado para un viaje de exploración para ver qué podía hacer. Como muchos de su clase, era reacio a entregar dinero en efectivo. Temía que se perdiera por la corrupción.

El tejano decidió que podría añadir una vivienda, ya que muchos no tenían hogar como los *sanguine* o vivían en endebles chozas de hojalata. Construiría las estructuras él mismo. Sobrevoló el equipo de construcción a su cargo y transportó la maquinaria pesada a un lugar en las montañas, cerca del mar.

Ali se detuvo para tomar un sorbo del dulce ron.

—Quería hacerlo todo —dijo Ali—. Se subió a su retroexcavadora y estaba limpiando la maleza, aplanando la tierra, y procedió a tirarse por un acantilado.

—¿Qué? ¿Se mató? —Dean se asustó.

—Por supuesto.

Las luces se apagaron repentinamente con un fuerte quejido y un estallido. Dean se sentó derecho, pensativo. El parloteo a su alrededor se desvaneció con la luz pero luego volvió rápidamente como los grillos que cantan en el césped de verano. Un encendedor Bic hizo clic desde detrás de la barra y la llama apareció en la mano del camarero. Encendió una vela de cristal en la parte superior de la barra.

—Es como un reloj —Ali apoyó una mano protegiendo sus dos cámaras a la tenue luz de la vela.

—¿La energía regresa? —preguntó Dean.

Ali se encogió de hombros. La energía iba y venía por toda la ciudad, todos los días y todas las noches.

—Entonces, ¿dónde vas a ver estos árboles milagrosos? —preguntó.

—A un pueblo en las montañas —Dean se distrajo por la repentina pérdida de electricidad, recordó que aún no había llamado a Cynthia para pedirle ayuda.

—¿Tienes el nombre del pueblo?

—Coluers —dijo Dean.

Ali rápidamente miró hacia abajo en su ahora vacío vaso. Levantó el grueso vaso antes de darse cuenta de que solo había una película de ron en el fondo. Su comportamiento cambió.

Dean se puso de pie tan de repente que los sorprendió a ambos. Su cliente ya debía haber llegado al hotel. También sintió un poco de miedo. ¿Y si Cynthia no lo ayudaba?

—Tengo que irme —explicó Dean. Ali asintió y ofreció su mano.

—¿A tus árboles milagrosos?

Dean asintió, preocupado de que el fotoperiodista pudiera estar burlándose de su historia porque era mucho más ligera y menos importante que la guerra en el gueto.

—Una historia feliz —dijo Ali—. Las necesitamos.

Se miraron en silencio mutuamente como competidores que evalúan a la oposición.

—Tal vez vayas a ver el Cite Soleil también. Para verlo por ti mismo.

—¿Por qué haría eso? —preguntó Dean.

—Porque eso es lo que hacemos, ¿no?

Ali levantó su vaso vacío en un brindis por un colega. A Dean le gustó la sensación de camaradería así como la suposición no corregida de que era un reportero. Le hacía sentirse bien consigo mismo.

Dean pasó por las mesas atestadas donde las velas parpadeantes se encendieron como si fueran votivos en una iglesia. Subió las escaleras, esperando encontrarse con el cliente. Nunca se habían reunido en persona, solo por correo electrónico. Pero Dean sabía que era mayor, un abogado consumado en Manhattan.

—¡Sr. Dubose!

El empleado de la recepción se apresuró hacia él cuando llegó a la cima de la escalera. Le presentó una nota a Dean como si fuera un regalo.

—¡Un mensaje!

Dean leyó la nota, escrita a mano con una pluma estilográfica. La escritura era elegante y claramente legible. Las monjas quedarían impresionadas. La nota decía que había habido un retraso en un vuelo de conexión. Nelsen y otros miembros de la junta directiva de Moisson llegaban mañana por la mañana. Saldrían directamente del aeropuerto hacia Coluers y se encontrarían con Dean allí.

—¿Pasa algo malo, señor?

Dean necesitaría alquilar un coche pero estaba seguro de que no tenía suficiente para pagarlo.

—¿Hay un autobús a las montañas?

—*Mais oui.* ¿Adónde va?

—A un pequeño pueblo.

—¿Alguna vez ha viajado en un tap-tap? —preguntó el dependiente, mirando escéptico. Dean sacudió la cabeza—. Puede que sea mejor para usted contratar un coche y un conductor, señor.

—Será para la próxima —dijo Dean—. ¿Dónde lo consigo?

DEAN CORRIÓ A LO LARGO DEL CAMINO DE PIEDRA HACIA EL ANEXO. La lluvia tropical caía con fuerza, golpeándolo como si fueran puños. Cuando llegó a su habitación, se detuvo justo dentro de la puerta, molesto por el aire rancio y la alfombra húmeda y barata. No parecía que nadie se hubiera quedado en su habitación en meses.

Por un momento, no supo qué hacer con él mismo. No tenía una maleta que vaciar, ni una camisa que colgar en el armario abierto. La habitación en sí no era mucho más grande que el vestidor. Una vela alta parpadeaba constantemente desde el mostrador junto a un pequeño lavabo de los años 60. Trató de encender el aire acondicionado de la ventana, entonces recordó que no había electricidad.

Dean respiró hondo, convenciéndose a sí mismo de que se relajara y se concentrara. Todo era llevadero. Conseguiría lo que necesitaba y reiniciaría este viaje. Dean encontró un vaso manchado junto al lavabo y giró el viejo grifo para llenarlo de agua. Tenía sed otra vez. El Mabi había funcionado durante un tiempo. El agua que llenaba su vaso parecía limpia. Recordó las advertencias. Así que Dean dejó el vaso y tomó una copa con su mano, cogió un pequeño charco de agua fría, cerró los ojos y se cubrió la cara. No hay nada malo en ello.

Se volvió para encontrar el teléfono de disco junto a la cama. Necesitaba pedir ayuda.

Entonces, como un rayo, se acordó de la verdad de los comentarios mordazes de Cynthia antes de que se fuera de Nueva York. Habían estado discutiendo sobre su decisión de viajar a Puerto Príncipe. Era una vergüenza para un ejecutivo consumado asignarse a sí mismo un humilde encargo, insistió ella. Hacer el trabajo de un nuevo empleado de bajo nivel era más que una tontería. Ya no era joven, tampoco.

—¿Por qué vas a Haití precisamente?

—No se trata de Haití. Es otra cosa.

Cynthia lo miró con sus brillantes ojos irlandeses por un tiempo incómodamente largo. Llevaban juntos más de dos años, pero se mudaron a un apartamento unos meses antes. Era lo que ella había presionado, lo que claramente quería. Dean había sido reacio. En su mente, vivir juntos era un compromiso a punto de casarse, y estaba lejos de sentirse listo para casarse con Cynthia. No obstante, se encontró admirando su belleza en momentos como los que acababan de conocerse. Pero ella no podría haberse visto más fea cuando trató de evitar que se fuera a Haití.

—¿Eres tan infeliz? ¿Anhelando los viejos tiempos? Pensé que solo estabas de mal humor. ¿Quizás es el cumpleaños?

—No, eso no me importa. Es solo un número —dijo Dean. Pero él había estado pensando en ello a menudo. Parecía haber más años detrás de él que delante. Cuanto más miraba al futuro, más su vida parecía retroceder en el espejo. Entonces, una mañana, aprendió sobre los Árboles Mágicos.

—No te vayas, Dean —advirtió—. Estás haciendo el ridículo. Deja ir a alguien de tu personal. Tienes demasiada experiencia y éxito para esto.

—Tengo que irme.

—Esto es un suicidio profesional —dijo.

Exactamente, pensó.

Dean no podía hacer la llamada con este calor. Vio la puerta de madera del porche y se apresuró a abrirla, aliviado de sentir el aire cargado mientras inundaba la habitación. El trueno retumbó como una artillería distante. Se dio la vuelta y marchó hacia el teléfono. Cynthia le enviaría lo que había perdido, cualquier cosa que necesitara. Ropa, dinero, un nuevo teléfono celular. Durante la noche. Pero también sabía que ella le prestaría su fiel ayuda, un ejemplo de cuánto la necesitaba, de cómo ella sabía lo que era mejor. Si cada sociedad tiene un solo líder, en esta no era él.

Dean recordó la noche en que se conocieron en una recepción de una galería de arte en Chelsea justo después de que él dejara el periodismo para dedicarse a las relaciones públicas, cansado de la existencia de un periodista de prensa escrita. Estaba confiado en su elección de vida, incluso arrogante sobre su planeado ascenso corporativo y la riqueza que vendría. Dean iba a ser un éxito rotundo. Justo dentro de la entrada estaba la oscura y refinada belleza, rodeada de hombres admirables, llamando su atención con una sonrisa fácil y una dulce risa.

Cynthia era la reina de ojos azules de Main Line Philadelphia. Cuando se acercó audazmente a donde estaba ella con un vestido negro corto, Cynthia parecía divertida pero impresionada, como si se hubiera colado en el siguiente baile con ella. Sintió su atracción inmediata, su interés mutuo. Pero también sintió que Cynthia lo estaba midiendo, evaluando si era digno de su tiempo y estatus.

Dean puso su dedo en el agujero de metal del dial, girando lentamente el pesado dial hacia cada número que conocía sin pensar. Esperó a que la llamada pasara, lo que pareció tomar mucho tiempo. Debatía en su mente si hablar con aire casual como si nada hubiera pasado o admitir el desafortunado robo.

—¿Dean? ¿Estás bien? —sonaba preocupada, pensativa. No hay rastro de ese argumento cuando se marchó.

—Necesito algo de ropa y dinero —dijo.

—¿Ya? —respondió.

—Me asaltaron.

—¿Te han robado? —su voz cambió al instante.

Intentó contar todo lo que había pasado en la calle. Hubo un retraso en la conexión telefónica con el extranjero que distorsionó las palabras, una cayendo sobre la otra. Él lo sabía porque ella le dijo que por favor fuera más despacio. Frustrado, se detuvo.

—¿Dean? ¿Estás herido?

—No. Estoy bien.

—No pareces estar bien.

—Casi puse fin a esta misión antes de que empezara —dijo Dean. Hubo una pausa y un cambio inmediato en su tono.

—¿Misión? ¿Es una misión ahora?

—Misión de investigación. ¿Y qué?

—Tal vez sea una señal para regresar. Empieza de nuevo con algo mejor que el infierno que elegiste. Sabes que es casi el país más pobre del planeta, ¿verdad? No lo entiendo.

—¿Tienes la dirección del hotel que te di?

—Sí.

—Gracias, Cynthia. Gracias —bajó de golpe el receptor y saltó para salir de la habitación. Ya había terminado.

El aguacero se detuvo tan repentinamente como había empezado. Dean cruzó el crepitante porche de tablillas hasta que llegó a la barandilla mojada. La luz del vestíbulo distante se derramó en una niebla, empañando las palmeras y los helechos gigantes que lo rodeaban. El aire nocturno cercano se sentía tan suave como el algodón contra su rostro cansado. Inhaló el aire limpio con gratitud, sorprendido de oler un aroma dulce y cítrico.

Un encendedor hizo clic detrás de él. Hubo una breve llama y la punta roja brillante de un cigarrillo. La mujer sentada en una silla de bastón dio un profundo arrastre. Podía ver la fina línea de su nariz y su barbilla afilada.

—No me di cuenta de que había alguien aquí —dijo.

Un suave chorro de humo de carbón se le escapó. Juntos vieron cómo la nube se dispersaba por el porche vacío como si fuera un truco de magia.

—¿Te importa si me uno a ti? —sintió la necesidad de tener compañía. Cuando la mujer no contestó, se sentó de todos modos, con cuidado de mantener la distancia. Dean se recostó en su silla y escuchó las constantes gotas de agua que caían de las hojas invisibles de la maleza. El sonido del tráfico había vuelto a la distancia.

—No hay mosquitos aquí afuera que se den un festín con nosotros —dijo Dean.

—Volverán pronto —dijo la mujer—. Solo están en el descanso.

A Dean le gustaba su voz suave y femenina que parecía juguetona.

—No tenemos mucho tiempo entonces. ¿Qué te trae a Haití? —preguntó Dean.

—¿Qué me trae de vuelta a Haití?

—¿Eres de aquí?

—*Mwen se ayisyen* —respondió en kreyol—. Nací allí, en el campo.

La punta de su largo y delgado cigarrillo brilló como una pequeña brasa mientras daba otra calada. Exhaló el humo en los tablones que estaban debajo de ellos.

—¿Vas a volver de los EE.UU.? —preguntó.

—Te gusta hacer preguntas —dijo ella.

—Siempre lo he hecho. Un rasgo que nunca he podido controlar. Molesta a mucha gente.

—Me lo imagino.

Se rio dulcemente. La oscuridad más allá de la pantalla comenzó a llenarse con el familiar coro de grillos no vistos. Sintió una ligereza entre ellos, y el muro oculto que se deslizaba.

—¿Eres americano? —preguntó.

—Un sureño. Criado en Charleston, Carolina del Sur.

—Eso es americano. Charleston tenía un gran mercado de esclavos en aquellos días.

—Sí —dijo Dean, sorprendido por la referencia. La mayoría de la gente pensaba que Charleston era una ciudad elegante y encantadora con una hermosa arquitectura—. Ahora es un destino turístico —dijo Dean.

—¿El mercado de esclavos?

—De hecho, el viejo mercado también.

—Supongo que eso es bueno.

Vio cómo el humo de su cigarrillo se elevaba a través de sus largos dedos.

—¿En qué historia estás trabajando?

—¿Qué? —Dean se sorprendió de nuevo. La mujer era inteligente, educada. Se preguntaba si podría ser la hija de una de las familias ricas de Haití. Había pocas, pero todas eran muy ricas, una pequeña sociedad de élite que iba a las mejores escuelas aquí y en el extranjero.

—Eres un periodista. Al menos suenas como uno.

—Sí, las preguntas. ¿Conoces a algunos?

—Sí, los conozco. Pero me gustan los reporteros.

—Eso es un alivio. ¿Cómo conoces a los periodistas? ¿Trabajo?

Ella sacudió su cabeza en su continuo interrogatorio. El destello de una sonrisa tímida pareció seguirlo, al menos esperaba que fuera una. Era difícil estar seguro en la oscuridad.

—Trabajo en una ONG, y los periodistas a veces nos ayudan.

Dean quería hacer más preguntas sobre la ONG, pero se contuvo. No quería irritarla.

—¿Estás aquí por una historia? —preguntó. La vio frotar su cigarrillo en la silla. Se agarró al filtro blanco como si fuera basura que se llevaría a su habitación.

—Sí, lo estoy. Más de una —dijo él. Dean decidió no volver a su trabajo de relaciones públicas todavía.

—Tengo que irme, me temo —dijo ella y se levantó de la silla—. Tengo que levantarme temprano.

Ella lo miró, su pelo negro caía más allá de los pómulos prominentes y un pequeño y bonito mentón.

—Un placer —dijo Dean—. Estoy haciendo una historia sobre Cite Soleil.

—¿Lo estás? —dijo ella, impresionada—. Escuché lo que pasó.

Dean la vio alejarse de él, bajando por el crepitante porche, hasta que se detuvo frente a la puerta de su habitación. Mientras se acercaba a ella, la luz de la habitación la iluminó con un brillo exquisito.

—Buena suerte, reportero.

Agitó sus delgados dedos como si estuviera tocando las teclas del piano en el aire y cerró la puerta tras ella, llevándose la cálida luz con ella.

Dean se quedó en el porche vacío. Él sintió su persistente presencia en la oscuridad. Miró la puerta cerrada como si tuviera un significado misterioso. Una brisa húmeda rozó su rostro, sintiéndose por un momento como el cabello de una mujer. Se dio cuenta de que había olvidado preguntarle su nombre.

DEAN PASÓ LA NOCHE EN VELA. Aún le molestaba el robo mientras se movía rápidamente para poner las cosas en orden. Si se hubiera acordado de sacar sus objetos de valor de su bolso en el taxi o no los hubiera escondido allí en primer lugar, el viaje habría empezado sin problemas. No se preocuparía por conseguir un nuevo pasaporte por la mañana, el cual era una identificación esencial. También estaba enfadado consigo mismo por su conversación con el fotoperiodista. Debería haber defendido su historia del Árbol Milagroso y no permitir que el marroquí le provocara la absurda idea de ir a ver Cite Soleil por sí mismo. "Es lo que hacemos", había dicho Ali. El periodismo era una profesión que Dean había abandonado. ¿Pero por qué? ¿Era solo la mala paga, las horas, el estatus? ¿Por qué dejamos las cosas que amamos? No tenía una respuesta.

Por la mañana, Dean se aseguró de llegar a la embajada americana en cuanto abriera. Él sería el primero en la fila. El viaje pronto comenzaría como él esperaba. Pero cuando llegó al edificio gubernamental, no había nadie alrededor. Las puertas de entrada oficiales, que eran lo suficientemente altas para permitir el ingreso de un gran barco, estaban cerradas con llave. Dean encontró un letrero escrito a mano pegado en la fachada de piedra junto al timbre. Las palabras estaban en francés e indicaban que la Embajada no abriría hasta el mediodía debido a un fallo eléctrico.

Dean buscó otra entrada. Las persianas de las oficinas estaban cerradas con tablas y le recordaban a un cuartel. No pudo encontrar ni siquiera un guardia de seguridad. Dean entendió que tenía al menos dos horas de espera. No tenía sentido volver al hotel. Había tomado un desayuno satisfactorio de huevos revueltos de granja, fruta y café. Podía pasear, visitar lugares de interés como la Casa Blanca de Haití. Pero entonces recordó el desafío de Cite Soleil y Ali.

Las calles y aceras de la ciudad estaban vacías mientras su taxi se dirigía a la infame barriada. Unas cuantas vendedoras con vestidos sueltos se instalaron en lonas esparcidas sobre un terreno baldío. El sol apenas comenzaba a calentar. Cuando el conductor lo dejó, Dean se dio cuenta de que él pensaba que el americano no estaba haciendo nada bueno. Un extranjero blanco no vino a esta parte de la ciudad para nada más que drogas.

—*Merci* —le dijo Dean al conductor al salir del viejo Toyota. Señaló otro camino a través de la rotonda—. ¿Cite Soleil?

Los ojos oscuros del conductor se veían hinchados sobre su demacrada cara. Asintió con la cabeza y se marchó en cuanto la puerta se cerró de golpe y en silencio. Parecía ansioso por escapar.

Dean cruzó el círculo hacia dos paredes de estuco blanco que marcaban la entrada. Sintió una sacudida de adrenalina al acercarse, excitado y nervioso por el hecho de estar investigando como reportero. Se sintió vivo de una manera que no había estado en mucho tiempo. En la quietud de la madrugada, el vecindario pudo ser confundido con un distrito de baja renta alrededor de Miami. Lo único que parecía amenazador era el dulce hedor de las aguas residuales.

Hasta que vio el tanque. A primera vista, Dean lo confundió con un camión abandonado. Era tan compacto que parecía de juguete. Pero las gruesas huellas de metal y el largo cañón del arma eran bastante reales. Un soldado de casco azul con gafas de sol envolventes se asomó a la cabina, observando cómo se acercaba.

Dean asintió con la cabeza en señal de saludo. El soldado de piel de oliva lo miró fijamente como un gorila que no iba a dejar que pasara un *blan* por lo que algunos creían que era el barrio bajo más peligroso del mundo. Los turistas como Dean, cuyo rostro de pétreo advertía, necesitaban ser protegidos de sí mismos.

—¿Estás perdido?

La voz retumbó en la polvorienta quietud. Dean, como el soldado, se volvió para encontrar la fuente. Un negro calvo y fornido salió del otro lado del tanque. Su pecho de cañón fue empujado hacia adelante mientras marchaba con el aire de un emisario que venía a entregar noticias importantes.

Dean pensó que parecía un monje con su cabeza suave y redonda y estudió la calma. El hombre sonrió con entusiasmo.

—¿A dónde vas? Este no es un lugar para visitantes.

—Sí, he escuchado eso —dijo Dean y se encogió de hombros.

—No creo que lo hayas hecho.

—Bueno, aquí estoy.

—Ya veo —ambos estaban conscientes del soldado que los miraba a través de sus gafas de sol oscuras. Permaneció tan quieto como un maniquí de tienda. El monje le habló en español, y el soldado asintió con la cabeza, consintiendo que pasaran.

—¿América Latina? —preguntó Dean.

—El soldado es de Chile. Lo veo a veces cuando lo visito. ¿A dónde vas exactamente? —preguntó el monje. Caminaron uno al lado del otro, Dean era por lo menos una cabeza más alto, sus largos brazos se balanceaban a su lado.

—Solo estoy echando un vistazo —dijo Dean—. Me enteré de la batalla.

—¿Eres un reportero?

—Tengo que comprobarlo.

El camino de cemento terminó abruptamente en la tierra. Fue como si los constructores de repente habían abandonado el proyecto, temiendo no poder arriesgarse a ir más lejos en el caos. El ancho carril de tierra que estaba delante también estaba lleno de un vasto campo de chabolas salpicadas con ropa que se secaba bajo el cálido sol. El humo del carbón de leña se deslizó sobre la basura donde algunos residentes se arremolinaban.

—No más bloqueos de carretera —dijo el monje con evidente alivio—. Tanta gente atrapada por las *chimères*. Prisioneros en sus casas. Las barricadas de los pistoleros no les dejaban salir. Pero esos se han ido y eso es algo bueno.

Mientras pasaban por las chimeneas, Dean vio a una mujer mayor y demacrada cocinando sobre una pequeña pila de los siempre presentes carbones. La grasa chisporroteaba en su gastada y doblada sartén. Su hijo flaco y descalzo estaba a su lado, pasando la mano por la superficie del camino como si fuera un perro dormido.

—El olor me da hambre —dijo el monje.

—¿Esta es tu casa? —preguntó Dean.

—No. Vengo a dar la misa —hizo un gesto hacia una choza blanca al borde del colapso a lo lejos. Una cruz negra fue clavada en la fachada como un cartel de tienda.

—¿Un cura? —dijo Dean.

—Soy el Padre Charles.

Un gallo cantaba en algún lugar de los escombros. Dean redujo la velocidad al ver el agua en un canal. Era resbaladiza y negra, serpenteando a través de las chozas como una serpiente lenta y gorda.

—Yo era católico —dijo Dean.

—¿Y ya no? —el sacerdote lo estudió con una sonrisa pálida.

Jesús, el Espíritu Santo y todos los santos eran recuerdos lejanos para Dean, eran ideas aprendidas en la infancia que se desvanecieron para él en la adultez agnóstica. Quería creer en un poder superior, un propósito detrás del mundo. Pero la religión se había convertido en algo literal, sus enseñanzas en un dogma, y no podía aceptarlas.

—Fui criado como católico —dijo Dean.

—Siempre serás católico —dijo el sacerdote—. Es el camino. Cuando necesites a Jesús, él estará ahí.

Dean se detuvo, mirando hacia arriba. Dos niños estaban jugando en la orilla del agua con sus perros. Pero cuando hubo un chillido agudo, reconoció que los animales no eran perros sino dos pequeños cerdos negros, metiendo sus narices en la bazofia. Los niños buscaban un vistazo a lo que se movía debajo.

—Buscan comida —dijo el Padre Charles.

Una cálida y húmeda brisa marina los envolvía. El sacerdote se limpió el sudor que se derramaba de sus gruesas cejas.

—¿Quieres ver la iglesia? —preguntó el sacerdote.

—¿Tu iglesia?

—Tomamos un atajo desde este caluroso camino.

Antes de que Dean pudiera responder, el sacerdote huyó delante de él, haciendo una línea de salida para el canal tibio.

—Ven —dijo el sacerdote sin darse la vuelta.

Estaba casi al borde del agua, pero no se detuvo ni disminuyó la velocidad.

—Pensé que ibas a la iglesia —le dijo Dean.

—Sí, lo haré.

Sin avisar, el sacerdote se sumergió en las aguas negras. Pero él no se hundió. Caminaba como si estuviera en el barro, no en el agua. Caminó más y más lejos antes de detenerse en medio del canal, parado en el agua negra como si fuera un viejo colchón.

—Ven, amigo mío.

—No camino sobre el agua —bromeó Dean.

—Tal vez deberías intentarlo.

Más allá del canal, los cerditos chillaban por un bulto de basura que salía del agua, justo fuera de su alcance. Había más basura en el canal que agua, se dio cuenta Dean.

—La basura es mala, pero puede ser útil —dijo el sacerdote.

Dean dio su primer paso y sintió el gel de agua almibarada alrededor de sus tobillos desnudos. Solo podía imaginar las bacterias y la contaminación que lo estaban bañando. Dio otro paso, buscando en la superficie oscura un hueco oculto que pudiera succionarlo bajo la piscina de aguas residuales. Caminó pacientemente hasta que estuvo a pocos metros de la orilla. Había tenido suerte hasta ahora, pensó. Ahora estaba lo suficientemente cerca como para saltar sobre el agua a un lugar seguro. Se preparó, y luego su pierna derecha se hundió casi hasta la rodilla. Dean saltó. Su hombro golpeó primero la orilla, luego se cayó sobre sí mismo. Respiraba con dificultad mientras se sentaba indefenso en el barro.

—¿Estás bien? —preguntó el sacerdote—. ¿Por qué saltaste?

Dean sonrió.

—Me preocupaba que se me acabara la suerte.

—Es mejor que reces en momentos así.

Alcanzó al sacerdote fuera de la entrada. Había marcas de pústulas en la fachada de cemento de la iglesia. Agujeros de bala de armas de gran calibre. El graffiti de la guerra.

Los feligreses ya estaban dentro. Dean se quedó en la parte de atrás, muy atrás de las bancas endebles. Notó que la mayoría de los feligreses eran mujeres. Muchas llevaban los coloridos vestidos africanos de cuerpo entero que había visto en la ciudad. Otras llevaban vaqueros cortos. Se abanicaron con retazos de basura de cartón. Una chica descalza con el pelo recién trenzado se agachaba junto a su madre, aferrándose a su vestido estampado con los dedos ennegrecidos, tarareando para sí misma. Nadie le prestó atención a Dean, o al menos lo fingió.

El Padre Charles se alargó en el altar improvisado e hizo la señal de la cruz con su gruesa y callosa mano. Se había puesto una vestimenta blanca sobre su camisa negra.

—En el nombre del Padre, del Hijo y del Espíritu Santo —comenzó su oración.

La liturgia siguió en kreyol y su congregación siguió las escrituras con gran atención. El Padre Charles hablaba demasiado rápido para que Dean lo entendiera, pero las repeticiones de frases, la pausa para el efecto eran evidentes. El sacerdote era un orador natural y dejaba a su pueblo hechizado. Sus rostros se iluminaban.

Más tarde, al llegar el momento de ofrecerse en la misa el signo de la paz, un apretón de manos o un beso, los feligreses abrazaron el ritual católico con entusiasmo. Mientras Dean los miraba abrazarse, un hombre mayor con pantalones caídos y una camisa desgastada repentinamente ofreció su mano.

—¡Lapè avè w!

—Dios te bendiga a ti también —dijo Dean.

Agua. La sed apareció como una fiebre repentina. Necesitaba agua.

La humedad lo agarró por la garganta. Dean cerró los ojos por un momento. Estaba débil, mareado. Necesitaba agua desesperadamente.

El Padre Charles había terminado la misa y se dirigía a la salida, cubierto con su vestimenta blanca, frente a los feligreses que salían. Saludó a la mayoría con amplias sonrisas y fuertes abrazos, como si fueran de su familia. Dean comenzó a balancearse. Pero esperó hasta que todos se hubieran ido. Sus labios secos se estaban endureciendo y le dolía la garganta.

—¿Tienes agua? —le preguntó al sacerdote.

—No tengo. Pero debería. No tienes buen aspecto.

—Agua —dijo Dean.

—Sí, sí, amigo mío. Hay un mercado por allí —el Padre Charles hizo señas a un puesto a poca distancia a pie—. Pero debes tener mucho cuidado.

—Sí. Comprendo —Dean estaba molesto por la repetida advertencia. Se lo dijo a Dean desde que se encontraron en la entrada.

El Padre Charles lo miró con escepticismo.

—El agua. Algunos vacían las botellas viejas, toman el agua limpia para sí mismos, y luego la rellenan desde el canal. Y la venderán. ¿Entiendes? Debes comprobar el sello.

Dean asintió tontamente y se dio la vuelta para caminar hacia la calle.

L A CALUROSA Y SUCIA CALLE ESTABA LLENA DE GENTE
Y ERA HOSTIL Un flujo constante de rostros sombríos
desfilaban, algunos le miraban con incredulidad. Sus
ojos lloraban por el omnipresente humo del carbón
y el olor a plástico y neumáticos quemados. Una
motocicleta pasó rugiendo, su tubo de escape vibraba
como un animal en apuros. Se detuvo en el mercado
improvisado que el sacerdote había recomendado.
No vendieron agua. Pero la joven que lo dirigía le
indicó otro puesto más adelante, más allá de una
esquina ciega. Él retrocedió, tambaleándose en sus
pies. Miró al sol blanco que le brillaba.

Tan pronto como dobló la esquina, el estruendo del camino
principal se desvaneció. Más adelante, un grupo de estudiantes

aburridos se cruzaron en su camino. Tardó un momento en reconocer que los objetos con los que jugaban eran pistolas, rifles de asalto colgados de correas o con las manos desnudas como si fueran palos a su lado. Un puesto de control. Dean estaba confundido. Los puntos de control que dividían los barrios y aterrorizaban a la gente que vivía allí se suponía que habían sido eliminados por el asalto de la ONU.

La atención de los chicos se dirigió a él como un objetivo. Su aburrimiento se desvaneció y observaron su acercamiento con incredulidad o diversión, no podía decir cuál. Dean consideró la posibilidad de darse la vuelta y fingir estar perdido.

—Oye *blan* —llamó uno de los chicos. Otros pocos se rieron, sus voces crepitaban como la madera. Dean disminuyó la velocidad, y luego se detuvo en lo que consideraba una distancia segura.

—¿Adónde vas? —la voz sonaba como si estuviera fuera de Brooklyn. El adolescente sin camisa levantó su aburrida arma gris. Su delgado y musculoso cuerpo estaba aceitado por el sudor. Una brillante cadena de plata colgaba de su cuello como una placa de identificación.

—Soy un reportero —dijo Dean. Su garganta se sentía aún más seca. Se propuso mantener la calma y no provocarlos.

—Te perdiste la diversión —dijo el chico. Unas cuantas risas amargas se extendieron por la línea de los soldados adolescentes. El cañón del rifle permaneció apuntando directamente al pecho de Dean, pero él trató de ignorarlo.

—¿Peleaste con alguien? —preguntó Dean. El silencio de la calle se volvió desconcertante.

—¿Por qué quieres saber?

Todos los chicos lo estaban observando de cerca ahora, fascinados por el extraño.

—Las Naciones Unidas son fuerzas de paz. Nunca he oído que hayan atacado a nadie. ¿Pero eso es lo que pasó?

—¿Pacificadores? —el chico sacudió la cabeza—. Los pacificadores no tienen tanques, ¿entiendes lo que digo?

Dean dejó caer sus brazos a sus lados. Quería parecer lo más indefenso posible pero no temeroso. Dio un paso adelante, probando a los chicos. Los ojos oscuros del pistolero se estrecharon ligeramente.

—¿No hubo ninguna advertencia? ¿Simplemente vinieron? —preguntó Dean. Hubo un susurro entre la pandilla. Finalizó con el chico con el arma asintiendo con la cabeza.

—¿Cómo sabemos que eres periodista? —preguntó—. ¿Tienes alguna identificación?

Dean no podía decir la verdad o fingir que el carné de prensa lo había dejado en el hotel. No le creerían.

—En mi teléfono —dijo Dean—. Es electrónico. Pero no tengo mi celular. ¿Y quién más vendría aquí solo?

El chico y su pandilla consideraron lo que dijo.

—Ven —dijo el chico del rifle—. Te mostraremos.

Dean siguió al grupo por el camino, manteniendo una fuerte y respetuosa distancia. Ninguno de los chicos habló. Caminaron alrededor de los profundos charcos de aguas residuales, pasando por las chabolas de estaño y basura y se movieron en dirección al canal negro. A Dean le preocupaba que lo sacaran de la vista del público, pero no tuvo opción.

El grupo se detuvo en un montículo bajo de cemento roto. Se separaron, haciendo un carril en el medio para Dean. Bajó como si fuera un guante, sabiendo que no había una salida fácil. Cuando llegó al final, había un grupo de moscas que se arremolinaban sobre el suelo, y él olió la mierda y el olor a quemado. Pero no fue hasta que atrapó los ojos furiosos del líder que vislumbró los cadáveres.

Estaban hinchados, asándose al sol. La sangre se había secado en sus rostros y se retorcía en los torsos como si fuera jarabe. Les habían disparado numerosas veces. Vio a niños pequeños entre los muertos antes de mirar a otro lado.

—Los guardianes de la paz —dijo el chico. Dean sacudió la cabeza ante la carnicería en el suelo.

—Diles —dijo el chico. Su cara delgada estaba pintada, su piel estaba cubierta de polvo.

—¿Viste esto? —Dean pensó que había una pequeña posibilidad de que esto fuera un tipo de propaganda, una estratagema para hacer girar el evento a favor de la pandilla. El joven se ofendió. Su dedo se movió cerca del gastado gatillo de metal.

—Ellos viven aquí. Mueren aquí por la ONU —dijo—. La ONU trata de matarnos a todos.

El chico habló de la batalla como un veterinario canoso, describiendo disparos de ametralladora, explosiones, corridas y disparos a escondidas. Estaban defendiendo su territorio y sus hogares de la fuerza de invasión.

—¿Por qué no escribes esto? —preguntó, sospechando de repente. Dean no llevaba ni cuaderno ni bolígrafo y ciertamente no tenía una grabadora.

—Puedo ver. Y puedo oír —dijo Dean.

El soldado se precipitó hacia él con furia. Levantó su arma para que Dean pudiera ver el metal desgastado en la punta del cañón oscuro. Hubo un parpadeo de los ojos oscuros del chico antes de que el cañón se moviera y disparara. El aire caliente sopló junto a su cabeza. Luego se quedó sordo. La pandilla de estudiantes miró como tropezó hacia atrás y se cubrió los oídos. No había nada. La boca del chico que disparó la bala se movía de arriba a abajo y de lado. Decía algo que Dean no podía oír.

Dean cerró los ojos, inhalando el fuerte olor a pólvora. Miró una de sus palmas, aliviado de ver solo el sudor y no la sangre de un tímpano destrozado. Intentó hablar con el chico, con los *chimères*, pero todos se echaron atrás.

Dean vio al Padre Charles parado en el camino más allá de ellos. Parecía como si estuviera en un púlpito. Parecía estar regañándolos con un dedo extendido. Estaba enojado y excitado. Dean no podía oír lo que les decía. Pero ellos escuchaban con creciente impaciencia. Estaban hablando entre ellos.

De repente, uno de los niños señaló el coche a lo lejos. Se volvieron en grupo para verlo retumbar por la entrada. El sedán cuadrado y blanco pasó rugiendo junto al tanque y el soldado, levantando nubes de polvo detrás de él. La luz del sol brillaba desde la parrilla antigua que sobresalía y la estrella familiar.

Los *chimères* parecían tan temerosos como si hubieran visto un fantasma. El miedo se encendió y retrocedieron en dirección a Dean. Pero él también podría haber desaparecido. Se apresuraron a pasar junto a él, y se lanzaron a correr.

El Mercedes disminuyó la velocidad al acercarse. Dean vio los anchos hombros de dos hombres metidos en el asiento trasero. Parecían matones de un programa de crímenes.

—Son amigos —dijo el sacerdote. El Padre Charles lo había estado observando—. No tuviste cuidado —dijo.

Dean asintió con la cabeza, y luego se dio cuenta de que había escuchado al sacerdote claramente.

—Por poco —Dean se las arregló para decir.

El sedán blanco se estremeció hasta detenerse. El polvo estalló a su alrededor, cubriendo el interior. A medida que se despejaba, Dean vio las armas. Los hombres parecían acostumbrados a usarlas.

El asiento del pasajero delantero se abrió de golpe y apareció un apuesto hombre negro. Sonrió brillantemente al Padre Charles. Sus dientes parejos eran blancos como los de una estrella de cine contra la piel lisa y tensa y los pómulos cincelados.

—¡Poppy! —saludó al sacerdote de una manera alegre y burlona, como si se estuviera mofando de ambos. Incluso tenía el carisma de una celebridad—. Estás montando una escopeta.

Miró a Dean, lo suficiente para que sus agudos y observadores ojos midieran al americano blanco, antes de abrir la puerta trasera. Se apretujó en el asiento trasero, bromeando con los demás mientras forzaba a los matones de hombros anchos a hacer más espacio.

—Necesitas buenas historias para reportar —le dijo el Padre Charles a Dean—. Debes venir a mi pueblo. Los medios de comunicación solo informan sobre la miseria, los problemas. Hay muchos. Pero hay otro país si lo miras.

—Tenían miedo del coche —dijo Dean—. Los *chimères*.

—Son solo niños —dijo el sacerdote. Se agarró al techo, pero se soltó como si hubiera tocado una sartén caliente. Estrechó su mano para enfriarla.

—¿Dónde está tu pueblo? —preguntó Dean.

—En las montañas —respondió el Padre Charles—. Un pueblo llamado Coluers.

Dean sonrió sorprendido.

—Iré allí.

El Padre Charles ya estaba dentro del coche y no le oyó. El sedán blanco se tambaleó hacia delante, pero, de repente, la ventana delantera se bajó cuando el coche se detuvo al lado de Dean. Esperaba que le ofrecieran llevarle. En vez de eso, se encontró, de nuevo, con los ojos fríos y analíticos de la estrella de cine en el asiento trasero. Le temían, pensó Dean.

—Amigo mío, para ti —dijo el Padre Charles. Ofreció una botella de agua de plástico. Dean dudó en abrirla.

—Es buena —el Padre Charles se rio—. Y es una suerte que estés aquí para beberla con seguridad.

Dean arrancó la tapa de plástico de la botella. El agua. Fría como el hielo. La estudió como si fuera una joya rara.

—*Bon vwayaj* —dijo el Padre Charles—. Que Dios esté contigo.

Dean tomó un sorbo de la botella, y luego la bebió, sintiendo el alivio del agua en la boca del estómago. Siguió bebiendo, sin poder bajar el ritmo, casi se ahogó al vaciarse la botella. Se detuvo, dejó de beber y se inclinó para recuperar el aliento.

Vio el Mercedes blanco llegar a la salida y se preguntó por qué una pandilla violenta temería a un sacerdote y a su apuesto amigo.

EL MERCEDES BLANCO SE DESLIZÓ HASTA UNA PARADA
FRENTE A LAS VENTANAS REFLECTANTES DEL BANCO.
Los guardaespaldas salieron primero y tomaron
sus posiciones con una eficiencia practicada.
Mantuvieron sus armas preparadas y esperaron a
Herve, como los soldados que esperan órdenes de su
comandante.

—*Allez* —dijo el más alto, con brusquedad. Presionó la culata de
su ametralladora contra su costado, el cañón de metal apuntando a la
calle, listo para disparar. Miró a la pared de los peatones que pasaban
con sospecha. Los secuestros y robos a mano armada no eran raros en
la zona comercial cerca de los bancos.

Herve y el Padre Charles salieron y se dirigieron a la puerta de
entrada lateral. El banco estaba cerrado y vacío, pero la puerta de
cristal estaba abierta.

—¿Por qué quieren conocerme después de todo este tiempo? —el Padre Charles preguntó. Temía que pudieran estar entrando en una especie de trampa del gobierno. Los informantes ganaban dinero, y nadie dudaría en capitalizar si se les daba la oportunidad.

—Quieren ver al amable sacerdote —dijo Herve—. Y ese serías tú, Poppy.

El Padre Charles estaba acostumbrado a las bromas de su compañero. Habían sido amigos desde la infancia, y Herve se había burlado de él implacablemente durante sus años en la Academia. Aún así, los otros niños admiraban a Charles, lo trataban como un líder y un confidente. Herve se sentía como su segundo al mando, a pesar de que provenía de una de las familias más poderosas del país.

El Padre Charles se sorprendió por su propio reflejo en la puerta de cristal pulido de la entrada del banco. Su rostro redondo estaba más lleno, más pesado con la edad, y se habían tallado profundas líneas bajo y alrededor de sus ojos de caoba. Sin embargo, para esas inevitables manifestaciones de la edad, se sorprendió de no haberse vuelto más demacrado en los quince años transcurridos desde el comienzo de su ministerio.

Como Herve le recordaba a menudo, no les quedaba más remedio que trabajar en los canales oficiales para llevar a los niños a sus nuevos hogares. Solo era ilegal por el nombre. El gobierno era corrupto, dirigido por sobornos, y la burocracia de los Estados Unidos podía retrasar las transferencias durante años. El orfanato no tenía años para esperar que el proceso oficial de adopción se llevara a cabo. Los niños necesitaban urgentemente ser vestidos y alimentados.

Su método poco *ortodoxo* funcionaba, gracias a los talentos de Herve. Él sabía de negocios, tenía contactos de sus años en la Universidad de Nueva York. El Padre Charles asumió la responsabilidad de tomar las difíciles decisiones de colocación. Estudió detenidamente las cartas escritas a mano de parejas que pedían niños. La mayoría eran sinceras y sentidas, y todas prometían tratar a los niños como si fueran suyos. No estaban conscientes de que el cálculo estaba a su favor, no a favor de los niños. Había muchos más niños que necesitaban un hogar que padres que los querían.

En los últimos años, el corredor había cambiado la ecuación. Las transacciones eran mejores, más rápidas, con más niños adaptados a las casas en los Estados Unidos. Eran tantos. Pero el Padre Charles tenía la lista, siempre la lista, si necesitaba ponerse en contacto, para comprobar a sus hijos. Al final, el futuro estaba en manos de Dios, no sujeto a los vanos esfuerzos de los hombres.

—¿Va a entrar, Su Santidad? —preguntó Herve. Abrió la puerta del vestíbulo del banco con exagerado cuidado y mostró el camino con la mano abierta.

El Padre Charles ignoró el sarcasmo. Entró en el banco con aire acondicionado, sintiendo la firme alfombra debajo. Era la calma ordenada del dinero. Un joven americano de traje azul y corbata a rayas esperaba junto a una oficina de cristal como un ansioso oficial de banco.

Sus ojos azules se iluminaron y su rostro se iluminó con una amplia sonrisa como si el sacerdote fuera un viejo y querido amigo. El Padre Charles notó los dientes blancos e inmaculados del corredor de bolsa, todos perfectamente espaciados como los de Herve. Un buen cuidado. El sacerdote llevaba mucho tiempo deseando tener unos dientes de tal calidad. Era la marca definitiva de salud y belleza.

—Por fin —el corredor de bolsa tomó la mano callosa del sacerdote. Su agarre era fuerte, su piel pálida y suave como la de una mujer joven. El Padre Charles se sintió intimidado por la confianza del hombre. Sus cejas oscuras estaban tan cuidadosamente recortadas como su pelo corto y gelificado.

—Charlie —dijo el corredor—. Compartimos un nombre. Y una causa. ¿Puedo llamarlo Charles, Padre?

—No besaste el anillo —dijo Herve. Estaba parado justo detrás de ellos.

El *blan* dudó, sin saber si Herve estaba bromeando.

—Tus hijos, tu sistema, son de primera categoría —dijo—. No es como otros tantos aquí, se lo puedo asegurar.

—¿Otros? —el Padre Charles se sorprendió. No sabía que el corredor trabajaba con otros orfanatos también, como un distribuidor. Al sacerdote no le gustó.

—Quería conocerlo —continuó Charlie como si la pregunta no fuera importante—. Soy un admirador secreto. Maestro de lo que ha logrado con su campamento. Puedo decir que somos socios reconocidos.

—¿Mi *campamento*?

—Usted se preocupa, Padre Charles, y eso es extremadamente importante para nosotros. Nuestros clientes han llegado a esperar un toque humano. Los resultados hablan por sí mismos —dijo con orgullo, como un CEO que reporta mayores ganancias trimestrales.

—¿Quiénes son los otros a los que se refería? —preguntó el Padre Charles. Tenía miedo de la respuesta. Era posible que hubiera cientos de otras adopciones por orfanatos menos escrupulosos.

—Tenemos varios clientes —respondió Charlie—. No tenemos la libertad de revelarlos. Usted lo entiende.

—Está bien —Herve aplaudió con fuerza. Se movió junto a su compañero—. Todos tenemos asuntos que discutir.

—En efecto, los tenemos, Herve —dijo Charlie—. Por favor, siéntese —le hizo un gesto a las sillas vacías.

—Prefiero estar de pie —al Padre Charles no le gustaba el hombre.

—Claro —dijo Charlie, alegremente—. Lo que le convenga, Padre —el americano pasó de una borla a otra. Él juntó sus manos y las dobló por delante como si fuera a comenzar una conferencia.

—No hay nadie como usted, padre. Ninguno. Por eso quiero proponer una asociación más grande —sonrió a Herve como un conspirador. El Padre Charles se sintió como si le estuvieran engañando, y su aversión a el corredor creció.

—Una sociedad que nos hará mejores y mucho más ricos —el americano continuó—. Un triunfo para todos.

—¿Quiere transferir más niños? —preguntó Herve. Él lo sabía, como todos, que no todos los niños del orfanato eran verdaderos huérfanos sin padres. De hecho, muchos no lo eran. Eran pobres y estaban desesperados.

—Sí, Herve, sí —dijo Charlie—. Hay demanda. Y la demanda es de calidad, la calidad que usted entrega.

—¿Qué tal si vas a los otros orfanatos? —el Padre Charles preguntó.

—Usted es el líder, Charles, así de simple.

—¿De cuánta demanda estamos hablando? —preguntó Herve. Apenas podía ocultar su entusiasmo. Más transferencias traían más dinero, más beneficios.

—Es hora de mejorar nuestro juego, ¿verdad? Podemos hacer la vida mejor para todos.

—¿Nuestro juego? —preguntó el Padre Charles—. ¿Crees que esto es un juego?

—No, en absoluto. Yo también lo pienso, ¿cómo se dice en kreyol, facile? Nosotros estamos muy sorprendidos por el repentino aumento de la demanda. Pero también estamos entusiasmados por la oportunidad que trae consigo. Tantas vidas dadas a una nueva vida. ¿Estoy en lo cierto?

—Me gusta cómo suena —dijo Herve—. ¿Qué piensas, Poppy? ¿Es hora de dar un paso adelante?

El Padre Charles no respondió. No pudo. El negocio había tomado vida propia. No estaba preparado para este tipo de cálculo. Los niños nunca serían unidades de comercio para él. Era un mal necesario, un mal para hacer un bien.

—¿Cuántos niños tienes en mente? —preguntó el Padre Charles. Presintió que Herve ya lo sabía, pero fingió lo contrario. El Padre Charles supuso que esta reunión no era para conocer a Charlie sino para que aceptara un trato que Herve ya había preparado. El Padre Charles no iba a participar en ese juego.

Dean se apresuró al mostrador de recepción de pasaportes. Una mujer de mediana edad, en cuclillas, lo miró con un aire de aburrimiento, y luego se volvió para leer su computadora de escritorio. Llevaba el pelo negro bien peinado, con una barbilla severa y una nariz ancha y acampanada.

—*Pardon* —dijo Dean—. Tengo una emergencia.

Sus gruesas cejas se arqueaban con fastidio antes de que le prestara atención. Miró fijamente a Dean como si hubiera visto a cientos de personas como él.

—Oui, monsieur, ¿puedo ver su pasaporte?

—Por eso estoy aquí. No lo tengo. Fue robado.

—DS-11 —dijo ella, entregándole un formulario. Su repentino y claro inglés le sorprendió—. Para el informe policial. DS-64 es la solicitud de un nuevo pasaporte.

—¿Qué? ¿Dos formularios? ¿No se puede agilizar esto?

La mujer se encogió de hombros y le entregó un gastado lápiz amarillo. Había marcas de dientes en el costado.

—El formulario, *monsieur*.

Dean buscó en vano un escritorio o una superficie para usar. Se arrodilló en el suelo y convirtió el asiento en su escritorio. Se sintió nervioso, inquieto. Necesitaba llegar a Coluers, pero cada línea del formulario parecía complicada. Luchó por concentrarse con el recuerdo del hedor de los cadáveres asesinados en el barrio. Vio el cañón del rifle apuntándole, listo para volarle la cabeza, sabiendo que los *chimères* podrían haberlo hecho si el Padre Charles no hubiera venido en su ayuda. Dos veces había tentado al destino. Dejó el taxi cuando no debía. Fue robado. Anduvo por Cite Soleil.

Dean finalmente devolvió su formulario completo. Los otros que esperaban parecían tener una paciencia enloquecedora. Dos chicos muy jóvenes lo observaron con intensa y desconfiada curiosidad mientras se agachaban junto a su madre. Ella lo miró como si fuera una amenaza. Dean se estaba volviendo más paranoico a cada minuto.

—¿Dean Dubose? —la pregunta rompió el silencio de la sala de espera. Todos lo miraban. Parecía que esperaban que fuera atendido de inmediato.

—*Le bureau* —la mujer del escritorio anunció. Señaló una puerta al final de la sala y levantó sus grandes cejas en forma de media luna una vez más.

Cuando Dean entró en la oficina, un hombre delgado con un traje azul se sentó en su fino escritorio y sonrió como si estuviera contento de ver a un viejo amigo. Tenía el pelo corto y cortado y grandes gafas de plástico negro demasiado anchas para su estrecha cara.

—Pierre —dijo, y extendió su brazo sobre el escritorio vacío para dar la bienvenida con un apretón de manos. Su elegante traje, desgastado en las mangas, lo cubría holgadamente como un maniquí. Dean sintió como si hubiera entrado en una reunión con un cliente—. Estás en un gran asunto —tenía un barítono suave y resonante y hablaba sin acento. Dean supuso que había vivido o ido a la escuela en América, un hecho que le animó. No perdió tiempo en explicar su situación a lo que esperaba que fuera un ejecutivo de ideas afines —Sí. Es algo desafortunado —dijo Pierre con gravedad.

—¿Desafortunado?

—Lamento que haya sido víctima de un delincuente. Qué acto tan insolente.

—¿Me puede dar mi pasaporte? Hoy viajo a las montañas.

—¿Sí? Ya sabes que es donde está Haití.

Dean no sabía lo que quería decir. ¿Las montañas eran el "verdadero" Haití?

—Estoy atrasado ya. Si no me hubieran asaltado, no habría problema.

Pierre asintió en un gesto de comprensión.

—Hay una tarifa para un pasaporte de emergencia. Y, por supuesto, debemos comprobar su identidad.

—Bien —dijo Dean, sin duda. Estaba casi quebrado—. Pero necesito el pasaporte para llevarlo al banco.

—¿No tienes licencia de conducir de Nueva York?

—Ya se lo he dicho. Se llevaron todo.

Pierre frunció los labios.

—Lo comprendo. Esto llevará tiempo. ¿Hay alguien que pueda ayudarle aquí en Puerto Príncipe? ¿Un amigo? ¿Un colega?

—Me reuniré con mi colega en las montañas. Podría ayudarme.

—Muy bien —dijo Pierre.

—No entiendes. Me reuniré con él para trabajar. No tenemos tiempo de regresar a Puerto Príncipe.

—Entiendo. Es una situación difícil. Aquí decimos *isouri ou se paspò ou!* ¡Tu sonrisa es tu pasaporte!

—¿Mi sonrisa es mi pasaporte? ¿Estás bromeando?

—Espera. ¿Tienes la tarifa? —Pierre levantó su barbilla, casi como un desafío—. ¿La cuota?

—Un reemplazo tan rápido será caro, me temo. Pero hará el trabajo. ¿Cuánto? —Dean entendió que parte, si no todos los honorarios, irían a parar a Pierre.

—Cien dólares americanos, creo. Lo verificaré.

—¿Lo verificarás?

Pierre abrió los brazos como si dijera que la cuestión de los honorarios estaba fuera de su autoridad.

—¿Eres americano, Pierre?

—Oui monsieur. De Boston. El tiempo es oro.

Dean frunció los labios. La corrupción no tenía nacionalidad. No había nada que hacer. Tendría que prescindir del pasaporte y del dinero que lo acompañaba hasta que llegara el momento de volver a Nueva York. Significaba que sería vulnerable si algo más salía mal. Esperaba que eso no sucediera.

"Vaya, mi pasaporte", se repitió Dean, sacudiendo la cabeza ante lo absurdo del mismo.

—Buena suerte, Sr. Dean —dijo Pierre.

HERVE ADIVINÓ QUE EL CORREDOR PLANEABA
SOLICITAR AL MENOS UNA DOCENA DE NIÑOS, EL DOBLE
DE LA CANTIDAD DE SU TRATAMIENTO HABITUAL. A lo
largo de los años, seis fue el más eficiente y seguro
de procesar. Su socio, el Padre Charles, pedía todas
las direcciones y nombres habituales para fingir que
sabía exactamente dónde vivirían los huérfanos.

—¿Qué edad que te gusta? —Herve le preguntó al corredor—.
¿Niños pequeños, adolescentes?

Charlie se inclinó hacia adelante en su silla. La habitación
zumbaba con el sonido del aire central, uno de los pocos edificios de
la ciudad equipado con el costoso sistema y un generador privado
para hacerlo funcionar.

—Hay preferencias —dijo Charlie—. Me alegro de que lo reconozcas. Al mismo tiempo, entendemos las circunstancias de la oferta disponible.

Herve sintió que el sacerdote lo miraba con desprecio. Siempre le molestaba oír hablar de sus niños en el genial lenguaje de las matemáticas.

—¿Qué clase de preferencias? —preguntó Herve—. Los adolescentes. Tenemos muy buenos adolescentes.

—¿Buenos como en la crianza, en belleza? —Charlie dijo.

—Por supuesto —dijo Herve.

—Bueno. Esta vez, tenemos como objetivo a trece.

—¿Trece? —fue más de lo que Herve esperaba. Le encantaba. Duplica los ingresos. Contribuiría en gran medida a mejorar el orfanato y su propio estilo de vida. Mantuvo dos residencias y múltiples compañeros, no muy lujosos para la élite, pero sentía la presión.

—Estamos preparados para ofrecer mil dólares por cada uno —dijo el corredor.

El *blan* comenzaba con una oferta baja como cualquier comerciante competente. Herve lo reconoció. Le encantaba regatear. De niño, había visto a su padre regatear hábilmente con la cambiante lista de pequeños granjeros que vendían la caña para ser cocinada para el ron de la familia. Su padre siempre empezaba con un número imposiblemente bajo solo para empezar.

—Lo mejor de la línea tiene un premio —dijo Herve.

Se dio cuenta de la mirada severa en la cara del Padre Charles. Le pareció cómico. Herve sabía que su socio odiaba el comercio de caballos. De hecho, el Padre Charles odiaba trabajar con un corredor de su orfanato. Él quería la manera antigua cuando algunos niños eran elegidos a mano. En ese entonces, analizaban las solicitudes y hacían evaluaciones minuciosas basadas en las respuestas escritas a mano de los futuros padres.

Poppy, recordaba Herve con cariño, era el modelo de responsabilidad. Atesoraba las historias de los padres, desde la raza hasta los ingresos y la edad, evaluando cada solicitud con más discernimiento que cualquier gobierno. Escudriñó cada ensayo de alegato: "Por qué quiero criar a un niño". Poppy buscó pistas significativas sobre el carácter de los futuros padres. Herve siempre pensó que una agencia de adopción tendría suerte de tener la dedicación del sacerdote.

Mientras tanto, los niños de la calle, los *sanguine*, los niños empobrecidos, los niños problemáticos, todos continuaron inundando el orfanato, lavando los suministros del orfanato y su capacidad para cuidarlos, amenazando el funcionamiento del propio orfanato. Él y el Padre Charles se vieron obligados a aumentar el flujo hacia el mundo, haciendo arreglos para que más niños fueran adoptados, pero eso solo retrasó el proceso, haciendo poco por aumentar sus ingresos.

El corredor americano lo cambió todo. Los ingresos aumentaron, pero el proceso de selección cambió. Al final, el Padre Charles aceptó el trato. Herve entendió que su socio estaba enfocado en los niños. Más dinero significaba más niños ahorrados, más para rescatar. El Padre Charles esperaba que los fondos se reinvertirían en el negocio de alojar a los nuevos niños en el orfanato, nada más. Pero Herve era un hombre de negocios, no un santo. El beneficio era su vocación; el capitalismo su religión.

Herve se enorgullecía de su sistema y su estrategia, ambos dignos de cualquier director ejecutivo astuto. Su padre también estaría orgulloso, si aún viviera para ser testigo de las proezas de su hijo. Si el viejo hubiera visto esta habilidad, su genio para las transacciones, no le habría entregado el control de la empresa a Petra, su hermano menor, que no lo merecía. Herve estaba seguro de que el idiota llevaría el negocio familiar a la ruina tarde o temprano.

—¿De qué nivel de prima estamos hablando? —preguntó Charlie—. 2.500 por cabeza —dijo Herve.

—Esto no es lo que debería discutirse. No tiene cabida —el Padre Charles dijo.

El americano parecía tan sorprendido como Herve de la aparente muestra de indignidad del sacerdote.

Herve pudo haber regañado a su compañero justo ahí delante del corredor, pero fue demasiado práctico y reconoció una ventaja. Poppy estaba creando urgencia en la negociación. Ayudó a ganar ventaja. Toda la operación dependía del sacerdote y su rebaño, al final, como bien sabía el corredor. El sacerdote tendría que ser aplacado o no habría niños, no habría trato.

—Lo entiendo —dijo Charlie—. Lo siento —tocó el dial automático en la pantalla de su iPhone. Un código de área de Miami.

—No acordamos esto —dijo el Padre Charles—. ¿Trece jovencitas? ¿Cree que no sé lo que quiere este hombre?

—Poppy —Herve mintió—. También quiere chicos. Las familias quieren chicas de calidad para criar. No es China.

—No escuché ninguna mención de chicos.

—Él tiene demanda.

—¿Sí? —su compañero no estaba convencido.

—Tendrás la lista, Poppy —le aseguró Herve. Después de cada transacción, le daba a su compañero una lista mecanografiada con los nombres y direcciones de cada familia. El Padre Charles era libre de contactar a los nuevos padres en cualquier momento para controlar a sus hijos. El sacerdote nunca comprobó la exactitud porque nunca miró a las familias en absoluto. No hubo tiempo y, al final, ningún interés genuino.

Herve echó un vistazo al corredor americano. Estaba obteniendo la aprobación de las altas esferas. Siempre había un superior, siempre un pez más grande.

—Debo decirte, Herve. Hablando de los niños de esta manera —el Padre Charles sacudió la cabeza en señal de desaprobación—. Son huérfanos, no cabras.

—Esto es un negocio, Poppy. ¡Negocios! Este es el lenguaje de los negocios.

El sacerdote apretó los labios, pero esa fue la única protesta.

Parecía aceptar la situación y no tenía ganas de defenderse. Incluso cuando eran niños, Herve notó que Charles evitaba la confrontación. Era un pacificador, el chico que hacía que los chicos hablaran y dejaran sus palos.

Charlie terminó su llamada telefónica.

—Iremos con el veinticinco por ciento.

—Lo siento —dijo el Padre Charles, con sobriedad—. Aprecio su trabajo, pero debe entender el nuestro. No estoy seguro de que tengamos los niños que le gustaría. No puedo separarlos de esta manera.

Charlie miró a Herve para confirmarlo. Herve saltó sobre las palabras del Padre Charles como el verdadero comienzo de una negociación financiera. El número de cabezas se estaba duplicando en este trato, aumentando el riesgo y el esfuerzo de ambas partes de la transacción.

—Oferta final —dijo Charlie.

Herve se inclinó hacia adelante.

—Lo que el Padre Charles está diciendo es que hay preocupaciones logísticas en nuestro país. Es una gran orden para pasar desapercibidos.

Charlie esperó a que continuara.

—No podemos salir de Toussaint —dijo Herve, nombrando el aeropuerto principal de Puerto Príncipe—. Está mucho más involucrado por necesidad. Podemos lograrlo. Al costo.

—¿Al costo? —preguntó Charlie.

—Unos pocos dólares más por cabeza —dijo Herve—. Mantén alejadas a las autoridades. Sin problemas. Sin publicidad.

—Dame un número.

—Quinientos más. Por cada uno.

—¿Quinientos son unos pocos dólares? —Charlie preguntó.

—Como comprar un seguro —dijo Herve.

—¿Seguro?

—Así es. Nadie quiere problemas.

Charlie asintió con la cabeza.

—Tres mil por cabeza. Eso es todo.

—Un placer hacer negocios —dijo Herve. Sonrió al comerciante blan, sabiendo cómo se le veía. Tarde o temprano, la mayoría de los hombres blancos mostraron el mismo desagrado y desdén. Nunca pudieron ver más allá del color.

—Estamos avanzando —dijo Herve mientras él y el sacerdote marchaban hacia el coche. Sus guardaespaldas rodearon el Mercedes, revisando el perímetro como si esperaran un ataque en cualquier momento. Pero había silencio en el estacionamiento.

El Padre Charles esperó a que se abriera la puerta. Uno de los guardaespaldas actuó como chofer, y el sacerdote se deslizó en el suave asiento delantero de cuero sin decir una palabra. Herve no podía decir si su compañero estaba enfadado o cansado o ambos. Los guardaespaldas se unieron a Herve en el asiento trasero. En cuanto salieron del aparcamiento, el Padre Charles se giró y habló como si fuera algo que hubiera querido decirle a su compañero toda la tarde.

—Necesitaré ver su lista —dijo el Padre Charles, severamente.

—Por supuesto, Poppy —dijo Herve—. Tan pronto como esté todo terminado, la tendrás en tus manos.

El Padre Charles miró por la ventana cerrada mientras el Mercedes blanco conducía por el abarrotado bulevar.

—Pétion-Ville —ordenó Herve al conductor. Era el barrio más exclusivo de la ciudad, que estaba situado en lo alto de una verde colina sobre ellos—. Tenemos una reserva para cenar.

DEAN ACABABA DE TRAGARSE LO QUE QUEDABA DE
AGUA CUANDO EL TAP-TAP LLEGÓ A LA VUELTA DE LA
ESQUINA. Los pasajeros colgaban de gruesas cuerdas
en el costado del autobús como corchos colgados en
una red de pesca. Dean sacudió la nube de humo
acre que salía del tubo de escape mientras el tap-tap
chirriaba hasta detenerse. Por fin estaba en camino
a Coluers. Su pasaporte y el dinero en efectivo
tendrían que esperar.

Los pasajeros se soltaron de las cuerdas; otros se esparcieron por
la parte de atrás. Un dibujo pintado con spray en el lateral, debajo y
encima de las ventanas, parecía un graffiti de los años 70. El rostro
de un Jesús negro miraba al cielo, su corona de espinas derramaba
sangre carmesí. Dean pensó en el sacerdote y en cómo lo había
salvado del peligro. Al menos, Dean lo buscaría y le daría las gracias.

Todos se apresuraron a subir a bordo como si un arma de fuego se hubiera disparado. Se chocaron y rebotaron unos contra otros como frenéticos viajeros en un metro en hora pico en Nueva York. Lo único que importaba era conseguir un asiento o al menos un espacio.

Dean buscó por las ventanas un asiento disponible, pero estaba lleno. El hedor amargo del olor corporal y la orina se esparcía por el aire caliente. Dean involuntariamente contuvo la respiración. El conductor cerró las puertas delanteras plegables, soltó el freno y el tap-tap avanzó.

Dean no podía permitirse el lujo de quedarse atrás. Siguió la pista de un joven delante de él que se había agarrado a una de las cuerdas y comenzó a trepar. El autobús arrojó más gases de diésel al aumentar la velocidad, empujando a Dean contra el metal golpeado por el sol. Gruñó de dolor, pero persiguió las sandalias de cuero del hombre mientras sujetaba con fuerza la gruesa cuerda del techo.

Dean dudó un poco, a horcajadas en el borde del tap-tap como un alpinista mientras el autobús rebotaba en los baches.

—¡Salta ahora! —gritó el hombre.

Dean se balanceó sobre la pila de bolsas y suministros justo cuando el tap-tap se hundió en otro pequeño cráter. Dean aterrizó firmemente en un nicho entre el equipaje. Se detuvo, desconcertado, y notó la cabra posada adelante en el techo. Sus oscuros ojos se asomaron a él bajo las orejas caídas, su boca hacía movimientos masticatorios como si disfrutara de un trozo de hierba.

Dean se apoyó en una bolsa blanda. Este sería su asiento por el tiempo que le tomara llegar a las montañas. Se le había advertido que el autobús se movía lentamente y se detenía a menudo. Estaban habitualmente abarrotados, mecánicamente defectuosos y eran conducidos de forma insegura. Pero llegaron a donde iban.

—Estamos en plena marcha, amigo mío.

El pasajero que le había instado a saltar estaba sonriendo. Se veía fuerte y relajado, como un surfista en la playa.

—Estoy seguro de que así es —dijo Dean, entrecerrando los ojos ante el cielo blanco—. Gracias por la señal.

—*Rein de grave* —dijo—. Todo el mundo necesita un pequeño favor para pasar el día. Me llamo Jerome.

Dean asintió con la cabeza en lugar de dar un apretón de manos. Dirigió su atención al barrio que pasaba detrás de Jerome. Había chabolas que se derrumbaban, lonas rasgadas apoyadas en postes hechos de ramas de árboles. Basura podrida derramada en la calle de hormigón roto desde todas las direcciones, como los basureros derramados. El asqueroso y azucarado olor era repulsivo.

—La pobreza es muy difícil de mirar —dijo Jerome, siguiendo la atención de Dean—. Así que es mejor que todos miremos hacia otro lado, ¿verdad?

—Como nada que yo haya visto.

—Si todos fueran conscientes, tal vez habría un cambio.

Dean sabía que había una amplia y trágica brecha entre el aprendizaje sobre un problema y actuar en consecuencia.

—En Jacmel, también hay pobreza. Pero la belleza y el mar se quedan, ¿ok? Por eso es mi casa. Ya lo verás.

Dean había oído que la ciudad costera era la joya del país. Los turistas fuera de los caminos trillados venían por el mar y las playas y unos pocos resorts caros tratando desesperadamente de rivalizar con sus vecinos caribeños.

—No iré tan lejos —dijo Dean.

El tap-tap aceleró cuando finalmente llegó a las afueras de la ciudad.

La maleza tropical y alguna que otra palmera aparecieron a lo largo de la carretera como accesorios de escenario. Una fuerte brisa lo barrió y limpió el hedor. Dean respiró profundo y agradecido.

—¿A dónde vas? —preguntó Jerome.

—A un pueblo en las montañas.

—Sí —se rio Jerome—. ¿En qué parte de las montañas? —se inclinó hacia adelante, su pelo ondeaba sobre unos ojos brillantes e inquisitivos. Cuando Dean le respondió, Jerome se emocionó.

—He oído hablar de Coluers —dijo Jerome—. Reciben mucho dinero americano.

El camino subió rápidamente, el tap-tap se enfrentó agresivamente a las curvas ciegas. El conductor tocó la bocina en cada curva, advirtiendo al tráfico que venía en dirección contraria. Pero se mantuvo en el medio del carril, lo que significaba que una colisión frontal era casi una certeza. Pero ni un solo coche o camión los pasó.

—Hay fuertes lwa en las colinas de allí —se ofreció Jerome. Miraba las montañas distantes, una cumbre desnuda y sin árboles caía sobre otra como las cabezas de hombres cansados y calvos.

—¿Espíritus del diablo? —preguntó Dean.

—Sabes sobre Vodou —dijo Jerome—. Pero los lwa no son demonios. Son espíritus jóvenes, solo viven para ellos mismos, no para los demás.

—Hay muchos lwa jóvenes donde yo vivo —dijo Dean. Él mismo incluido, pensó. Hizo poco por la vida de los demás.

—Aquí también —dijo Jerome con una sonrisa—. Pero los espíritus jóvenes envejecen como las personas. Y aprenden a vivir para los demás.

Rodearon una cumbre muy por encima de Puerto Príncipe y su puerto, pasando por un mirador pavimentado donde un artesano con el pecho desnudo hacía guardia sobre filas y filas de esculturas de tambores de acero y pinturas populares de color caramelo. No había nadie más.

—Debería vender mi trabajo aquí —dijo Jerome.

—¿A quién? No hay nadie que lo compre —dijo Dean.

—Vendrán un día —dijo Jerome. Su confianza ciega en ese futuro fue impresionante.

—¿Eres un artista?

—Vendo en Jacmel. Pero los turistas no vienen como lo hacían. Demasiada violencia. Ella ha sido descuidada por el mundo. Incluso su propia gente. Y *Bondye* está demasiado ocupado.

—¿Dios está demasiado ocupado?

—Dios está en otra parte —dijo Jerome sin juzgarlo.

El autobús se detuvo. Un padre y su hija salieron de la parte trasera del autobús y se alejaron. Más allá de ellos había una vista imponente del puerto verde y el brillo apagado del Caribe. Una fina niebla gris y amarilla se deslizó por encima de ella, oscureciendo lo que habría sido una vista majestuosa. La contaminación del aire los decepcionó a ambos. El tap-tap se puso en marcha y continuó su tenso ascenso.

—¿Qué haces aquí en Haití? —preguntó Jerome.

—Para poder ver algunos milagros —bromeó Dean.

Jerome esperó, divertido.

—Árboles milagrosos. Un proyecto cerca de Coluers que puede ayudar a tu país.

—¿Estás reportando sobre eso?

—Más o menos. Está financiado por un cliente.

Jerome asintió como si la respuesta tuviera algún tipo de sentido para él.

—Muchos viajan aquí para beneficiarse de Haití —dijo Jerome después de un tiempo.

—Gracioso, ¿no? La gente que ayuda, los misioneros, los gobiernos. ¿Pero los haitianos? No tantos.

Pasaron por un bache del tamaño del cráter de una bomba. El camino estaba lleno de barrancos por los aguaceros. Sin árboles para detener o frenar el agua, las tormentas tropicales bajaban por las colinas desnudas, llevándose consigo tierra, piedras y grava. Un paisaje lunar quedó en su lugar. Un siglo de deforestación había devastado el campo.

Una hora más tarde, llegaron a una meseta de tierra. Las señales de tráfico pintadas a mano aparecieron como montones de maleza a los lados de la carretera. Los nombres de las ciudades de aspecto francés estaban escritos en los altos y estrechos tallos, con sus extremos cónicos apuntando en todas las direcciones. Dean buscó en la mezcla de escrituras para Coluers pero no lo encontró.

El autobús se puso en marcha en dirección a un pueblo llamado Leogane. Dean miró a Jerome, que ahora estaba dormitando contra una pila de equipaje y bolsas de contratista bien envueltas, con los ojos cerrados al sol y al polvo.

—¿Jerome? —preguntó Dean. El surfista abrió los ojos—. ¿Seguimos en dirección a Coluers?

Jerome asintió con la cabeza sin abrir los ojos. Aliviado, Dean se sentó.

—¿Por qué llaman milagros a los árboles? —preguntó Jerome. Estaba observando a Dean, resolviendo algo.

—Proporcionan mucha comida nutritiva. Grandes vainas de semillas, hojas, ramas, todo.

—¿Te comes todo el árbol?

—Más o menos.

Jerome abrió los ojos.

—¿Sabe bien?

—No lo sé todavía. Dicen que sí.

—Todo sabe bien cuando tienes hambre.

Más tarde, el tap-tap rodaba por la calle principal de una gran ciudad. Casas, tiendas y paradas de comida se alinean en la amplia y próspera avenida. El autobús se detuvo cerca de un mercado al aire libre, una colección de puestos de lona, separados por una valla de madera. Había cientos de compradores, paseando como si fuera el centro comercial.

—Vamos. El conductor del autobús se está tomando un descanso —dijo Jerome y se balanceó sobre el borde del autobús y se abrió camino por la cuerda. Dean lo siguió.

Pasearon juntos como viejos amigos hacia el concurrido mercado al aire libre. Los puestos eran en su mayoría de mercancías, no de comida, excepto un carrito paraguas que tenía una pila de carne roja cruda apilada en lo alto. Las moscas zumbaban alrededor de la carne ensangrentada, entrando y saliendo de un rayo de luz solar que se filtraba a través de la lona rasgada.

—Hay espíritus dulces —dijo Jerome, asintiendo con la cabeza con aprobación—. ¿Las moscas?

—No. El sentimiento, amigo mío. Es el sentimiento.

—No se siente muy higiénico —dijo Dean.

Junto al puesto de carne, dos mujeres se sentaron junto a una pequeña pila de carbón. Charlaron entre ellas, sin prestar atención a los compradores, que de todas formas mostraron poco interés en las pocas briquettes.

Dean vio a un anciano delgado con una camisa de madras a rayas, con las mangas arremangadas. Se agachó junto a su carro verde lima, cosiendo una zapatilla de tenis rota. Había más zapatos esparcidos a su alrededor y derramados fuera del carro. Trabajó con la seriedad y concentración de un artesano.

—¿Está reparando zapatos viejos? —preguntó Dean—. Más barato que los nuevos, ¿no?

Jerome dirigió su atención al mercado que estaba lleno de gente delante de él. Vio una toalla en la tierra apilada con media docena de sándwiches hechos con baguettes.

—¡Pan! —actuó como si no pudiera creer que aquí se vendiera pan francés. Se apresuró a ir al husky ti marchan, una mujer del mercado, que se sentó a su lado. Llevaba un vestido de sol suelto, que estallaba en una miríada de colores. Jerónimo le preguntó por la sartén.

—¿Te gusta? —llamó a Dean, que ya lo estaba alcanzando. Jerome no esperó una respuesta. Le dio a la mujer un puñado de *gourdes* y ella le dio dos de los sándwiches. Jerome se volvió hacia Dean.

—Para ti —dijo.

Dean sostuvo el sándwich frente a él como un ejemplar. No podía distinguir lo que había entre la baguette crujiente, desgarrada a mano, no rebanada.

—Está bueno —dijo Jerome después de morder un extremo—. Muy bueno. Mejor que los árboles.

—Qué gracioso —dijo Dean—. ¿Qué hay en él?

—Mantequilla —dijo Jerome. Dio otro bocado hambriento y masticó felizmente como si estuviera lleno de queso o carne o algo más sustancial.

Dean vio la cámara apuntando a un pequeño grupo de carne roja en una de las mesas del ti marchan. Se sorprendió al ver la fina barba platinada del marroquí. Estaba agachado en el suelo. Dean escuchó los chasquidos del obturador de la cámara dispararse en rápida sucesión. Qué extraña coincidencia, pensó Dean.

—Voy a saludar a un amigo —dijo Dean. Asumió que el fotoperiodista que había conocido en el bar se había ido hace tiempo, viajando de vuelta a Miami con su asignación completa.

—Ali —Dean llamó tan pronto como el fotógrafo hizo una pausa entre las tomas. Pasó un momento antes de que los ojos del moro se iluminaran con un reconocimiento tibio. El fotógrafo parecía atrapado, sosteniendo su cámara como si hubiera sido atrapado con bienes robados. Había latas de plástico de película pegadas a su correa del hombro como munición.

—Me alegro de verte. ¿Estás trabajando aquí arriba?

—Sí —dijo Ali con brusquedad. Comprobó la configuración de su cámara como si la apertura y la velocidad del obturador necesitaran atención. Pulsó el interruptor de metal, y el cuerpo de la cámara se quejó mientras avanzaba unos cuantos fotogramas de película.

Dean estaba confundido por la fría recepción del periodista. Eran colegas.

—Es un gran mercado —dijo Dean, tratando de adivinar por qué el fotoperiodista le mantenía a distancia.

—Muy ocupado, de hecho.

Ali claramente no tenía interés en la conversación. Se despidieron en el incómodo silencio que parecía prolongarse durante mucho tiempo. Dean alcanzó a Jerome, que estaba escuchando a la mujer del mercado mientras señalaba las montañas más allá de ellos.

—Los *ti marchan* dicen que el pan se hace donde tú vas —dijo Jerome.

Dean recordó que su cliente le habló de los nuevos planes para construir una panadería como un cumplido a los Árboles Milagrosos. Claramente, ya había sido construida.

Dean miró el sándwich en su mano. Puso su nariz cerca del borde del pan e inhaló. Olía a levadura y carbón. Dio un pequeño y cauteloso mordisco a través de la corteza oscura. La sal y la crema de la mantequilla se arremolinaron dentro de su boca.

—El autobús se va. Debemos irnos.

Dean miró detrás de él mientras caminaba hacia el tap-tap. Ali estaba tomando fotos de cerca de la pila de carne, con su gruesa sangre brillando al sol. Dean recordó cómo Ali se había vuelto callado y evasivo, su humor marcadamente diferente después de saber que Dean estaba viajando a la ciudad de Coluers. Dean no había pensado mucho en ello en ese momento.

EL TAP-TAP SE ESTREMECIÓ HASTA DETENERSE EN
MEDIO DE LA NADA. Dean se levantó de su percha en el
techo del autobús y buscó el pueblo de Coluers. Todo
lo que se podía ver eran montañas sobre montañas,
el color de los blue jeans a la luz de la tarde.

—*Es tu directione* —dijo Jerome, señalando la intersección que
acababan de pasar. El único carril de tierra se hundió por la colina
estéril y volvió a subir. En la cima, Dean vio el solitario y altísimo árbol.
Un edificio blanco y rechoncho se escondía debajo, con un andamio
que se elevaba a su lado. Había bloques de hormigón apilado en lo
alto del tablón.

—¿Esa es la aldea entera? —preguntó Dean.

—¿Esperabas Manhattan? —Jerome sonrió. Estaba
irremediablemente feliz.

Se tomaron de la mano, uniendo los pulgares, y se acercaron el uno al otro. Dean sintió un vínculo genuino a pesar de que se acababan de conocer.

—Debes tratar de visitar mi casa de Jacmel. Está cerca.

—Si puedo, te buscaré.

—Rezo para verte de nuevo, mi amigo.

Después de que el autobús se alejara, Dean caminó por el camino silencioso hacia el gran árbol y la única estructura hecha por el hombre visible en kilómetros. Al otro lado del edificio, un jardín de plátanos bebé estaba echando raíces en la colina marrón. Las hojas del plátano revoloteaban como una manada de orejas de elefante.

No había ningún signo que indicara la presencia de Coluers. El blanco mosaico de bloques de cemento y ladrillos se mantenía solo con una vista dominante de las colinas azules. Vio un gallo solitario que se asomaba por el camino. Una cálida brisa silbó débilmente. Dean olió el nuevo hormigón al acercarse al edificio de bloques de hormigón. Había parches de polvo de construcción a lo largo del andamio desnudo y una cubeta desgastada del tamaño de una bañera al lado. El trabajo de construcción parecía haberse detenido abruptamente, sin previo aviso.

Dean se sintió aliviado cuando vio a una mujer mayor al lado de un tendedero. Ella estaba agregando más ropa a la cuerda que ya estaba colgando bajo el peso de la ropa mojada.

—Pardon, Madame —dijo Dean.

La mujer se congeló, con su brazo suspendido en el aire, y lo miró con temor. Su delgado vestido revoloteaba en la brisa caliente.

—Hola, reportero —las palabras vinieron de la dirección del edificio.

Dean reconoció la voz antes de que ella apareciera en la oscura sombra de la entrada. Era la mujer de la ONG del hotel.

—¿Conoció a los *chimères*? —sus ojos azules eran sorprendentes. Nunca había visto nada parecido en una persona de color. Eran regios como sus fuertes hombros, dándole un aire de majestad como si descendiera de una antigua monarquía.

—Los conocí —dijo Dean, nervioso por su belleza. No había sido capaz de verla antes—. Pero no eran fantasmas.

—Y sobreviviste para contarlo —dijo ella, con sus labios insinuando una sonrisa—. La mayoría de las mujeres de la calle habrían tenido miedo de ir allí.

—Cuenta conmigo para eso. No fue valentía, fue aburrimiento.

La mujer mayor que estaba de pie junto al tendedero era un público embelesado. Sostenía un par de pantalones mojados, el agua goteaba en la tierra junto a sus pies descalzos.

—No pensé que te volvería a ver —dijo Dean.

—Es un país pequeño —dijo.

Dean recordó que ella estaba regresando a casa en Haití.

—¿Aquí es donde creciste? ¿Coluers?

La mujer caminó hacia él. Un pie se giró hacia adentro al acercarse, lo que hizo que su andar fuera más lánguido, ya que sus pequeñas caderas se balanceaban para compensar sus pasos desiguales. Era una cosa de niñas y sugerente al mismo tiempo.

—¿Estás aquí para investigarme ahora?

—Sí —dijo Dean, sonriendo—. Y tus árboles milagrosos.

Sus brazos desnudos eran musculosos y sinuosos. Se veían como alguien que estaba acostumbrado a un trabajo duro y físico. Parecía extraño para una mujer que, por lo demás, se comportaba con la elegancia de la buena crianza, del dinero.

—¿Cómo sabes de ellos? —preguntó, sorprendida.

—Me trajeron a Haití.

La mujer del tendedero golpeó los vaqueros mojados que había estado sosteniendo sobre la cuerda tensada. El sonido resonó sobre las silenciosas colinas. Cuando se dio la vuelta, Dean la vio sonriendo.

—No te pregunté tu nombre —dijo Dean.

Ella levantó una delicada y amplia ceja con diversión.

—Grace —dijo ella—. Grace Mouzon. Creo que no sé el tuyo.

Algo misterioso y fugaz pasó entre ellos. Era como si la presión barométrica hubiera cambiado repentinamente de un frente que se acercaba.

—Parece que te vendría bien un poco de agua —dijo Grace.

—¿Agua? —Dean repitió. No sabía por qué—. No he bebido nada desde Puerto Príncipe.

—¿Eso significa que sí? —Grace preguntó, divertida.

Dentro del centro comunitario había un pequeño comedor con un puñado de largas mesas comunales y sillas de metal. Se transformaron en la cocina, reluciente con un fregadero de acero inoxidable y una estufa de propano.

—¿Cómo llegaste aquí? No veo un coche —dijo Grace, entregándole una botella de agua. Dean fue a desenroscar la tapa, pero el sello estaba roto, así que dudó.

—En un tap-tap —dijo Dean.

—No te preocupes. Llené la botella —dijo Grace—. La mayoría de los *blan* tienen un chofer.

—No hay nada malo con un autobús.

Grace se rio, los pendientes de plata tintinearon en los lóbulos de sus orejas.

—Solo estoy tomando un descanso de la panadería. Pero tengo que volver. ¿Te veré más tarde?

—¿Panadería? ¿Haces las baguettes?

—Es usted sorprendente, Sr. Dubose. ¿Cómo sabe sobre el pan?

—Llámame Dean, por favor. Los probé en el mercado de Leogane. Con mantequilla.

—¿Te gustó?

—Bien. Quiero decir, estaban genial.

Grace asintió con satisfacción.

—Es un placer volver a verte, reportero.

Dean la miró mientras se alejaba, fascinado de nuevo por su raro andar como una niña. Pronto estaba subiendo el camino que subía la colina de donde él había venido. Dean se dio cuenta de que el tap-tap había pasado la panadería, pero había estado mirando en la otra dirección, buscando este pequeño pueblo.

No había señales de su cliente con quien se suponía que se iba a encontrar. Miró el espacio alrededor del edificio para ver si había perdido un coche aparcado. Pero solo había un viento cálido que levantaba el polvo y el eco de los pasos ligeros de Grace en la distancia.

EL CAMARERO APARECIÓ POR DETRÁS DE LAS ANTORCHAS
DEL PATIO CON DOS CUENCOS BLANCOS Y UN PAÑO
DOBLADO SOBRE UNA MUÑECA. Puso el primer plato
delante de ellos, la sopa jounou, con una floritura. Se
detuvo, en silencio, para ver si los hombres estaban
satisfechos, y luego retrocedió en la oscuridad.

Herve y el Padre Charles cogieron sus pesadas cucharas para sopa
de plata y sorbieron la calabaza picante. Un toque de crema había
hecho el puré aún más sedoso.

—Son muchos niños —dijo el Padre Charles—. Tantos.

Miró al privet que estaba amurallado en el patio. Algunos niños
de la calle vagaban como perros salvajes flacos, fuera del alcance de
las luces del restaurante. Sabían que debían mantener su distancia.

Herve se detuvo antes de tomar la sopa anaranjada de su cuchara.
La tragó.

—Ya hemos hablado bastante de ello —dijo Herve—. Por favor.

Pétion-Ville estaba encaramada en una colina muy por encima de la miseria de los barrios bajos de Puerto Príncipe. Las hojas negras del vecindario arbolado crujían suavemente en la noche. El dulce olor del jazmín y de la madreselva flotaba en las calles vacías. Para ambos hombres, era el aroma familiar del hogar, las calles donde habían sido escoltados por guardias armados hacia y desde la academia que amaban y, en igual medida, odiaban. Había sido una escuela difícil y privilegiada, y se esperaba que hicieran más tareas de las que creían necesarias. Aún así, la mayoría de los profesores eran amables y respetuosos, incluso temerosos de los niños de la élite, y nunca presionaban tanto a sus alumnos como para recibir quejas.

—Todas las niñas —dijo el Padre Charles, sacudiendo la cabeza—. Son cuerpos.

—¿Tenemos que hablar de esta mierda? —Herve preguntó y tomó un trago del bourbon que había pedido. El Padre Charles miró en un furioso silencio. Herve nunca cambiaría. Ni siquiera fingía que le importaba, como hacían muchos de la élite.

Era un frenético, después de todo, criado con la ayuda de sirvientes en la lujosa comodidad de la familia, con los adornos de tres generaciones del lucrativo negocio del ron y la extensa destilería. Herve había crecido esperando hacer lo que quisiera, bueno o malo. Muchos de sus compañeros de clase en la academia eran iguales. Sin embargo, había poca conciencia entre ellos de que su precioso estilo de vida o educación era inusual. Todos los que conocían vivían de la misma manera.

El Padre Charles llamó repentinamente al camarero. Se agachó y se inclinó para escuchar al sacerdote. El camarero pareció sorprendido y preocupado cuando el sacerdote le susurró su petición.

—Nuestro arreglo permitirá que el orfanato prospere —dijo Herve—. Necesitamos los cuerpos. Los niños. Como un tiburón, Poppy. Deja de cazar y estarás muerto.

—No somos tiburones —dijo el Padre Charles—. ¿Por qué hablas así?

—Poppy. Acoges a estos niños como gatos callejeros y esperas que el Señor se ocupe de ellos. Bueno, El Señor puede hacerlo en la próxima vida. En esta, necesitan dinero. Tú necesitas dinero. Nosotros necesitamos dinero. Así es como lo conseguimos.

Herve golpeó la mesa del café con su puño. Otros pocos comensales echaron un vistazo hacia ellos.

—Este país, Poppy —dijo Herve—. Nosotros no lo elegimos.

Herve presionó la oscura y sobresaliente vena del lado de su frente, mirando a su amigo.

—Solo un par de ojos nos miran, comprobando nuestro bienestar. La cabeza negra de un buitre, Charles.

—Basta —dijo el sacerdote—. Estás diciendo tonterías.

El camarero retiró sus tazones de sopa y se retiró tan silenciosamente como había llegado. Pero en el último momento, asintió con la cabeza al sacerdote que su orden susurrada se había llevado a cabo.

—Tú y yo sabemos que habrá más huérfanos hasta que este país tenga otra revolución —continuó Herve—. Habrá más que nunca de los que ocuparse. Más y más y más. Eso ya lo sé. Tú lo sabes.

El Padre Charles vio cómo se repartía el pan a los niños fuera de la valla. Agarraron las baguettes con una feroz desesperación que le entristeció. Tantos niños hambrientos.

Los niños mayores salieron de la nada. Derribaron a los más pequeños con sus puños y brazos, arrancándoles los panes de las manos. El Padre Charles se puso sobrio al instante. Debió saber que no debía repartir comida sin planearlo.

Herve continuó.

—Habrá más bocas que alimentar y más ropa que comprar. Vas a necesitar más chozas. Quiero decir literas. Más madera, más agua. Ahora tendrás los fondos que necesitamos.

El sacerdote quería abandonar el arreglo. Encontraría otra forma de apoyar al orfanato.

La lucha en la oscuridad estalló en una fuerte pelea. Gritos y llantos resonaban en el patio.

—¿Quién les dio comida? —dijo Herve, exasperado. El sacerdote cerró los ojos por un momento, pero no respondió.

El camarero reapareció con el plato principal. Un plato de *Griyo Cabrit* asado se puso delante del Padre Charles, la carne de cabra frita rodeada de rebanadas doradas de plátano dulce ligeramente frito. Tenía olor a aceite caliente y a las cebollas encurtidas picantes que formaban parte del *pikliz* apilado en la parte superior. Su hambre se apoderó de él.

Herve vio como su propio plato se ponía delante de él. Una gran langosta a la parrilla estaba sentada en un trono de trozos de caracol a la parrilla con una mezcla de verduras, oliendo a sal, especias y mar. *Lanbi Boukannen*. El Padre Charles sabía que era su favorita. Podía comerla en el desayuno, lo que Herve hacía a veces.

La conmoción se calmó y casi se volvió a tranquilizar. Los chicos mayores estaban comiendo el pan, los más jóvenes de rodillas mientras se agachaban, partiendo pequeños trozos que les lanzaban los chicos hambrientos.

— *Bon appétit* —dijo Herve.

Habían sido como hermanos en la escuela. Estudiando juntos, jugando al fútbol por las tardes, persiguiendo a las chicas disponibles. Herve era un buen hombre y quería, al final, lo que hizo. Pero Herve también fue primero un hombre de negocios, un hijo descuidado que quería dejar huella en el mundo como su padre.

El Padre Charles finalmente siguió el ejemplo de Herve, tomó su tenedor y se sumergió en la cena. Comieron con avidez en silencio. El Padre Charles ignoró a los niños. No había nada que hacer. Herve se detuvo, rompiendo la espina dorsal de la langosta.

—Piensa en ello. Tendrán una vida mejor, mejor que aquí. No pasarán hambre. Serán educados. Las chicas crecerán para ser buenas mujeres jóvenes.

El Padre Charles se sorprendió al ver que ya había comido la mayor parte del cabrit, los plátanos dulces frescos y sin tocar.

—¿Sabemos realmente lo que le pasará a las niñas? —el Padre Charles preguntó, como si fuera una pregunta nueva, no una que hubiera repetido una y otra vez.

—Tendrás la lista, Poppy. Como siempre. Una lista más larga. Eso es todo.

El Padre Charles se sentía culpable. Nunca había realmente escrito a ninguna de las familias. Tenía miedo de molestarlas o de tener problemas con la inmigración. El sonido de una sirena de policía flotaba en la distancia.

Una conmoción estalló una vez más en la valla. El pan había sido entregado y había provocado nuevas peleas entre jóvenes y mayores *sanguine*. El Padre Charles miró fijamente en estado de shock y asco. No deberían haber entregado más comida. Era combustible para el fuego.

El oscuro barrio se inundó de repente con sirenas y el destello de las luces de Morris. La policía saltó de sus patrulleros y corrió hacia la manada de niños que luchaban, empuñando largas porras. El Padre Charles escuchó el primer chasquido de huesos y la explosión de gritos mientras los niños trataban de dispersarse.

Herve se giró lentamente para ver el motín. Algunos de los niños más pequeños fueron arrastrados hacia los coches, llorando, tratando desesperadamente de escapar. Un policía dio un golpe en la espalda flaca de un adolescente y éste se derrumbó en el suelo.

—Hiciste que repartieran el pan —dijo Herve—. ¿No lo hiciste? Ahora puedes ver lo que pasa cuando te pones sentimental.

El Padre Charles sintió un alivio inconfundible cuando una banda de niños pequeños eludió a la policía y escaparon a la oscuridad. La electricidad era preciosa, incluso en este rico enclave. Las puertas abiertas de los coches de policía filtraban la única luz. Las sombras de los niños se arremolinaban en los asientos traseros como fantasmas.

—Deberíamos volver a Coluers ahora, Poppy —Herve se puso de pie.

ARRIBARON EN LOS LAND ROVERS BLANCOS COMO UN CONVOY DE LAS NACIONES UNIDAS. Dean vio como los coches de techo alto y cuadrado se detuvieron en la sombra de un árbol. Los miembros de la junta directiva salieron despacio, pisando con cuidado el suelo antes de aterrizar en la tierra. Una mujer alta con un suéter de chaqueta blanca desplegó un paraguas a juego para proteger su cabello canoso.

—¡Rayos! —dijo como si se hubiera sumergido accidentalmente en un campo de estiércol. Justo detrás de ella, un robusto anciano rio calurosamente.

—Mae, llegarás a amar esto tanto como yo —llevaba un sombrero panameño de ala ancha y gafas sin borde que reflejaban las sombras del sol menguante. Dean reconoció a su cliente por la foto en Internet.

Dean retrasó el saludo para que pudiera ver al grupo. Eran

79

miembros de la junta de Moisson, el grupo que financió el proyecto del árbol y que Nelson, como CEO, dirigió con un entusiasmo sin límites. El grupo, Dean sabía, era una mezcla de banqueros, trabajadores sociales y voluntarios religiosos. Nelson los había invitado a Haití para que vieran los árboles por sí mismos. No solo ayudaron a dirigir la organización, sino que hicieron la mayor parte de la recaudación de fondos.

—¿Necesitas ayuda con esas bolsas? —preguntó Dean. Le había sorprendido que vinieran en coches caros y con un bonito equipaje. Le recordaba a la gente privilegiada pero generosa que conoció en las fastuosas recaudaciones de fondos en Manhattan.

—¡Estás aquí! —Nelson le llamó y mostró una sonrisa gregaria. Los otros miembros de la junta se detuvieron detrás de los hombros envejecidos de su líder. Nelson extendió su mano fuerte, tatuada con manchas de la edad. Sus ojos azules se divirtieron, marcados por el pelo blanco de sus cejas.

—Estoy sinceramente impresionado de que hayas venido a ver nuestros árboles y a dejar que el mundo lo sepa —Nelson dudó antes de responder a la oferta de Dean—. Nos vendría bien algo de ayuda para bajar, si no te importa.

Le entregó a Dean una de las maletas pesadas.

—Un país encantador, ¿no? —Nelson preguntó. Sacó dos sacos más del maletero. Ambos estaban llenos hasta el borde de zanahorias y calabazas y comida envuelta en papel blanco encerado—. ¿Cómo podría alguien no enamorarse de él?

—Podrían ser presionados para desmayarse en Puerto Príncipe —dijo Dean—. Pero es hermoso aquí en las montañas.

—La ciudad también tiene sus encantos —dijo Nelson.

Después de llevar las bolsas dentro, Nelson entró en la cocina y regresó con una botella de agua en cada mano como un oso. Le ofreció una a Dean antes de tragarse la suya.

—Es genial encontrarse finalmente cara a cara, Sr. Dubose —dijo Nelson, limpiándose los labios húmedos—. Me sorprende que se haya ofrecido a venir aquí para ayudarnos.

—No debería estarlo.

—Pero eres un socio, un ejecutivo. En cualquier caso, estamos muy agradecidos. Puedes ayudarnos mucho.

Grace se escabulló por la puerta abierta. Un pañuelo rojo, espolvoreado con harina, estaba atado fuertemente sobre su cabello oscuro. Su mirada era deslumbrante.

—¡Grace está en casa! —Nelson dijo. Fue a abrazarla.

—Soy un desastre —dijo ella—. Una sonrisa tendrá que bastar. ¡Pero quería darte la bienvenida!

—No te he visto en tanto tiempo. Demasiado tiempo.

—Veo que has conocido a nuestro reportero —Grace deslizó su delgado brazo en el de Nelson, y luego los volteó a ambos para enfrentar a Dean.

—Sabes, Nelson soñaba con ser reportero cuando era más joven, así que va a estar celoso de ti.

—Eso es cierto. Yo quería ser reportero en un momento dado —dijo Nelson, sonriendo a Grace—. Pero mi vida dio un giro. Me gusta ser abogado.

—El reportero se está quedando con nosotros, Nelson, así que espero que todos tengamos la oportunidad de hablar más tarde. ¿En la cena?

—Bueno, por supuesto que se queda con nosotros —dijo Nelson.

—¿Necesitas algo? —Grace preguntó, pareciendo vagamente confundida.

—Estamos bien —dijo Nelson—. Es un alivio estar fuera de la carretera. Suficientes baches para hacer temblar mis riñones.

—Al menos no es la temporada de lluvias —dijo Grace—. Ya vuelvo. Tengo que seguir haciendo cosas. Pónganse cómodos.

—¿Por qué te llama reportero? —Nelson preguntó después de que Grace saliera y volviera a la panadería.

—No lo sé —dijo Dean, aunque adivinó que era porque no intentó corregirla en el hotel.

—No importa. Voy a hervir un buen café haitiano. ¿Te gustaría un poco?

DEAN SALIÓ DEL CENTRO COMUNITARIO AL ANOCHECER. Miró a la distancia la luz que se desvanecía sobre los picos calvos. Tantos árboles habían sido arrasados para hacer carbón que las otrora exuberantes montañas estaban secas como un desierto. La escala de la destrucción era sobrecogedora. Pero Dean simpatizaba con el hecho de que muchos ciudadanos tenían pocas opciones. La gente necesitaba la madera como refugio, como combustible. Esperaba que la plantación de árboles Moringa pudiera algún día estimular la reforestación del campo. Era otro milagro que esos árboles pudieran producir.

Dean volvió su atención del atardecer para ver a un niño encorvado en su mula mientras se mecían en la pendiente. El chico sostenía un palo en una mano, listo para empujar al animal hacia adelante con una bofetada. La mula se movió estoicamente por la pendiente a su propio ritmo. El chico vio a Dean y sonrió, y luego pasó a toda velocidad, dejando atrás el hedor de la mula.

La simple y terrenal inmediatez del niño, el atardecer, la suave brisa de algodón consoló a Dean. Se sintió extrañamente en casa, aunque nunca antes había puesto un pie en el campo. Se sentó en la fresca tierra al lado del camino, cruzando sus piernas.

Le recordó que a Cynthia le encantaban los atardeceres, especialmente en el río Hudson cerca de su apartamento. Fue una de las pocas situaciones en las que se detuvo y se relajó. Le gustaba estar ocupada, ir en taxi a las citas y comidas, enviar mensajes de texto con furia. Estaba feliz de estar lejos de todo eso.

Dean escuchó voces, puntuadas por risas fáciles, a la deriva en la oscuridad que se acercaba. Los platos de China tintinearon como platillos. La junta directiva se reunía para cenar dentro.

Dean se puso de pie y se limpió la suciedad de sus pantalones. Dentro del centro, todos se reunían alrededor de una larga mesa. El parloteo y las risas eran fuertes, amplificadas por el cemento desnudo y los escasos muebles. Vio a Grace, el centro natural de atención, hablando con Nelson.

Dean caminó alrededor de la larga mesa de madera con la vieja vajilla usada. Se colocaron en fila tazones de cerámica de arroz humeante sucio con judías oscuras. En medio había platos de carne ennegrecida y soperas de verduras cocidas. Todo le olía a col y a vinagre fuerte.

—¿Cómo salió el pan? —preguntó Dean. Buscó en la mesa las baguettes francesas.

—El generador no funciona —dijo—. No hay horno para el pan.

—¿Se quedó sin combustible?

—No lo sé. Puedo mirarlo mañana con una mente más fresca.

—Puedo ayudar —ofreció Dean. Entendió cómo trabajaban los generadores de su abuelo, que los puso en marcha después de los huracanes estacionales que a menudo pasaban por el sur del país.

Grace lo valoró, sus brillantes ojos eran calculadores.

—¿Sí? ¿Sabes algo de ellos?

—Soy un chico de campo en el fondo. Solía jugar con ellos cuando era niño.

—Charleston, sí. Me lo dijiste —dijo Grace.

Dean ocupó el único asiento libre, junto a una monja. El nombre de la monja era Marie. Era alta, con cabello plateado que se balanceaba sobre sus estrechos hombros cuadrados. Sus ojos amables eran del color de la canela.

—¿Has comido antes algo de la moringa? —preguntó. Alguien le dio un plato de lo que parecía ser frijoles color caramelo, arroz sucio, una ensalada de espinacas y frijoles verdes picantes.

—No me gustan mucho las verduras —dijo Dean—. Y definitivamente no los árboles —de hecho, era un completo desconocido para los vegetales. Le gustaban las hamburguesas y el pollo, evitaba las ensaladas y dejaba el brócoli en el plato. También tenía debilidad por la comida frita, especialmente el bagre y cualquier versión de una patata.

—Te vas a dar un gusto —dijo la monja.

El pequeño montículo de judías, al examinarlo más de cerca, parecía un cruce entre pequeños cacahuetes y grandes semillas. El olor a pimiento rojo y aceite vegetal se desprendía de la densa capa de salsa. El aroma de las especias despertó su hambre, pero no tenía ganas de comer la comida.

—Es un milagro —dijo la monja con una sonrisa maliciosa—. Y hay más nutrición de la que se puede encontrar en una cena de bistec.

Dean miró el arroz húmedo y los frijoles picantes, algunos de ellos hechos puré por la mezcla. Pensó que parecían haber sido recalentados en segundos.

—Estamos tan contentos de que un periodista haya pensado lo suficiente en lo que hacemos para viajar aquí. Gracias.

Sus ojos maternales brillaban intensamente. La hermana Marie le recordó a las monjas franciscanas que lo educaron en la escuela primaria. Llevaban hábitos negros, blusas sueltas y faldas largas que se extendían hasta sus toscos zapatos negros. Sus hábitos ajustados enmascaraban su feminidad. La hermana Marie parecía una persona amable.

—Bueno —dijo Dean—, habrá periodistas que vendrán a informar sobre los árboles si hago bien mi trabajo.

Todos se habían servido y estaban esperando.

—Oh Señor —comenzó Grace, inclinando su cabeza humildemente. Su flequillo suelto y oscuro estaba cubierto de harina—. Estamos agradecidos por toda tu bondad y amor, por esta moringa que has proporcionado, por la ayuda que has dado para que podamos ayudar a otros.

Un murmullo de aprobación barrió la habitación antes de que todos tomaran sus cubiertos y se atrincheraran. Dean comenzó con el picante montón de frijoles. Sabían a cacahuetes hervidos, puré y fibra.

—Semillas del árbol —dijo la hermana Marie, observándolo cuidadosamente.

—Vaya —dijo Dean. Pasó a los verdes, las hojas de la moringa. Sabían a espinacas al vapor.

—¿Están buenas? —preguntó la hermana Marie. Ella había tomado solo un pequeño y delicado plato de arroz.

—Es sano —dijo Dean, asintiendo apreciativamente.

—Esas son las vainas. La gente las llama baquetas.

—Me gustan las baquetas —dijo Dean.

La especia le explotó en la boca. Estaba caliente, dulce y sabía débilmente a rábano picante. Alcanzó el agua.

—Hay raíz de moringa mezclada allí —dijo la monja—. Molida como las semillas de mostaza.

—Es la primera vez que como de un árbol —dijo Dean. Cuando se enteró de los árboles milagrosos, no había pensado mucho en que la gente se comiera uno, especialmente él mismo. Debería haberlo hecho, pensó.

—No será el último —dijo Nelson desde su asiento junto a Grace. Dean nunca perdió la pista de dónde estaba sentada. Le robó las miradas durante la comida. Le encantaba la forma en que ella inclinaba su cabeza lejos de Nelson, sus ojos azules lo acogían como si fuera la única persona en el mundo.

—¿No hay corteza cocida? —dijo Dean, bromeando. Si la tenían, no se la iba a comer.

—La corteza es tóxica —dijo Nelson—. Pero cuando se usa correctamente, es un antibiótico fuerte.

—¿Como un medicamento para las infecciones? —preguntó Dean.

—Claro que sí —dijo Nelson—. Es el árbol que no deja de dar.

Después de la cena, fueron a una habitación más pequeña en el centro con una barra improvisada. Había ron local, whisky y una cerveza local. La monja hizo un té de hierbas, ofreciendo un poco al grupo, que Dean aceptó con gusto. Nelson le ofreció un trago de ron también.

—Estoy bien —dijo Dean—. No bebo. No en el trabajo —añadió la última parte porque no quería decir que había estado limpio durante años.

—Te tomas tu trabajo en serio —dijo Grace, descansando en una silla de metal junto a Nelson.

—Cuando tengo que hacerlo —dijo Dean—. Pero también me gusta divertirme.

—¿Lo haces? —Grace sonrió—. No hay mucha vida nocturna en Coluers.

Dean tomó su taza de té de la monja y le agradeció. Encontró que Grace todavía lo estaba observando.

—¿Y tú? —preguntó Dean—. No estás bebiendo nada. Pero pareces una mujer que sería feliz con un vaso de vino fino.

Grace se rio.

—Qué elegante. Dame una cerveza y seré feliz —Nelson se quedó en silencio, observándolos y escuchándolos.

—¿Cómo se enteró de lo nuestro, Sr. Dubose? —preguntó, inclinándose hacia adelante en su silla. El suave timbre de su voz era relajante, invitaba. Recordó lo mucho que le gustaba cuando estaban en el porche del hotel y el sonido de ella lo atrapó de inmediato—. Esta no es la típica historia. Un poco fuera de lo común.

Dean miró a Nelson para que le diera la respuesta, pero había dirigido su atención a un miembro de la junta.

—Muy poco convencional, lo cual me gusta. Algunos dijeron que estaba loco por perseguirlo. Pero leí sobre ello en un blog de comercio y supe que tenía que verlo.

—¿Por qué? —Grace inclinó la cabeza a un lado, esperando su respuesta como la había visto hacer con Nelson en la cena. Le hizo sentirse especial.

Pero Dean se esforzó en articular exactamente por qué se había sorprendido tanto cuando supo del árbol de Moringa, por qué le había inspirado mucho más que a cualquier periodista u hombre de relaciones públicas. Pero el sentimiento había sido inmediato, inconsciente, puro instinto. Un día, conseguiría que alguien le explicara todo.

—Tal vez quería conocer Haití —dijo Dean, finalmente.

—Eso es muy poco convencional. ¿Qué opinas hasta ahora? —ella sonrió.

—Es real —dijo Dean, queriendo decir más—. Puedo entender por qué alguien querría regresar.

El comportamiento de Grace cambió y Dean estaba seguro de que había dicho algo malo. Cómo o por qué no lo sabía. Pero Grace se había vuelto instantáneamente sombría.

—¡Un brindis! —Nelson estaba de pie, sosteniendo un vaso de ron en lo alto de él como si el vaso fuera un cáliz para ser usado en una bendición—. A todos, a cada uno de nosotros, por hacer el viaje a este maravilloso país y esta misión especial. ¡Gracias!

Dean vio a Grace levantarse y salir de la habitación. Consideró seguirla, pero estaba claro que ella no quería compañía.

EL HUMO QUÍMICO DE LAS BOBINAS DE LOS MOSQUITOS SE DESLIZÓ A TRAVÉS DE LAS PILAS DE LAS LITERAS. Los químicos de las bobinas eran tóxicos, destinados a ser usados en el exterior, pero eran la única defensa contra el ejército de mosquitos. Dean escuchó su débil aullido, temeroso de ser picado por un bicho de la malaria. No había habido brotes recientes, pero la posibilidad de contraer malaria por los mosquitos era un peligro siempre presente en el calor tropical.

—¿Te vas la semana que viene? —preguntó la doctora de la clínica de Manhattan, leyendo sus respuestas de un formulario que Dean había rellenado. Llevaba una bata de laboratorio blanca sobre un traje de negocios.

—¿Es eso un problema? —preguntó Dean.

—No para la fiebre amarilla y un refuerzo del tétanos, ciertamente —dijo ella, moviéndose a un armario de cristal lleno de filas de frascos de medicinas. Abrió un cajón de abajo y sacó una larga aguja empaquetada en plástico.

—Te pediría que tomara doxiciclina. Pero toma al menos de tres a siete días para que funcione en tu sistema. Incluso entonces, no es infalible. Puede que no sea efectiva hasta que vuelvas.

—Entonces, ¿no hay nada para la malaria? —Dean era incrédulo. Había conocido a un tío que casi muere de la enfermedad que trajo de unas vacaciones en China.

—Puedes tomar las píldoras. Pero volverás a los EE.UU. antes de que sea realmente beneficioso. Si hubieras venido antes, sería una historia diferente.

Ella miró a través de las gafas sin marco que hicieron sus ojos tan fríos y clínicos como su forma de ser.

—¿Anticipa algún contacto sexual?

—¿Qué?

—Hepatitis B —dijo—. Es endémica en el lugar al que vas. Se transmite a través del contacto sexual. Y puede ser letal.

La doctora no traicionó ninguna emoción, como si leyera las instrucciones de uno de los frascos de medicinas.

—Voy a ver a un cliente —dijo Dean.

Ella lo miró fijamente, esperando una respuesta completa.

—No, no anticipo ningún contacto sexual —dijo él.

Dean estaba empapado en su propio sudor y no podía dormir. Escuchó el coro de la respiración en la habitación, los ronquidos dispersos y sonoros. Era muy consciente de que Grace estaba durmiendo a dos camas de distancia. La había visto meterse en la litera de abajo con un camisón que abrazaba su cuerpo. La había visto antes afuera, fumando un cigarrillo en soledad, mirando al cielo. Adivinó que ella tenía razones mucho más complicadas para volver a las montañas que a su casa. En cualquier caso, estaba decepcionado de que de alguna manera había cambiado su estado de ánimo para la noche.

Afuera, las cigarras se acercaron desde la oscuridad de la luna. Le preocupaba estar despierto toda la noche y agotado al amanecer. Tenía que dormir un poco. Era vital que estuviera descansado y alerta. En unas pocas horas, irían en coche a la granja de árboles. Estaba muy emocionado.

Dean se apoyó en sus húmedos codos y luego salió de su litera. El suelo de cemento estaba fresco y resbaladizo bajo sus pies. Se puso sus caquis sucios y su camiseta húmeda, se puso sus botas de senderismo y se apresuró a atarlas.

Afuera, se encontró con una procesión de luces moviéndose por el estrecho camino. Se extendían por kilómetros, una tras otra, parpadeando como una cadena interminable de luces de árbol de Navidad bajo el cielo de antes del amanecer. Dean pensó que podría ser una línea de inmigrantes, marchando hacia la ciudad.

Después de un momento, la gente emergió de la oscuridad, algunos sosteniendo linternas de vela. Un anciano enérgico llevó un burro apilado con sacos de arpillera rellenos. Una mujer de anchos hombros con un vestido estampado africano balanceó una pila suelta de plátanos verdes sobre su cabeza. Un joven siguió a su madre, llevando una bolsa de tela. Todos se movían pacientemente, sonriendo o asintiendo con la cabeza al pasar.

—Van al mercado.

Nelson estaba parado detrás de él, usando solo sus calzoncillos.

—¿Van a ir a Leogane? —preguntó Dean.

—Latrueil. A unas pocas millas sobre esas montañas de aquí. Van cada Sábado.

—¿Miles? ¿Todo el mundo simplemente camina?

—Salen de sus pueblos en medio de la noche para poder llegar al mercado al amanecer y establecerse.

Dean estaba impresionado de que tantos viajaran tan lejos por un simple mercado. Vio un destello del amanecer mientras trazaba las distantes y despojadas cumbres. El aire caliente olía a turba y suciedad. Sintió una sensación terrenal, una presencia sólida como en ningún otro lugar.

—Amo este lugar —dijo Nelson—. No tienen nada de posesiones, pero es un país rico.

Nelson se pavoneó hacia la carretera, sus calzoncillos aleteando cómicamente con la brisa. Se agachó y recogió algo. Era un valioso mango, dejado por accidente. Se lo mostró a Dean como si fuera un premio. Con su pelo blanco rizado y sus cavidades doradas dispersas, parecía excéntrico y tonto, no el jefe responsable de la junta de gobierno.

—Maravilloso —dijo.

—¿Crees que lo dejaron a propósito? —preguntó Dean.

Nelson se rio de corazón como si se estuviera burlando de sí mismo.

—No me sorprendería. Por eso hay tantos aquí. Siempre quieren contribuir.

Dean pensó en el Padre Charles y su preocupación inmediata, su impulso de ayudar a un total desconocido. Le habló a Nelson de él.

—Me dijo que su orfanato está aquí en Coluers.

—¿El Padre Charles? —Nelson lo miró con sorpresa.

—Sí. Un hombre maravilloso.

—Estaba dando misa en una vieja iglesia de tablones de madera en el barrio bajo de los suburbios.

—Cite Soleil.

Dean asintió, recordando el disparo. Le había llevado horas recuperar completamente su audición. Pero, gracias al sacerdote, pudo salir.

—Me invitó a ver su orfanato.

—Deberías. Solíamos apoyarlo.

—¿Está cerca de aquí? —preguntó Dean.

Nelson sonrió y señaló los árboles distantes.

—Diez minutos más o menos a través de esos raros árboles.

Dean escuchó a otros moviéndose dentro de los barracones, los miembros de la junta hablando en inglés. Una corta y profunda risa siguió a la bofetada de los pies descalzos en el suelo de cemento. Las ollas se agitaban sin ser vistas desde la cocina. Dean esperaba ansioso el desayuno y un poco de café.

Nelson se detuvo, alarmado repentinamente por los dos Land Rovers estacionados bajo el árbol. Ambas capuchas se abrieron ligeramente.

—¿Algo va mal? ¿Esas capuchas abiertas?

—Espero que eso sea todo —dijo Nelson, sacudiendo la cabeza, claramente perturbado. Pero no compartía lo que le preocupaba.

EL ÚNICO ÁRBOL SOMBREÓ A LOS LAND ROVERS
DEL RESPLANDOR DEL SOL DE LA MAÑANA. Pero no
protegieron las baterías de los coches. Ambas
habían sido robadas en algún momento después
de que la junta directiva llegara. Los capós de los
coches se dejaron cuidadosamente entreabiertos
para no alertar a nadie con un ruido fuerte. Los
ladrones habían sido rápidos y eficientes. Sabían lo
que querían y cómo sacar las baterías pesadas. Una
de las grandes baterías de los SUV, por sí sola, podía
alimentar las luces, un ordenador, un televisor y una
radio durante semanas.

—Justo debajo de nuestras narices —dijo Nelson. Estaba
consternado, no enfadado, lo que Dean esperaba. El robo es un ataque
personal.

Dean había oído algo mientras daba vueltas en la litera. Asumió que el crujido del metal era de la brisa ocasional que soplaba de las montañas oscuras. Al reflexionar sobre ello, el sonido habría coincidido con el de una capucha levantada. Pero no había estado escuchando con la amenaza de un atraco en mente, así que lo descartó.

—Tendremos que enviar a PAP a buscar baterías —dijo Nelson—. Si los ladrones no las conservan, podríamos comprar nuestras propias baterías de nuevo.

—¿Has pasado por esto? —preguntó Dean.

—Más de una vez —admitió Nelson—. Pero somos un objetivo. Te acostumbras a ello. Algunos están desesperados. No son realmente culpables.

—El robo es un crimen. Así de simple —dijo Dean—. No estoy de acuerdo.

—Tienes derecho —dijo Nelson, mostrando una sonrisa pálida.

—¿Cómo se supone que vamos a llegar a los Árboles Milagrosos?

—Eso es un problema —dijo Nelson. Miró a la vieja junta directiva que estaba junto a los coches, esperando una decisión, esperando que le dijeran qué hacer.

—¿Hay prisa? —preguntó Grace—. Los árboles no se van a ir.

—Hay una agenda apretada —dijo Dean—. No hay tanto tiempo para hacer esto.

—¿Hacerlo? —Grace preguntó, molesta—. Haces que suene como una tarea.

—No, en absoluto. Solo estoy ansioso —dijo Dean—. Parece que siempre me estoy retrasando.

Dean se tomó un respiro, se calmó.

—Podemos conducir esta tarde si tenemos suerte de encontrar baterías —dijo Nelson—. O podría caminar, Sr. Dubose.

—¿A qué distancia?

—Cinco o seis millas.

Dean sintió la atención de los miembros de la junta. Ya estaban acalorados. La monja estaba tratando de refrescarse con un ventilador personal. La herramienta a pilas parecía una varita que estaba agitando sobre su sudoroso cuello y cara.

—Hace calor —dijo Dean.

—Tal vez sea una buena oportunidad para visitar al Padre Charles —Nelson sugirió.

—¿El Padre Charles? —Grace preguntó con sorpresa—. ¿Lo conoces?

—Lo conocí ayer.

Dean sintió que ella protegía al sacerdote. Ella lo estudiaba con lo que parecía desconfianza, tratando de decidir si decía la verdad.

—Me ayudó a salir de un apuro —explicó Dean.

—Sí, así es él.

—¿Tal vez puedas guiarlo hacia allá, Grace? —Nelson sugirió.

—El resto de nosotros se beneficiaría de un poco de sombra.

—Tengo que ir a trabajar, me temo —dijo Grace.

—Puedo caminar por mí misma —dijo Dean. Le molestaba que Nelson lo convirtiera en un problema.

Nelson y los miembros de la junta se alejaron de la Land Rover hacia el centro comunitario. Parecían aliviados y ciertamente no estaban interesados en ver el orfanato. Recordó el comentario casual de Nelson de que una vez habían financiado el orfanato, pero ya no. No había pensado en preguntar por qué en ese momento, pero lo haría. Era curioso para una ONG.

Grace no se fue. Dudó, su cara se nubló por la preocupación. Dean tuvo la sensación de que ella estaba cambiando de opinión.

—Te veo luego, espero —Dean preguntó.

—Iré contigo —dijo Grace—. Necesitas a alguien que te muestre el camino.

ENCONTRARON UN ESTRECHO SENDERO QUE SERPENTEABA ENTRE LOS PLATANEROS JÓVENES. Las hojas anchas y blandas tuvieron que ser removidas con un cepillo para poder pasar. Grace abrió el camino, sosteniendo las hojas como una cortina para Dean, que estaba justo detrás de ella. La salvia que tenían a sus pies liberó un olor herbáceo y fuerte con cada paso.

—Conoces bien al Padre Charles —dijo Dean.

—Desde que tenía doce años —dijo Grace. Ella se detuvo—. Me sacó de una mala situación.

Dean la siguió hasta lo más profundo de la maleza. Había chirridos desconocidos y llamadas de pájaros a su alrededor. El aire húmedo era fresco sin que el sol se pusiera.

—Puedo identificarme —dijo Dean—. Disolvió una banda que no estaba muy contenta de verme en su vecindario.

—El Cite Soleil —dijo—. ¿Fuiste solo?

—Sí, lo hice.

Los plátanos se ralearon, y el camino se ensanchó hasta que entraron en el claro. Dos grandes cabañas recién construidas se pararon en el medio, todavía oliendo a aserrín. Los tablones de madera eran lisos y amarillos, aún no manchados o desgastados. Un pórtico cubierto con un pico adornaba las entradas. Unos cuantos niños se sentaron a charlar en un conjunto de escaleras de madera nuevas. Saltaron tan pronto como vieron a Grace.

—¡¡¡*Bonjou!!!* —sus gritos se escucharon en todo el recinto. Dean se detuvo mientras corrían hacia ella, rebosante de emoción.

—¿*Komen ou ye?* —Grace preguntó, arrodillándose para que estuviera a su altura—. ¿Cómo están?

—*N'ap boule, n'ap boule* —gritaron los niños al unísono. Grace se rio, reuniéndolos a todos en sus brazos.

—*Eske ou te we* Padre Charles? —preguntó Grace.

En el momento oportuno, el Padre Charles salió de detrás de una cabaña cercana. Encontró a Grace y la besó suavemente en ambas mejillas. El sacerdote calvo se asomó a Dean de forma sospechosa. Su brazo se mantuvo alrededor de los hombros desnudos de Grace. De repente, una mirada de reconocimiento se extendió por su cara.

—No esperaba verlo, Sr. Dubose.

El Padre Charles miró a Grace como si quisiera una explicación de por qué estaba con el periodista.

—Nos acabamos de conocer —dijo Grace—. Quería verle. Dijo que estaban juntos en Cite Soleil.

—En efecto, lo estuvimos. El Sr. Dubose presenció más de lo que esperaba.

Dean asintió con la cabeza.

—Nunca le agradecí. Así que aproveché la oportunidad una vez que llegué aquí.

—La mano de Dios nos lleva a lugares inesperados. Vengan.

El sacerdote se dio la vuelta y se dirigió hacia el borde del recinto. Los niños se pusieron en fila detrás de él, saltando como si estuvieran siguiendo a Peter Pan. Otros niños se movieron de las otras cabañas, iluminados por la luz del sol, creando rápidamente una multitud.

—¿No me vas a saludar, cariño? —llamó una voz. Dean se giró para ver a un hombre alto e imponente parado atrás en el bosque. Estaba vestido con pantalones de diseño y una camisa de seda como si acabara de salir de un club chic de la ciudad.

—Herve —dijo Grace, tontamente.

Dean lo reconoció de Cite Soleil. Era el compañero del sacerdote, que lo había visto desde el asiento trasero del Mercedes blanco. Era la persona a la que la banda parecía temer. Dean se sorprendió cuando Herve agarró a Grace por los hombros y la besó tiernamente en sus labios abiertos. Grace ni lo evitó ni se resistió. Estaba pasiva, esperando que el saludo terminara.

—¿Poppy te dio la noticia, cariño? —preguntó Herve. Habló con una familiaridad íntima.

—¿Sobre?

—¿Qué te parece? Trece de estos tesoros van a tener una mamá y un papá y su propio techo sobre sus cabezas.

Herve estaba radiante como un padre orgulloso.

—¿Trece? ¿Todos a la vez? —preguntó Grace. Miró a los niños distantes, preocupada.

—¡Estamos bendecidos! —dijo Herve—. Pero el señor necesitará su ayuda, Lady Grace, ahora que ha vuelto a casa.

Herve le quitó la mano floja de su brazo y la sostuvo con la posesividad casual de un novio. Dean estaba celoso, aunque sabía que no tenía derecho a estarlo.

—¿Qué clase de ayuda? —preguntó Grace. Dean esperó a que ella se apartara de las garras de Herve y lo pusiera en su lugar. En lugar de eso, ella se relajó en él como un amante.

—Ayúdalos a prepararse —dijo Herve—. Ayúdalos a adaptarse.

—¿Dónde? —preguntó Grace.

—Por todas partes, nena —dijo Herve—. Hemos expandido nuestro alcance desde que te fuiste.

—No me sorprende —dijo Grace.

Herve mostró una sonrisa encantadora y juvenil como si hubiera hecho una broma.

—Un día tal vez regresen como tú. Si tenemos suerte.

¿Regresar? Dean estaba confundido. ¿Regresó Grace porque una vez fue huérfana aquí también? Parecía confundido. Tal vez había entendido mal, pensó Dean.

El sacerdote apoyó su mano en el hombro de una joven, con el pelo trenzado y atado con una cinta de seda barata. Su camisón amarillo descolorido estaba desgastado, colgando sobre la gamuza, con las piernas manchadas de tierra.

—¿Hay comida en el centro? —preguntó Herve—. No he desayunado nada.

—*Pan* —dijo Grace.

Herve hizo un gesto hacia la ruta que acababan de tomar.

—¿Vienes conmigo?

—Le estoy mostrando los alrededores a Dean —dijo—. Es un reportero.

Grace habló de su ocupación como si fuera una amenaza.

—Nos hemos conocido —dijo Herve. No hizo ningún esfuerzo por ocultar su desagrado.

Dean no sabía por qué, pero Herve había sido igual de desdeñoso cuando recogió al Padre Charles fuera del barrio.

—Pero te necesito ahora mismo. ¿De acuerdo, cariño?

Grace miró fijamente a Herve, con la mirada fija como si estuviera bajo algún tipo de hechizo. No era ella misma, o al menos como Dean la había conocido hasta ahora.

—¿Estarás bien? —Grace preguntó. Sus ojos azules estaban distantes.

—Puedo encontrar mi camino de regreso —dijo Dean.

Vio con asombro cómo Grace seguía a Herve como una esposa obediente. La brillante y orgullosa joven había sido reemplazada por una dócil esclava, moviéndose como si fuera un trance zombi.

EL MERCEDES SE DETUVO FRENTE AL CENTRO COMUNITARIO. Grace fue a abrir su puerta, pero estaba cerrada con llave y no podía abrirla. Herve parecía divertido. El aire acondicionado enfriaba su cuello expuesto.

—Ha pasado tanto tiempo, señorita, quería hablar —dijo Herve—. Espera conmigo.

—¿Esperar a qué? —Grace dejó su mano en la puerta.

Herve se rio sin ningún tipo de humor. Grace recordó adónde había llevado esto antes, y estaba asustada y emocionada. Había algo en su vivo y puro deseo que a ella le gustaba y se sentía atraída por la forma en que uno se siente atraído por la emoción del peligro.

Herve pasó junto a ella y sacó una bolsa de sándwiches de la guantera. Grace se estremeció cuando su brazo se acercó a ella. Recordó el tatuaje verde y negro en su antebrazo justo debajo del codo. La sirena de fantasía se parecía más a un pez atrapado en un sedal.

—Has vuelto para siempre, Lady Grace —dijo Herve. Sacó una pequeña caja rectangular de papeles para enrollar del bolsillo delantero de sus vaqueros.

—¿Ahora es 'Lady'? —preguntó Grace.

—Te respeto, cariño.

Sus ojos le sonrieron, y ella miró hacia otro lado rápidamente, desconcertada. El olor a dulce de cannabis llenó el auto tan pronto como abrió la bolsa de los sándwiches. Las hojas y ramitas parecían albahaca seca.

—Tú y yo. Sabemos cómo hacer que sea agradable aquí —dijo Herve. Pellizcó las hojas con su pulgar y dos dedos y las dejó caer delicadamente en un doble envoltorio.

—¿Tú y yo lo hacemos bien? —dijo Grace.

—Soy tu hombre, nena. Sé cómo tratarte y darte el las cosas que quieres —Herve expertamente enrolló el papel y la cannabis en un cigarrillo apretado y delgado.

—¿Qué es lo que quiero?

—Cosas bonitas. Como todo el mundo. Y quieres ser amada, nena. Quieres que te cuiden. Quieres lo que yo tengo.

—¿Qué es lo que tienes? ¿Dinero? Sé que naciste en una cuna de oro, Herve. Y por alguna razón quieres más. Nunca es suficiente.

—Tengo más que dinero —dijo Herve, mirando a su entrepierna.

—Ahora me gustaría salir. Tengo trabajo que hacer. He disfrutado tanto de nuestra pequeña charla.

Herve se metió el cigarrillo enrollado a mano en la boca. Una llama de butano apareció de su otra mano, parpadeando justo encima de sus nudillos como un truco de magia. La punta de papel blanco se encendió. Dibujó sobre él tan pronto como la llama cayó. Después de un momento, exhaló el dulce humo.

—Tú y yo —sacó el porro como una ofrenda. Grace miró el fino cigarrillo como si fuera un insecto. Recordó el dulce olor en el asiento trasero de otro de sus coches trofeo. Un coche europeo. Estaban drogados, sudando a pesar del aire acondicionado. Le gustaba su tacto y su olor, su sorprendente ternura. También recordaba la tristeza que se apoderó de ella después, la sensación de volver a caer en el agujero del que creía haberse librado.

—¿Qué tenemos entre nosotros, Herve? ¿Además de la miseria? —Herve retiró el porro.

—¿Vuelves por la miseria?

—He vuelto para ayudar, para marcar la diferencia.

Herve volvió a tomar el porro e inhaló profundamente. Mantuvo el humo en sus pulmones por lo que pareció un largo tiempo. Cuando exhaló, solo había una brizna de humo.

—Noble, Lady Grace. Noble —dijo Herve. Le guiñó un ojo y miró el bulto que le apretaba la entrepierna.

—Necesito ayuda —sonrió.

—¿Se supone que eso me excita, Herve? —ella estaba disgustada. Herve recibió una vez más el porro, y luego voló la punta que brillaba como brasas.

—Tienes un *blan* olfatenado entre las piernas y ahora actúas como una mujer mantenida.

—Los perros olfatean. Los hombres hablan.

—Todos los hombres quieren lo mismo, Lady Grace.

Herve abrió el cenicero y puso lo que quedaba de la junta dentro. Había montones de extremos de articulaciones dentro.

—No dijiste nada sobre las ruedas, nena —dijo Herve. El estado de ánimo había cambiado de repente. Herve perdió la concentración por un momento y miró por la ventana del coche al árbol cercano.

—No me importan los coches —dijo Grace.

—Está bien, nena. Está bien. Para que lo sepas. Si necesitas algo, solo pídemelo. Cualquier cosa. Es tuyo.

Grace tiró de la manija de la puerta otra vez, pero no pasó nada.

—Puedes empezar por abrir la puerta, Herve —dijo Grace.

El mecanismo de cierre se abrió con un clic. Grace se balanceó hacia el sol caliente.

—Conocí a tu chico en la Cite Soleil —le dijo Herve a su espalda—. Charles dijo que había venido a ver un barrio bajo. Mierda. Como un turista.

—Lo hace para ganarse la vida. Es un reportero.

—Lo dudo —dijo Herve—. No puede ser otro —pero una mirada de incertidumbre cruzó su rostro por un momento. En menos de un día, un segundo periodista había aparecido con un interés en el orfanato.

—¿Qué quieres decir con otro? —Grace preguntó.

—El chico con la cámara estaba husmeando por aquí, hablando con Poppy.

—Eso es extraño —dijo Grace. Se preguntó si Dean era realmente quién dijo que era—. Dean parece estar solo.

—¿Es eso cierto? —studió su cara. Le hizo sonreír.

—Nunca te he visto enamorarte de nadie —dijo Herve—. No pensé que podría suceder. No a ti.

—¿Por qué crees que me conoces? —Grace estaba fuera de sí.

Él era tan arrogante, tan condescendiente, siempre lo había sido. El rico y privilegiado descendiente de BAMBA, el acrónimo que deletrea las cinco familias ricas que controlaban Haití, burlándose de los que no tienen nada.

—Te conozco, Lady Grace. Te conozco.

Cerró la puerta rápidamente. Pero antes de que pudiera alejarse, la ventana tintada se deslizó hacia abajo hasta que desapareció en la oscura cavidad de la puerta.

Grace sintió la mirada de Herve desde el interior del coche quemándose en su trasero y bajando por sus largas piernas. Odiaba que le gustara. Él removió algo en ella. No era bueno, pero se sentía indefensa.

—Te veré pronto, cariño —dijo Herve.

Sintió una ola de alivio cuando el Mercedes sedán finalmente se fue.

DEAN ENCONTRÓ AL SACERDOTE JUNTO AL ALTAR IMPROVISADO, SE AGACHÓ PARA HABLAR CON LA CHICA DEL VESTIDO AMARILLO. Estaba al borde de las lágrimas, sus ojos oscuros, anchos y delgados, su rostro era cincelado y tenso. Dean se quedó cerca de la entrada, sin querer invadir su privacidad.

Las paredes de estuco alrededor de la capilla estaban cubiertas con paneles de arte primitivo que representaban las etapas de la cruz. Las pinturas brillaban en vibrantes colores tropicales, muy lejos de los sombríos iconos que colgaban en la iglesia de Dean en Charleston. Había pasado su infancia pasando por los relieves cada domingo al salir del altar para la comunión, con las manos dobladas piadosamente por costumbre. Ahora, no podía recordar lo que cada panel representaba.

Aquí en la iglesia del Padre Charles, las representaciones se negaban a ser ignoradas. Tenían ricos pigmentos, aplicados crudamente, pero la informalidad solo los hacía más encantadores y accesibles. Dean se dio cuenta de que todos eran negros o marrones, no un hombre blanco a la vista. Dios a su imagen, por supuesto.

La voz del sacerdote bajó más, los tonos ahora suaves y hasta tranquilizantes. La chica estaba resoplando, con la cara mojada por las lágrimas, mientras escuchaba obedientemente, con la cabeza inclinada. Pero cada vez que el sacerdote hablaba de la familia - *"en famile"* y *"tu famile"*- el pequeño óvalo del rostro de la chica se rompía en un repentino y abyecto temor antes de desplomarse, su rostro buscaba el retorcido suelo debajo de ella.

—Sophie, Sophie —dijo el Padre Charles, sacudiendo la cabeza.

—*No kite, no kite* —murmuró la chica. ¡No me voy!

El Padre Charles sostenía una túnica en un brazo y la acariciaba nerviosamente. Dean captó trozos de la conversación que trabajaba para traducir en su mente. Todas las palabras se referían a casas u hogares, comida, riqueza.

—*No kite* —insistió la chica. Era enérgica y testaruda, y tenía una forma de pararse que la hacía parecer lista para enfrentar a todos los que venían. Vio a Dean y sus ojos se entrecerraron como si hubiera encontrado al culpable. Dean podía sentir la lucha en esos ojos brillantes. El Padre Charles siguió su mirada como una cámara panorámica.

—¿Sí? ¿Sr. Dubose? —el Padre Charles exigió.

—Vine a hablar con usted —dijo Dean—. Pero más tarde.

La niña pasó a su lado en cuestión de segundos. Se había escapado de su lugar, salió corriendo por la entrada y se desvaneció en la luz del sol. El Padre Charles la miró fijamente, con cara de estar agotado.

—*Difficile* —dijo el Padre Charles.

—Es molesto.

El Padre Charles sacudió la cabeza como si no tuviera importancia.

—Ella no quiere irse, no quiere dejarnos.

—Para ser adoptada —dijo Dean.

El sacerdote suspiró cansado.

—¿Se irá de Haití?

—A América —dijo el Padre Charles.

—Eso será un gran cambio.

—Ven —dijo el Padre Charles. Los sacó de la iglesia—. ¿De qué te gusta hablar?

Al final de la limpieza de la tierra, algunos de los niños habían cogido un viejo tendedero y habían empezado un animado grupo de salto de cuerda. Los niños gritaron cuando una de las niñas falló con un salto poco profundo.

—Tantos niños —dijo Dean, notando no solo a los que jugaban, sino también a otros muchos que colgaban del claro o que holgazaneaban en los escalones esparcidos por todo el lugar.

—Muchos para amar, demasiados para cuidar —dijo el sacerdote.

—Tiene que haber treinta o cuarenta niños en este pequeño espacio. No sé cómo lo hace.

El Padre Charles se puso tenso. Había estallado una discusión entre un chico que había estado sentado en la tierra junto a la cabaña azul y la misma chica que había pasado corriendo junto a él hacía unos minutos. Sosteniendo un extremo de la cuerda de saltar, Sophia gritaba y lanzaba huevos al chico. El juego se había detenido hace tiempo. Los otros niños que los rodeaban se abrieron hambrientos como espectadores de una pelea.

—Siempre la pelea —dijo el Padre Charles.

Los niños estaban muy nerviosos y agitados. Todos estaban descalzos, con sus camisetas y vaqueros cubiertos por finas estructuras como maniquíes. Las mejillas de un chico mayor y desgarbado, un adolescente, estallaron de repente con lágrimas calientes. Sofía arrojó el extremo de la cuerda al suelo con asco. Apretó sus dientes irregulares, de un blanco brillante, y sacudió la cabeza para que su pelo trenzado se rompiera como un látigo.

—¡Rete! ¡Rete! —el Padre Charles dijo. ¡Ya basta!— ¿Sa k›genyen? —añadió. ¿Qué ha pasado?

—¿Kisa pi nou fe? —exigió el chico. ¿Qué debemos hacer?

Dejó de llorar y se limpió la mejilla con su delgada mano, y luego se limpió la otra. Su cara era ancha y fuerte, su nariz ensanchada se alzaba con arrogancia.

El Padre Charles juntó sus propias manos como si estuviera dentro de la iglesia del barrio, como si fuera a empezar una homilía. Dean se dio cuenta de que podía ser un tic nervioso, una forma de reponerse en medio de un estrés repentino.

—*Li se yon bon tan* —dijo el Padre Charles. *Es un buen momento.*

—Habrá familias. Comida. Una buena escuela. *Parans* para cuidar de ti. *Parans.*

El sacerdote hablaba de la adopción, que parecía ser inminente para estos niños. Dean se sorprendió de haber llegado a tal punto de inflexión para los niños y el orfanato. Iban a tener hogares. Era raro y extraordinario.

Los niños, sin embargo, parecían asustados de dejar el orfanato, probablemente el único hogar que conocían.

—*Mwen pat vle ale* —suplicó el niño, haciendo eco de la niña del vestido amarillo. *No quiero irme.*

Sus ojos volvieron a brotar, brillando en la reconfortante luz moteada bajo el árbol.

—No quiero que te vayas —el Padre Charles lo acercó y lo abrazó, enterrando su cabeza en su pecho. El sacerdote aguantó un poco más, traicionando que él también no quería ser separado.

—*Pa gen moun renvoie* —dijo el chico. *Nadie regresa.*

—El cambio es difícil. Dejar el hogar que conocemos. Pero Dios te ha provisto de un futuro, una familia.

—*Se fanmi nou* —dijo el chico, desafiante. Esta es mi familia.

La joven con trenzas miró fijamente al chico hasta que él encontró su mirada. Ella le sonrió con tristeza. Parecían hermanos.

—*Ale jwe* —dijo el sacerdote. Ve a jugar.

Los niños dudaron, mirándose unos a otros en busca de orientación. Finalmente, volvieron al lugar donde habían estado jugando a saltar la cuerda.

—No podemos cuidar de todos estos niños. Nadie puede —dijo el sacerdote con resignación. Tenía el aire de un penitente confesándose.

—No parece que eso le impida intentarlo —dijo Dean.

—Debo —dijo, con toda naturalidad.

—No debe ser fácil encontrarles hogares, familias...

El Padre Charles se volvió hacia la capilla. Dean lo siguió.

—Dios lo hace.

—¿Cómo lo hace Dios? —preguntó Dean.

—El sistema está roto y corrompido. Pero tenemos ayuda, gracias a Dios.

—¿Ayuda?

El Padre Charles asintió con la cabeza, pero no dio detalles. Dean supuso que se refería a recibir ayuda de una organización benéfica o no gubernamental como la mayoría de los orfanatos.

—¿Estos niños irán a sus nuevos hogares pronto?

—Lo harán —dijo el Padre Charles.

El sonido de la cuerda para nadar y de los pies al caer al suelo les dijo que los niños estaban jugando de nuevo. Unas pocas voces jóvenes rompieron el silencio.

—Grace me dijo que la ayudaste —dijo Dean. Pensaba en la posibilidad de que Grace fuera huérfana en algún momento.

—¿Lo hizo? —el sacerdote no parecía sorprendido.

—¿Cómo?

Los labios del Padre Charles mostraron una sonrisa triste y pálida como respuesta.

—La invité a vivir con nosotros.

—¿Aquí? —Dean lo miró fijamente, confundido—. ¿En el orfanato?

—Era diferente entonces. Condiciones difíciles. Pero no tan malas como su casa.

Los niños se pelearon, otra vez. Habían dejado el juego, y ahora dos de los chicos se empujaban entre sí.

—Si me disculpas —dijo el Padre Charles.

Dean volvió a la carretera. Escuchó los débiles gritos de los niños a lo lejos, mientras sus voces se mezclaban con los variados llamados de los pájaros tropicales a su alrededor. Sonaba casi como un recreo escolar. Le recordaba con cariño el ruidoso patio de recreo cerca de su apartamento y el de Cynthia en Manhattan. El área de juegos de cemento estaba a lo largo de la calle 92, detrás de una valla de acero cubierta con alambre de púas. A Dean le gustaba el ruido, los chillidos, las risas y los silbidos. Era el sonido de la vida.

Cynthia se salió de su camino para evitar el patio de recreo. Le dijo repetidamente que los niños eran mejor vistos que escuchados. El ruido le molestaba. Tuvo una infancia feliz, pero en algún momento se convenció de que nunca quería criar niños.

—Cuesta más de un millón de dólares criar a un niño —dijo una noche mientras estaban sentados comiendo comida para llevar. Ambos estaban cansados del trabajo, no querían cocinar o salir—. Eso es un hecho, Dean. Puedo mostrarte el artículo. Un millón. Y eso es antes de la universidad. ¡Un millón!

—¿Qué importa? No puedes ponerle precio a los niños.

—Es un juego de números —dijo, con la cara oscura por la ira y el resentimiento.

—¿Quieres adoptar? —exigió el hombre.

La voz lo sacó de su ensueño. Dean vislumbró el adorno plateado del capó de un Mercedes con el sol brillante. Se había acercado al centro comunitario. Herve estaba apoyado en el lado del pasajero del sedán, sus ojos estaban bloqueados con gafas de sol de aviador. Sostenía una pequeña ramita en su boca que giraba como un chupetín.

—Si pudiera —dijo Dean.

Herve sonrió, se bajó del coche y se alejó un paso. Estaban a unos diez metros de distancia, pareciendo enfrentarse entre sí.

—¿Por qué vienes al orfanato? —preguntó Herve, doblando sus musculosos brazos.

—El Padre Charles me invitó. ¿Por qué?

—¿Por qué más?

—La comida.

Herve jugó con el palo entre sus labios como si fuera un cigarrillo.

—Tienen a la gente creyendo esa mierda. Árboles milagrosos. —sacudió la cabeza por lástima.

—Así que ya sabes lo que estoy haciendo aquí —dijo Dean.

Herve comenzó, mirándolo fríamente. Había una indiferencia inexpresiva sobre él que helaba a Dean.

—Un fotógrafo estaba aquí con nosotros tomando fotos —dijo Herve.

—Dice que era sobre los *sanguine*. Entonces apareces tú.

—¿Marroquí? ¿Tiene una barba clara? —preguntó Dean.

—¿Lo conoces?

—Lo conocí en Puerto Príncipe —dijo Dean.

Herve asintió con la cabeza, sus ojos oscuros estaban apretados y concentrados y fríos. Un leve olor a marihuana se le escapó.

—Eres un hombre de relaciones públicas —dijo Herve—. Te he investigado.

—Me siento halagado.

Herve sonrió. Las pupilas de sus oscuros ojos estaban planas pero brillantes. Una lengua roja salió disparada por un momento y lamió su labio inferior donde un pequeño trozo de corteza había quedado del palo.

—No lo estés —dijo Herve.

—Suenas como un hombre que no quiere que averigüe algo.

—No, es que no te quiero por aquí. O a Grace.

—Así que me estás amenazando.

—No. Te lo estoy diciendo.

—Ya veremos —dijo Dean. Se dio la vuelta deliberadamente y se alejó. No iba a ser intimidado. Nunca lo había sido, nunca lo sería.

EL PADRE CHARLES SE SENTÓ EN UNA SILLA PLEGABLE
EN LA IGLESIA IMPROVISADA, ESCUCHANDO A LOS NIÑOS
AFUERA. Los niños pueden soportar cualquier cosa,
pensó. Se adaptan a las circunstancias cambiantes
de maneras que son imposibles para los adultos.
No se ven agobiados por grandes expectativas,
experiencias aleccionadoras o la amargura de la
decepción. Viven en tiempo presente.

Sin embargo, conocía muy bien las pruebas que les esperaban
más allá de estas colinas. Más tarde, aprenderían y posiblemente lo
despreciarían. Tenía sus vidas en sus manos y eso le dolía. No quería
esa responsabilidad ni la culpa. Las adopciones por intermediario
eran necesarias para el bien de todos, se recordó a sí mismo. Sin el
trato que habían hecho, el orfanato se derrumbaría por su propio
peso, y estos niños y los que vendrían no tendrían nada y no irían

a ninguna parte. No había nada peor que no tener la promesa de un futuro.

Una de las estaciones de la cruz pintada a mano en la pared de enfrente le llamó la atención. Cristo estaba de rodillas, la cruda cruz de madera presionada en su débil hombro, sosteniéndolo. Se había caído, pero se levantaría de nuevo y reanudaría el agonizante viaje hacia su crucifixión. Jesucristo, el hombre negro descalzo, parecía desesperadamente acobardado, incapaz y no dispuesto a reanudar. No importaba lo que hiciera, la consecuencia era la misma. Sufriría si no se movía. Sufriría en el momento en que se parara. No había escapatoria, no había salvador.

El Padre Charles se volvió para encontrar a su compañero en la puerta de la iglesia, silueteado como un fantasma por la luz brillante del patio soleado detrás de él, donde los gritos de los niños se arrastraban dentro del edificio como un arroyo.

—¿Qué le dijiste al blan, Poppy? —preguntó Herve.

—Nada.

El Padre Charles no podía ver sus ojos o sus rasgos a través del resplandor del sol, pero no necesitaba verlos. Conocía a Herve demasiado bien, entendía lo que pensaba, lo que más le importaba.

—No sabe nada.

—¿Por qué invitarías a otro periodista aquí? ¿En qué estás pensando?

—No oculto nada —dijo el sacerdote. Le gustaba y confiaba en el blanco. Tenía integridad y sentía algo parecido en el hombre.

Herve sacudió la cabeza ante su amigo. Ya había oído estas tonterías antes. El sacerdote siempre necesitaba que le aseguraran que no estaba en un negocio. Era un líder religioso, un amante de los niños, o un flautista de Hamelín.

Herve tuvo que considerar el efecto de una exposición en los medios de comunicación. *El sacerdote trafica con niños del orfanato.* Sabía que los medios de comunicación enmarcarían su trabajo como tal. No entenderían ni se preocuparían por entender que su trabajo era el de la adopción por otros medios. No hay canales oficiales para invitar a ciertos injertos y años de retrasos innecesarios que afectan tanto a los niños como a sus futuros padres. No, los sabuesos de los medios de comunicación olfatearían lo más sensacional, sin dejarse intimidar por las complicaciones. El dinero se intercambiaba en el mercado negro y ningún gobierno lo tocaba. No lo permitirían.

—Ya sabes lo que nuestro cliente piensa de la publicidad —dijo Herve.

—¿Nuestro cliente?

—Sí —dijo Herve escuetamente. Odiaba la forma en que el sacerdote trató implacablemente de sugerir que de alguna manera no era parte del negocio del orfanato; la implicación de que estaba por encima de servir a los clientes. Era un sacerdote cálido y piadoso. Su socio era el frío hombre de negocios.

Herve se levantó con ansiedad, pero permaneció frente a su silla. Miró el techo de estuco, su mente se aceleró mientras pensaba en todas las cosas sucias de la vida que Charles despreciaba y pensaba debajo de él. Consideró contarle al Padre Charles la vez que se había tirado al flaco culo de Grace en el asiento trasero y la había dejado con ganas de más. A ella le encantaba. Pero quitarle a su socio su imagen beatífica de Grace podría ser un error en medio de esta próxima transacción.

El Padre Charles también parecía impaciente ahora.

—No está investigando nuestro orfanato —dijo el sacerdote. A Herve le impresionó que su amigo casi siempre intuía lo que estaba pensando. Siempre lo hizo.

—¿Cómo lo sabes? —preguntó Herve.

—No hablamos sobre el orfanato en absoluto. Él estaba reportando sobre Cite Soleil.

Herve sacudió la cabeza, seguro que cualquier historia sobre ese barrio era una pérdida de tiempo. A nadie le importaba.

—¿Es ese el asunto del que viniste a hablar conmigo? —preguntó el Padre Charles.

—Tenemos una complicación con el transporte —dijo Herve, dejando escapar su resentimiento hacia el sacerdote.

—¿Complicación?

—Tendremos que irnos por la noche con los niños —dijo Herve. En el pasado, los drogadictos habían hecho el viaje de día con solo dos o tres niños y poco miedo a ser detenidos. Pero el grupo más grande de niños podía despertar sospechas. Peor aún, también cruzarían la frontera de República Dominicana, lo que los abriría a crímenes internacionales si fueran capturados.

—¿Cuál es nuestra solución?

Herve sonrió. Era el planificador, como siempre.

—Necesitaremos más conductores. Y algún tipo de cobertura.

El sacerdote se rio.

—Hablas como un gángster, Herve.

—No queremos que nos impidan hacer lo que debemos hacer, ¿verdad?

—No. Pero estoy seguro de que se te ocurrirá algo.

Herve ya estaba tramando un plan. Estaba entusiasmado con él, orgulloso de su propia inteligencia.

—Necesitaré tu cooperación —dijo Herve.

GRACE SE ALARMÓ AL ENCONTRAR EL CENTRO COMUNITARIO VACÍO. En su mente, temía que Herve no se hubiera alejado, sino que hubiera estacionado su sedán de lujo y pronto entrara por detrás de ella. Odiaba que alguna parte de ella se sintiera atraída por su promesa erótica, el olor de su piel y su pelo, su deseo arduo, duro y abrumador por ella, como si estuviera bajo un hechizo de Vodou. La inquebrantable confianza de Herve la confundió y la asustó. Sobre todo, su arrogancia natural, el sentido de derecho común a la élite de la isla, la hacía sentir indefensa.

Grace se detuvo junto a la mesa del comedor, apilando los platos y cubiertos de la cena de la noche anterior. Recordó que los miembros de la junta de Moisson habían programado visitar la panadería antes. Nelson, el querido y adorable Nelson, probablemente habría hecho que todos se fueran antes. El abogado bajito y de pelo blanco, tan abrazable como un osito de peluche, irradiaba entusiasmo. Su amor por estar vivo conmovió a todos, pero especialmente a ella. La hizo sentir bien consigo misma, con sus elecciones, lo que fueran o serían. Era el padre cariñoso que ella nunca tuvo.

A Grace le encantaba ver su efervescencia en la mesa del desayuno, exhortando a los demás a que se dieran prisa, recordándoles que había mucho por hacer. Inspiraba y dirigía como un feliz flautista de Hamelín.

Pero el grupo había dejado un desastre atrás. Platos sucios, cubiertos de arroz y judías secas, cubiertos sucios y tazas de café esparcidas por la mesa, en las sillas plegables de metal, e incluso en el suelo de cemento. Mientras pasaba por la mesa llena de basura para ir al baño, recogió unas cuantas cáscaras de plátano de su camino.

El baño olía a uso excesivo. Apestaba a orina, la nueva taza del baño estaba manchada y salpicada de excrementos. El lavabo que una vez brilló también estaba sucio con una capa de residuos, suciedad y jabón usado. Grace se sentó en la porcelana y se alivió, mirando las paredes blancas recién pintadas que aún olían dulcemente a acrílico.

El popurrí de olores de baño la transportó de repente al baño de la villa en Pétion-Ville. Todas las mañanas tenía que fregar el suelo de baldosas y los baños de diseño después de que los chicos hubieran ido a la escuela, la misma pequeña academia a la que una vez se le prometió admisión. Pero eso había sido una mentira, un señuelo para sus padres, que no lo comprobarían de todas formas. ¿Cómo podrían? Un pobre aldeano no podía entrar en una escuela de élite en un enclave rico. Se esperaba que los restaveks perduraran. Su destino era vivir con otra familia que al menos pudiera alimentarla.

Así que, en lugar de sentarse en un aula, se arrodilló en el duro suelo y se esforzó por limpiar las superficies hasta casi pulirlas. Si no lo hacía, Grace sabía que podía esperar que Madame tomara uno de los cinturones de cuero de sus hijos y le diera una palmada en la espalda como si fuera una esclava. El cinturón dolía horriblemente y dejaba una hinchazón que tardaba días en calmarse.

Grace gritó y lloró, pero la casa estaba vacía y sus súplicas de parar resonarían en las grandes habitaciones vacías de la villa. La señora se tiraba del pelo hacia atrás como si fuera una cuerda y le decía que dejara de gritar o le pegaba más fuerte. A veces, la señora ni siquiera necesitaba una excusa para golpearla. Ella vino a tomar una especie de placer en ello.

Pero eran los chicos que Grace no se atrevía a recordar. Les gustaba clavar cosas dentro de ella como si fuera una muñeca. Los apartaba, pero uno la sostenía mientras el otro empujaba y tiraba y venía. Grace aún no había tenido su primer período. Odiaba el recuerdo imborrable de sus sonrisas y risas. Nunca la dejaron realmente.

Grace se levantó reflexivamente, tiró de la cadena del váter sin darse la vuelta y se acercó para observarse de cerca en el espejo. No sabía qué esperaba ver en el reflejo o qué diferencia podría encontrar en ella misma. Pero no se podía negar que se sentía diferente. No era solo su regreso a casa lo que la estaba cambiando.

Dean había despertado en ella un sentimiento que no creía posible después de la decepción de Brooklyn. Los hombres la habían usado como juguete, y ella rara vez protestaba o se resistía. La mayoría eran hombres casados o estaban comprometidos con algo y no estaban disponibles. Nada duraba, lo que llegó a creer que era el camino de las relaciones y el amor. Al final, se sintió poco merecedora de cualquier cuidado y amabilidad.

Mientras que Dean parecía ver a una hermosa mujer segura de sí misma, Grace no. Sus ojos estaban demasiado separados para ser bonitos, a pesar del agradable tono azul. Sí, sus exuberantes cejas eran halagadoras. Pero su nariz era como la de una mujer blanca, no como las audaces narices acampanadas de las bellezas de las islas. Tampoco había desarrollado la voluptuosidad que llevaban consigo. Era infantil en comparación con los pechos pequeños.

Nunca pudo olvidar las feas cicatrices en su trasero, la familia de acogida que estaba tatuada en su psique también. Afortunadamente, pocos hombres con los que intimaba le preguntaron sobre ello. Cuando lo hicieron, mintió y habló de la cirugía. Llegó a inventar una historia sobre un accidente en la esquina afilada de la piscina de gunita que adornaba la villa donde había vivido como restavek, una piscina en la que nunca había puesto un pie. Solo se le había permitido a la familia anfitriona.

Grace sabía que Dean no conocía ni veía a ese niño de doce años. Adivinó que en sus suaves y adorables ojos, ella era regia, ingeniosa, una alegría para estar cerca. No era una antigua sirvienta, ni una trabajadora dócil y servil cuya vida entera estaba bajo el pulso de la rica familia de Puerto Príncipe. Ella era su propia y orgullosa persona. La propia Grace temía no dejar de ser esa esclava de la casa, otra restavek en un país lleno de ellos.

En los días buenos, sabía que podía vestirse para parecerse a una neoyorquina, una profesional lista para enfrentarse al mundo. Pero era un disfraz. Sabía lo que hacía Herve, que haría lo que le dijeran, como hacían todos los restaveks. Podía intentar resistirse, por supuesto. Había libre albedrío y el deseo de levantarse. Podía ser una mujer Toussaint, que había liderado la rebelión de los esclavos para liberar a Haití de los franceses. Pero no podía luchar contra su propio pasado, las creencias y hábitos que la habían transformado.

Grace se dio la vuelta y volvió al armario de la cocina para recoger los artículos de limpieza. Recogió el cubo de plástico, la fregona de la tienda, las botellas de limpiador en aerosol, la esponja usada. Como en un trance, volvió al baño y comenzó a limpiar. Primero el lavabo. Lo roció con las burbujas blancas que se hinchaban como espuma de playa en el borde de la orilla. El olor a amoníaco casi la amordaza en el momento en que frotó la esponja contra el lavabo sucio. Estudió su mano húmeda y callosa.

Dean tenía los dedos de un hombre blanco educado, pálido y elegante y de alguna manera terrenal y fuerte. Ella quería tener esa mano en la suya, sentir su calor y adoración irradiando. Ella podía imaginarlo, sentirlo. Se reía como una joven cuando se sorprendía a sí misma. Su risa era joven y llena de feliz auto-burla. Grace se había vuelto muy dulce con él, rápidamente, como siempre sucedía, al menos con ella.

Soltó la esponja y se enjuagó las manos con el detergente. Sacudió ambas manos para secarlas al aire libre mientras salía del baño, atravesaba el comedor y salía por la puerta. Caminaba más rápido, con miedo. De qué, no lo sabía. Apenas conocía a Dean, de hecho acababa de conocerlo. Sin embargo, sentía que lo conocía, y él la conocía a ella. El tiempo era relativo, tanto para bien como para mal.

Cuando llegó al árbol solitario, Grace se protegió los ojos del sol para poder ver más allá del camino. Estaba completamente vacío. Revisó las colinas adyacentes, y no había señales de Dean caminando de regreso al centro comunitario. Estaba impaciente por que volviera.

A Grace le gustaba la luz halagadora en la que la enmarcaba, la imagen limpia de una mujer privilegiada y educada. Quería verse a sí misma de esa manera. A pesar de su pasado, nunca dejó de intentarlo. Un soldado polaco y su guapa madre habían dado a luz a una chica de aspecto refinado y de clase alta. Había aprendido a hablar bien y con claridad. Siempre que se le encargó recoger a los niños en su escuela privada, la gente se impresionó con su dicción y la forma en que se comportaba como si fuera la madre. Pero Grace no compartía su riqueza y privilegios. Ella era una restavek siempre y nunca más vista como nada.

Grace juntó sus manos, casi en oración, y se volvió para mirar en dirección a la panadería. La gallina atada a la correa empujó el suelo cerca de sus pies, riéndose tontamente a lo largo. Pensó en dejar libre al animal y dejarlo vagar. Pero sabía que el pollo era comida, y el animal sería recogido por alguien en una hora y llevado a la sala de picado para comer.

Grace decidió volver a la panadería. Había más trabajo que hacer. No quería quedarse sola en el centro y no hacer nada y ciertamente no más limpieza.

DEAN LLEGÓ FUERA DEL CENTRO COMUNITARIO
BUSCANDO A GRACE. En cambio, encontró al anciano
y corpulento abogado en la carretera, montando
una mula gris. Nelson llevaba el habitual sombrero
de paja de ala ancha y gafas de sol de piloto que le
hacían parecer menos abogado y más un fiestero de
vacaciones en el trópico. Era un personaje, un alma
errante tanto como un profesional. Dean podía ver en
él al estudiante radical, al chico que había marchado
en las protestas y había estado allí cuando el racismo
mostró su feo rostro en Alabama.

Mientras Nelson se acercaba, Dean notó las montañas magulladas
reflejadas en sus espejos. Su cara estaba manchada y enrojecida por

el calor. Parecía mucho más viejo. La mula, también, avanzaba con pasos cansados y pesados. Habría sido mucho más rápido caminar.

—¿Dónde encontraste el taxi? —preguntó Dean.

—Es un amigo leal, una vez que le coges el truco —dijo. La mula se detuvo junto a Dean. Nelson balanceó sus gordas piernas sobre el inclinado lomo del animal y se deslizó. Se puso de pie con incertidumbre, tomándose un momento para enderezar sus cortas piernas, trazadas con delicados mapas de varices. Se agarró a la vieja cuerda, preparándose para llevar a su corcel al centro comunitario.

—¿Cómo estaba el Padre Charles?

—Cuida de muchos, muchos niños —dijo Dean.

—Lo hace, sí. Es muy dedicado.

—Pero Moisson ya no lo apoya. ¿Por qué?

Nelson miró a su corcel cuya cabeza colgaba más abajo en el suelo.

—Necesito traerle a mi amigo un poco de agua —dijo.

Dean siguió a Nelson, que ahora llevaba un viejo cubo de acero que sumergió en la cuenca de recogida. La mula hundió su nariz y su boca en el agua caliente y turbia.

—¿Pasa algo? —preguntó Dean.

Nelson se quitó el sombrero de paja y se limpió la frente roja con el brazo desnudo. Exhaló fuerte.

—Cada vez te pareces más a ese reportero que dices que no eres.

—Tengo curiosidad.

—Curiosidad. ¿Eso es todo? Bueno, es un éxito —dijo Nelson—. Ha hecho que Charles sea muy querido aquí.

—Sin duda —dijo Dean.

—¿Viste algo allí que te preocupó? —Nelson preguntó.

—Estaban los terrenos, los niños. Pero nada más de lo que esperas.

—¿Y cómo era?

—Sin visitas, sin padres, sin agencias, sin papeleo —dijo Dean—. No hay registro de los niños en absoluto.

Nelson se alejó para guiar a la mula a un árbol en el lado del centro de bloques de cemento y atarlo con una cuerda de cáñamo deshilachada. Apestaba a olor corporal.

—El orfanato a menudo se sale de los canales habituales de adopción —dijo Nelson—. No nos sentimos cómodos con eso después de un tiempo.

Nelson se quitó su sombrero de paja revelando el cabello plateado y fino que se le había pegado a la cabeza. Parecía cansado, golpeado por el fuerte calor.

—¿Quieres un poco de agua? —preguntó Nelson. Dean lo siguió dentro del centro comunitario. Pensó en una empleada de la empresa de relaciones públicas y su marido, que había adoptado un niño de Etiopía. Pero había tardado dos años, incluyendo repetidos vuelos a África para visitar un orfanato en el campo pobre. Había honorarios considerables involucrados. Hubo una saga de papeleo y acuerdos legales. Papel sobre papel.

Nelson agarró dos botellas de agua de un cartón abierto en el piso del centro comunitario y le presentó una a Dean. Sus manos eran gruesas y estaban manchadas de lunares marrones. Tatuajes de envejecimiento.

—Los canales de adopción habituales son como las carreteras de aquí; te llevarán allí, pero podría ser más largo de lo que nunca soñaste —dijo Nelson—. Peor aún, el gobierno espera un soborno, al igual que el receptor. Pero incluso entonces, no hay garantía. Cuando sucede, puede llevar años.

—Por lo tanto, este orfanato lo acelera de alguna manera.

—Se las arreglan para evitar toda esa corrupción, todos esos retrasos a ambos lados del mar.

—¿Cómo? —preguntó Dean.

Nelson sonrió débilmente.

—Es mejor a veces no saberlo todo. ¿No crees?

—No. No lo creo.

—Según recuerdo, estás aquí para ayudar con los árboles. ¿Tenemos tiempo para preocuparnos de cómo funciona un orfanato?

Nelson desapareció dentro del cuartel. Dean lo miró fijamente, reconociendo para sí mismo que los árboles milagrosos debían ser el centro de atención. El tiempo era limitado y ya no era un reportero. Tampoco estaba a tiempo para investigar operaciones sospechosas. No era probable que hubiera nada allí, de todos modos.

Dean entrecerró los ojos en la neblina que cubría la colina desnuda. Vio los brillantes contornos de la panadería. Grace debe haber ido allí a trabajar. Se dirigió hacia ella, limpiando un nuevo chorro de sudor que goteaba de su barbilla. El aire le hizo sentir como si alguien le estuviera sujetando la garganta.

LA PANADERÍA ESTABA EN CONSTRUCCIÓN. Dean siguió el sonido de un DJ en la radio parloteando desde el interior de las paredes de bloques de cemento que formaban el núcleo. Caminó a través de un marco sin puertas, pasando por los recortes de las ventanas interiores. Una colección de mesas de plástico para cafetería estaba envuelta en material de embalaje y cubierta de polvo de construcción.

Dean escuchó movimiento en la cocina y en el área de preparación. Se agachó bajo el bajo techo de estuco. El repentino frío hizo que se sintiera como un sótano. Dos bombillas desnudas colgaban de un cable sobre una mesa de acero inoxidable.

—Oh, eres tú —dijo Grace. Llevaba una nueva bufanda roja que enmarcaba bien su cara. De alguna manera la hacía parecer aún más bonita.

—Tú y el Padre Charles parecían llevarse muy bien.

—Es como un padre tanto como un sacerdote.

Grace le sonrió por el cumplido.

—Pensé en ayudarte con tu problema eléctrico —dijo, poniendo su mano en el nuevo horno industrial. Era genial al tacto.

—Dijiste que podías arreglarlo —dijo ella, sonriendo—. ¿Puedes?

—Déjame echar un vistazo —dijo Dean. El horno tenía pocas partes móviles obvias. Los controles estaban detrás y debajo de él. Estudió las perillas, las tuberías y las conexiones. Trató de identificar cada parte. Cuando sintió que Grace lo estudiaba, se agachó y miró más de cerca para que no detectara su incertidumbre.

—¿Sabes estas cosas? —preguntó ella, con dudas.

Dean entendió que ella se burlaba de él, pero eso solo le hizo querer impresionarla más.

—¿Dime otra vez cuándo se fue la luz?

—¿Cuándo? —Grace lo miró de forma extraña—. Estaba poniendo una nueva bandeja de masa y el horno se había enfriado. Golpeé el encendedor para encenderlo e hizo clic. Pero no hay llama. Lo hice unas cuantas veces, y luego más. Y nada.

Dean revisó los dos tanques de propano. Uno estaba vacío y el otro lleno. Sintió que sus ojos lo estaban estudiando, lo cual le gustó.

Se arrodilló y apagó la válvula del tanque de propano vacío. Luego abrió el lleno. Esperó un momento a que entrara el gas y luego accionó el interruptor de encendido. El horno de gas cobró vida.

— Gras a dye —dijo ella, excitada. Ella le agarró los dos brazos sin pensar.

—Lo hiciste.

—Bueno —dijo Dean—. El interruptor estaba apagado.

Grace se aferró a la larga puerta rectangular del horno. Ella agarró el asa y se abrió a la estantería metálica interior. El olor de la levadura se derramó. Dentro había un arco iris de cuencos de cerámica cubiertos con tela vieja y gastada.

—Estos están listos.

—¿Listos?

—Para hacer pan.

Grace agarró dos de los tazones en cada mano y los llevó a la mesa de preparación. Sacó un puñado de harina de debajo de la mesa y lo arrojó sobre la mesa de acero. En el siguiente movimiento, esparció el polvo blanco de tiza para evitar que la masa se pegara.

—¿Vas a hacer pan ahora mismo? —preguntó Dean.

—No. Lo haremos.

Grace había mezclado la levadura, el agua y la harina en cada tazón horas antes y le había dado tiempo a la masa para que se levantara. Deslizó el paño deshilachado de un tazón de color azul huevo, y luego usó una cuchara de metal para raspar cuidadosamente un montón de masa de pan. La dejó caer en la mesa de polvo.

—¿Sigues lo que estoy haciendo? —preguntó.

—No soy un panadero —dijo Dean.

—Lo serás —dijo Grace.

La radio estaba tocando una melodía pop afro. El tempo era optimista y conducente, una música de trabajo perfecta. Dean atacó el primer tazón y hundió la cuchara en la masa. La sustancia viscosa se pegó a su cuchara.

—Tienes que enharinar la cuchara y trabajar los bordes de la masa en el tazón. Así —su fuerte mano guió el borde de la cuchara alrededor del montículo, sacando la masa del tazón. En el último momento, usó el tazón y la cuchara para deslizar la masa sin esfuerzo sobre la mesa.

—Buen truco —dijo Dean. Siguió sus instrucciones y quedó satisfecho con él mismo cuando la harina pegajosa salió del tazón.

A continuación, Grace roció la harina sobre el montículo y presionó la masa carnosa para amasarla. La masajeó con facilidad, su mano practicante le echó más harina a medida que tomaba forma. Dean la imitó, pero su masa cayó sobre la mesa como un pez muerto.

—Suave —dijo Grace. Ella dio forma a su masa de manera experta en un triángulo suave y la movió a un lado.

—¿Estos terminarán siendo baguettes? —preguntó Dean. Los montones cuadrados de Grace ya estaban alineados en el centro de la mesa.

—El mejor *pan* del distrito. En realidad, *el único*.

Juntos, vaciaron la masa de todos los tazones. Grace tomó un cuchillo plano y cuadrado y cortó cuatro trozos iguales. Debían tomar cada trozo y enrollarlo en una forma más larga, de tronco, el cuerpo de lo que se convertiría en una clásica baguette.

—Tenemos que dejar que esto se levante de nuevo —dijo.

El enrollado fue lento para él. Añadía demasiada o muy poca harina para evitar que la masa se pegara. Trabajaron en silencio, y él sintió la facilidad de la compañía a su lado. Le gustaba el olor de la levadura y el sudor y el suelo de tierra y Grace, especialmente Grace.

—Casi —dijo Grace. Había encontrado una larga y poco profunda bandeja de hornear y puso cada tronco enrollado en ella, rociándolos de nuevo con harina. Dean entendió por qué había tantas bolsas de harina apiladas del suelo al techo a lo largo de una de las paredes de bloques de hormigón.

—Hora del horno —dijo. Dean abrió una de las puertas, alejándose de la ráfaga de calor. Grace introdujo las cacerolas y cerró el horno, disfrutando del trabajo en equipo. Se dio la vuelta y caminó hacia una brizna de luz solar que atravesaba un hueco en la esquina.

Afuera, el aire húmedo estaba tan caliente como el horno. La sombra de cemento los había protegido del blanco sol. Pero Grace se sintió aliviada y volvió la cara hacia el cielo de la tarde como un bañista. Su pelo negro y oscuro brotó de los bordes de la tela que se ajustaban a su cara como el hábito de una monja.

—Necesito mostrarte el futuro —dijo Grace.

Dean la siguió por la ligera inclinación, antes de detenerse en una nueva losa de cemento blanco. Un banco de cemento a juego miraba a las colinas marrones que se extendían a lo lejos. En cualquier otro lugar, sería un preciado mirador para hordas de turistas ansiosos por un descanso del tour.

—Este es el café al aire libre —dijo Grace, emocionada—. Un día habrá árboles y paraguas. Seremos un punto de destino.

—Puedo verlo —dijo Dean. Dudaba, dada la pobreza, pero quería tener esperanzas por su bien.

La luz disminuía con el sol de la tarde, aunque el calor seguía siendo denso e implacable.

—Tendrás que volver y verlo —dijo ella, sonriendo.

La insinuación de un futuro intrigado por Dean. No buscaba ni esperaba uno en medio de un trabajo temporal en medio del campo haitiano. Parecía, como la posibilidad de un café lleno de gente en medio de la nada, muy poco probable. Pero el afecto le levantó el ánimo. Compartían un interés mutuo, y el reconocimiento de ello alimentó el suyo propio.

HERVE SE FUE A TODA PRISA A LEOGANE. Casi había olvidado la belleza en la que se había convertido la perra flaca, esos ojos brillantes que no le faltaban nada y esos muslos apretados y musculosos. Quería a Grace de nuevo. Tal vez algo más. Había estado pensando en algún arrebato a tiempo completo. Pero el *blan* era un problema. Ella era dulce con él. La confundió, haciendo que Grace no entendiera lo que quería, lo que necesitaba.

Le preocupaba que ella no se ocupara de los blancos. Ellos gobernaban o actuaban como si lo hicieran. Recordaba esas mansiones en el canal en Ft. Lauderdale, la forma en que los *blan* lo veían a él y a su padre cuando alquilaban allí. No pretendían actuar como iguales. A sus ojos, un haitiano que compartía la misma riqueza y educación era sospechoso, incluso un fraude.

Un país de esclavos seguía siendo esclavo, sin importar cómo se vistieran. Se suponía que Herve y su familia eran inferiores.

Incluso cuando actuaba solo en los negocios, sin conexiones con la familia o los amigos, Herve era reacio a hacerse amigo de cualquier blan. Su padre le animó a cultivar al menos relaciones estratégicas con los hombres blancos. Pero Herve se negó incluso a intentarlo. Los pocos *blan* que conoció eran de sangre azul, una élite a la que nunca se le permitió entrar.

A Herve le gustaba pensar en sí mismo como algo hecho a sí mismo. Había disfrutado de ventajas familiares, sí. Pero había encontrado algún éxito por su propia iniciativa. Estaba orgulloso de ello y no iba a dejar que ningún blanco jugara con él.

Herve mantenía la ventanilla de su coche abierta para que entrara el aire de la noche. Le encantaban las noches como esta. Ni muy caliente ni muy fría, el aire como el aliento de una mujer en tu cuello. Tenía un apartamento en Leogane con una puerta giratoria de mujeres locales disponibles. Unas cuantas gourdes de color compraban coños finos. Pero lo que más esperaba era un plato de pollo criollo picante de Anita. La salsa era como ninguna otra. Un doble de bourbon de Kentucky después, saboreando la dulce y almibarada quemadura en su garganta.

Todavía había trabajo. Herve tenía algunos problemas que resolver con este trato. Pero la intriga era su fuerza. Podía resolverlos, de la forma en que lo hizo con la mayoría de los obstáculos. Pero mientras consideraba sus opciones, seguía viendo a esa perra, esa hermosa perra, Grace, corriendo para salir de su mejor auto. Ella solo tenía miedo. Ella lo quería; él estaba seguro. Ella quería dinero, también, para ella y su panadería. ¿Qué clase de tonto se muda a las montañas para hornear pan?

Grace, decidió, podría ser tan estrellada como esos serios bienhechores de Moisson. Podría ser tan tonta e ingenua como Poppy con su devoción a su misión religiosa y a salvar almas. Herve pensó que era una pérdida de tiempo y energía. Al final de las cosas, Dios no importaba. Nadie se iba a salvar a menos que se salvara a sí mismo.

Herve notó que estaba más oscuro que lo usual en el camino. No había estrellas. Sus faros iluminaban la carretera vacía. Escuchó el sonoro retumbar del lejano tambor Vodou y se preguntó si alguien que conocía estaba haciendo un servicio. No se le ocurrió nadie. Pero estaba agradecido de escuchar el ritmo, tan familiar como el camino a Leogane en la oscuridad.

Se rio, de repente, pensando en el blanco que perseguía a un mulato de Casales. Todo el pueblo estaba lleno de mercenarios polacos, europeos blancos que vinieron a luchar contra la rebelión de los esclavos pero que acabaron uniéndose a ella. Su progenie eran los mestizos blancos del país, para bien o para mal, sobre todo para mal. Los *blan* no sabían nada de esto. Siguió el lindo y dulce trasero de Grace como un sabueso siguiendo a una perra en celo. No le importaba que fuera obvio para todos.

Un hombre no hace eso. No vas a ir a por coños. El coño viene a ti. No importa si es una perra inteligente y bonita como Grace. Ellos vienen. Especialmente un restavek. Son el fondo, los intocables, si hubiera una casta aquí. Saben cómo servir, hacer lo que se les dice. No era el primer restavek que tenía.

Aún así, algo en ella le ponía ansioso. También le pagó más que a otras mujeres. Cuando lo hicieron en el coche, sin embargo, se sintió diferente, algo que no podía describir ni siquiera a sí mismo. No se podía negar. Ella no era como algunas de las otras. Pero lo había dejado en el suelo cuando ella se había alejado como si nada hubiera pasado. Era especial y ella lo sabía. La perra no lo admitía.

De repente se le ocurrió que Grace podría ayudarlo con su desafío logístico para llevar a los niños a la RD. Herve no había pensado en ello antes, no realmente. Aplaudió con las manos juntas sobre el volante como un truco. Dejó que el Mercedes se desviara, agarrando el volante un momento antes de que se saliera de control. Era bueno, realmente bueno.

Grace y su *blan*. Se imaginó a la pareja de enamorados llevando a sus hermosos hijos a través de la frontera de República Dominicana. Nadie sospecharía. Era tan simple.

Herve presionó el acelerador. El motor del Mercedes rugió, rebotando en la carretera llena de baches mientras cogía más velocidad. Podría subir a bordo a Grace. Sus instintos maternales, siempre fuertes, la impulsaban. El *blan* la seguiría.

El camino se alisó bajo las ruedas del camión, y el polvo dejó de azotar con furia. Estaba en una carretera pavimentada, y algunas de las luces de Leogane eran visibles delante como estrellas caídas en la noche de terciopelo. Recordó la bebida que había tomado con ese fotógrafo. A Herve le gustaban esas viejas cámaras. Al exuberante marroquí le encantaba el ron añejo. Lo bebía como agua limpia, su discurso se difuminaba a medida que avanzaba la noche. Herve se mantuvo sobrio y alerta.

—Creo que una chica puede ser comprada por cien dólares americanos —dijo Ali.

—¿Sí? —Herve dijo—. Yo diría que eso es muy caro aquí.

—No es una prostituta. Una persona. Un ser humano.

El fotógrafo tomó otro trago. Ni siquiera sabía que ya estaba borracho.

—La gente dice que sabes lo que pasa por aquí —dijo Ali—. Por eso estoy aquí.

—¿Qué gente? —preguntó Herve.

—Se dice en la calle que no pasa nada sin que lo sepas.

Era cierto. Pero no había forma de que el extranjero pudiera saberlo.

Usaba la adulación para obtener algo de él.

—Quienquiera que sea tu gente, me dan demasiado crédito.

—Entonces, ¿no niegas que los niños se compran y se venden aquí?

—La mayoría de las cosas están en venta —dijo Herve.

—¿Incluso los niños de un orfanato? —la voz del periodista era clara y resonante.

—¿Qué estás diciendo?

Herve estudió al extranjero, recordando la historia de Poppy sobre el hombre que sacaba fotos, cientos de fotos. El marroquí afirmó que estaba creando un portafolio de los *sanguine* y los otros niños pequeños del orfanato.

—Hay un mercado negro. El producto son los niños, especialmente las adolescentes.

—¿Cómo sabes esto? —Herve estaba realmente preocupado. El fotógrafo ignoró la pregunta.

—Debes saberlo —dijo.

—No lo sé —Herve mintió—. Pero no me sorprende.

Fingió ser indiferente, pero ya estaba pensando en lo que podría ser necesario hacer con este denunciante. No se podía permitir que amenazara el negocio. Los periodistas se parecían demasiado a los mosquitos. Solo necesitaban ser eliminados antes de que hicieran daño a alguien.

—¿Por qué crees que yo sabría de esto? —Herve preguntó.

—Creo que lo sabes —dijo Ali.

Herve quedó impresionado por la intrepidez del hombre. Pero no era una buena señal.

—Siento decepcionarte —dijo Herve.

El extranjero no parecía satisfecho. Asintió bruscamente.

—Debo irme —anunció y se puso de pie, un poco inestable.

—¿Te vas?

—Debo volver a Puerto Príncipe. Gracias.

Se dieron la mano.

—¿Vas a volver a PAP en la noche? Los caminos no son buenos.

—Tengo un chofer —dijo, saludando mientras desaparecía por la puerta. Herve sintió un temblor de pánico. El periodista podría tener fotos, una prueba irrefutable si las evidencias llegan a las manos equivocadas. Ningún tribunal, ninguna policía lo vería como otra cosa que no fuera tráfico. No reconocerían la gran verdad, cómo el mercado de niños sin hogar no era despiadado en absoluto, sino un medio para un mejor fin para todos.

Herve estaba a punto de hacer más en un intercambio que nunca antes. No iba a poner en peligro ese progreso y el futuro que prometía. Como cualquier hombre de negocios, tendría que proteger su inversión. Aún así, dudó. La violencia era el último recurso.

Pero hizo la llamada al celular. Describió al fotoperiodista, la marca del coche en la única ruta de vuelta a Puerto Príncipe. Era un camino oscuro. Los accidentes ocurrían.

Herve colgó y bajó las escaleras de madera antes de girar en la calle de la noche. Escuchó música que salía del restaurante como si acompañara a la luz que brillaba en la ventana de cristal. Herve estaba hambriento y listo para comer. Le gustaba la sopa y el pan francés.

Pero también tenía apetito por una mujer. Necesitaba una esta noche. Se sentiría bien. Quería a Grace. Pero sabía que tendría que esperar. Esta noche, tendría que arreglárselas. Tenía números de móvil y mucho dinero en efectivo.

DEAN NO CONSIGUIÓ DORMIR OTRA VEZ. Se revolvió en la húmeda noche, con náuseas por el dulce humo de las espirales de los mosquitos. Pero fue el débil sonido de los tambores, golpeando en la oscuridad, lo que se metió bajo su piel. Se sentó, escuchando pensativamente, su ansiedad crecía. La percusión del Vodou era melancólica y amenazante. Sintió una amenaza en el persistente golpeteo como si el tambor presagiara una fuerza terrible.

Estaba siendo supersticioso y paranoico, lo sabía. Sin embargo, no podía escapar de la vista de Herve parado en el camino junto al orfanato. No recordaba tanto la cara como el feroz enfoque de sus oscuros ojos. Hicieron que Dean se sintiera como si le vieran a través de una diana.

Dean se puso de pie rápidamente. Todavía estaba sudando. Los demás dormían profundamente en sus literas. Miró al otro lado de la habitación a la litera donde dormía Grace. Su delgado pie y tobillo apenas eran visibles. Estaba completamente quieta, dormida como las otras. Roncaba ligeramente como una adolescente despreocupada.

Caminó hacia la puerta cerrada, para reducir los mosquitos, y recordó haber horneado pan con Grace. Volvió a visitar la cálida intimidad mientras trabajaban juntos en silencio, amasando la masa, cortando y enrollando la harina. El olor de la levadura, de los panes para hornear era embriagador. Pero sobre todo pensó en el aspecto y el olor de ella. Su creciente interés en él era claro, una vulnerabilidad que le despertaba y le asustaba.

Dean abrió la puerta tan silenciosamente como pudo y salió a la pesada oscuridad. Una ligera brisa se levantó para saludarlo. Los tambores sonaban más fuertes en el patio, sin ser controlados por las paredes de ladrillo. De alguna manera, se sentían menos amenazantes al aire libre. Le inspiraron a imaginar lo que podría estar ocurriendo en las lejanas colinas. Podría haber una ceremonia, una vigilia dedicada a los espíritus invisibles. Descubrió que le gustaba el ritmo del sonido, la repetición constante e hipnótica. Muchas religiones ofrecían una adoración similar, una técnica para sacar a uno de la mente pensante y llevarlo al espíritu irreflexivo donde residía toda la creencia. Los budistas tenían sus cantos estoicos, los cristianos sus oraciones, todas a menudo cantadas en la oscuridad de las cuevas, iluminadas solo por velas. Le gustaban todos porque siempre se había sentido atraído por el misterio de las fuerzas y poderes ocultos.

Dean recordaba ser un monaguillo. Había usado las vestimentas sobre su ropa de calle, el atuendo formal que habría usado si hubiera asistido a la misa del domingo. Había aprendido cuándo y cómo tocar las campanas de bronce durante la liturgia. Cuándo y cómo arrodillarse, qué respuesta a la oración se esperaba. Le gustaba el olor empalagoso del incienso.

Dean no había ido a la iglesia en años. Pero la ética de la iglesia se quedó con él. La idea de que uno debe amar a todos, incluso a sus enemigos, como a sí mismo. Era una creencia fundamental, tan radical ahora como el día en que Jesús la proclamó. Así que el sacerdote había sido preciso en cuanto a no abandonar nunca la religión de nacimiento. Tal vez nunca había dejado de ser católico.

En medio de su ensueño, los tambores se detuvieron repentinamente. El rugido de los insectos nocturnos se precipitó para llenar el vacío.

—¿No podías dormir? —Grace preguntó por detrás de él. Sorprendido, se giró para enfrentarla. Sus ojos brillaron a la luz de las estrellas. Grace tenía la mano en su delgada cadera, envuelta en una camisa de gran tamaño, estudiándolo con algo más que preocupación. Él miró sus largas y oscuras piernas. Un leve olor a flores de moringa se desprendió de ella como una naranja recién pelada.

—Estoy demasiado cansado —Dean se las arregló para decir. Sintió una gran excitación, pero no llegó a traicionarlo. Grace se acercó hasta que ella estaba justo detrás de él. Por el rabillo del ojo, la sorprendió estudiando el cielo nocturno. Una manta de gránulos de azúcar. Pensó que podía sentir su calor aunque sus cuerpos no estuvieran cerca de tocarse.

—No hay contaminación lumínica —dijo—. Nada que esconda esas estrellas.

Sonrió nerviosamente con sus labios llenos. Las miraba a pesar de sí mismo, queriendo sentirlas. Los grillos jugaban; las cigarras zumbaban. El cepillo estaba quieto y oscuro y parecía respirar el suave aire nocturno.

—Aquí me siento como en casa —dijo Dean. Miró de nuevo al cielo, que parecía vibrar.

—¿De verdad tienes uno?

—Conoces la vieja canción. El hogar es donde está el corazón.

Dean se giró. Grace no lo estudiaba con curiosidad. Ella quería lo que hizo. Dean se sorprendió por el cambio repentino en ella y su propio deseo de aceleramiento. La miró con asombro. Grace le hacía señas, abriéndose a él. Dean inclinó su cabeza hacia ella, sintiendo que estaba cruzando mucho más que el espacio íntimo que los separaba. Él estaba sonrojado y ansioso y totalmente absorto en el momento. Sintió el húmedo choque de los labios de ella en los suyos. Respiró el olor a naranja, el débil sudor ácido de su cuello húmedo. Era rico y poderoso y se sentía tan substancial como sus hombros. Se besaron más profundamente. Dean sintió el aire pesado de la noche deslizarse sobre ellos como una manta suave.

EL OSCURO Y DESGARBADO ÁRBOL NACIDO EN EL SUDESTE ASIÁTICO FUE DECEPCIONANTE EN LAS FOTOS, ASEMEJÁNDOSE MÁS A UNA MALEZA GIGANTE QUE A UN VENERABLE ROBLE O ARCE. La moringa era un enano en esta manada de árboles altísimos. Pero la moringa era un verdadero milagro. Las hojas contenían tantas proteínas como el bistec, tantas vitaminas como cualquier cantidad de vegetales verdes. Las vainas colgantes, que colgaban de las pesadas ramas como palillos, contenían judías verdes. La corteza coriácea del tronco era un botiquín. Molida a polvo, se usaba para tratar todo, desde una llaga o infección hasta la epilepsia.

La historia de la moringa también tenía muchos ángulos y usos para Dean. El árbol estaba maduro para el periodismo. Era la bala de plata del país que podía sanar el medio ambiente y detener el hambre y la pobreza masiva en un solo y perfecto intento. Sin embargo, nadie lo sabía. Ninguna organización de noticias o incluso un sitio web había informado sobre el árbol revolucionario. Estaba ansioso por cambiar eso.

Dean se amontonó contra Grace y Nelson en el asiento trasero del Range Rover. Era un coche de último modelo con asientos de cuero y espacio para las piernas como en una limusina.

—Por fin —dijo Nelson.

Hizo que sonara como si estuvieran en camino a Oz. Dean pensó en la mujer sentada a su lado, en el sorprendente beso. Fue un vínculo tranquilo. Podía oler el palito de bálsamo labial de limón mientras ella se trazaba los labios, y quería volver a sentir esos labios.

—¿Conoces a este fotoperiodista que anda por ahí? —preguntó Nelson.

Dean se sorprendió con la pregunta. Asumió que era Ali después de todas las descripciones del desconocido.

—¿No está contigo entonces? —Nelson preguntó.

—No. Dijo que estaba con Reuters.

—Sabes que hizo algo extraordinario en el orfanato.

—¿Extraordinario?

—Hizo un retrato de cada uno de los niños.

—Realmente. Bueno, es su trabajo —dijo Dean.

—Ese es el asunto. A la gente de aquí no le gusta que la fotografíen —dijo Nelson—. Tienes que pedir permiso y, por lo general, no lo obtienes.

—El Padre Charles dijo que era muy persuasivo —dijo Grace.

Así que supo de Coluers cuando Dean le preguntó en el hotel. Probablemente se dirigió allí o regresó cuando sus caminos se cruzaron en el mercado. Ali había sido rudo y evasivo. ¿Por qué estaría tan interesado en fotografiar niños? Debe saber o sospechar que podría haber otro tipo de intercambio en ese complejo.

El camino a la granja de Moringa era un curso ondulado de colinas estériles, más empinado que el siguiente. La montaña rusa se extendía por kilómetros.

Finalmente, mientras descendían una colina baja, Dean vio la granja. Al principio, descartó la pequeña parcela de arbolitos de dos metros como nada más que hierbas altas y gruesas. Pero a medida que se acercaban, vio las cuerdas que clavaban los árboles en el suelo. Crecieron en filas planificadas, incluso en hileras. Le recordó las primeras plantas de maíz verde que brotaron en los caminos de Carolina del Sur.

—¡Moringa! —Nelson llamó. Sonreía como si señalara un enorme bosque de árboles maduros. Dean había imaginado millas de majestuosos milagros de 30 pies. Unos pocos cientos no iban a rescatar el vasto y desnudo país.

Dean se levantó del asiento trasero y vadeó con los demás a través del calor del pantano. El sol era rencoroso, sus rayos pinchaban sus caras como alfileres afilados. Dean levantó una mano para proteger sus ojos del resplandor.

Gravitó hacia el grupo hasta que formó parte del semicírculo que rodeaba una choza recién construida. Justo dentro de la puerta de madera abierta, había bolsas de plástico de 30 galones apiladas con palillos de tambor de color verde pálido que habían sido cosechadas el día anterior. Parecían montones de calabazas crecidas.

Dean estaba distraído por un hombre alto con pantalones sucios. Se pavoneó hacia ellos, luciendo el bronceado sombrero de monte australiano que usan los soldados.

—*Bonjou, bonjou* —gritó—. Soy Dennis. *Bienvenue.*

Tenía un rostro inteligente y el comportamiento desconfiado de un profesor. Señaló el extremo más lejano de la parcela de tierra donde hombres y mujeres con gorras y bufandas de béisbol luchaban por clavar un pequeño árbol en el suelo.

—Ese es el número 521 —dijo Dennis con orgullo. Hubo un murmullo de aprobación entre el grupo—. La familia será mil veces más fuerte antes de la temporada de lluvias.

En solo dos años, les informó, los arbolitos crecerán hasta convertirse en moringa de 15 pies, listos para ser cosechados. Las ramas serán podadas en algunos y estimularán un crecimiento más grueso. Otras serían cortadas completamente para hacer espacio para más. Era un agroforestal, árboles que crecían rápidamente como espigas de maíz.

—¡Quince pies! —dijo Dennis—. Dos años. Eso es mucha nutrición por pulgada cuadrada.

Dennis señaló la pequeña y poco llamativa colina en la distancia. La base de la colina era marrón tierra, luego se llenó de hojas verdes mientras su dosel se elevaba hacia el cielo blanco-caliente. Dean reconoció de entrada que se trataba de un árbol en un pequeño bosque, que cobró vida.

—Allí —proclamó Dennis—. Solo dos años.

Dejó que el hecho se asimilara como si fuera necesario. Había algo de predicador en él.

—También puedes empezar a cosechar a los dos años. ¡Córtalo y úsalo!

Dennis se dio la vuelta y se agachó dentro de la choza. A Dean le gustaba su teatralidad. El guía tenía el entusiasmo desenfrenado de un joven profesor. Resurgía con una pequeña planta en una mano, con sus diminutas hojas brotando. En su otra mano grande y oscura había un puñado de vainas de color verde lima, con púas en todas las direcciones.

—Empezamos con las hojas. Dentro de un mes, esto tendrá muchas.

Dennis sostuvo la pequeña planta con reverencia. Describió una lista del valor nutritivo de la planta, desde el alto contenido en proteínas hasta la cornucopia de vitaminas. La inteligencia y el vigor brillaban en la cara del hombre, lo opuesto a su apariencia sarnosa.

—Las vainas son las siguientes —explicó Dennis. Puso el pequeño árbol en el suelo y cogió una de las baquetas, que era el doble del tamaño de su mano. Dividió la piel gruesa para revelar las judías verdes redondas que había dentro.

—Hay que tener cuidado cuando se recoge. Son demasiado viejas, son pastosas. Pero cuando las cocinas jóvenes, saben a lo que parecen.

Dean recordó que sabían a harina como las judías verdes. Ayudó saber que eran buenas para ti.

—Algunos se ponen viejos y marrones —continuó Dennis—. Eso es a propósito.

Explicó que había un pequeño núcleo de marfil dentro de las judías marrones. Esos pequeños núcleos se molerían en polvo y luego se dejarían caer en agua sucia. Como una alquimia de la nueva era, transformaban el agua sedimentada del río en agua clara y potable.

—El polvo actúa como un floculante —dijo Dennis—. Como el sulfato de aluminio. Causa una reacción química que hace que las impurezas se agrupen y caigan al fondo de un recipiente.

—¿Y puedes beberlo con seguridad? —Dean permaneció incrédulo. De ser cierto, solo podía imaginar el regalo que sería para tantas comunidades pobres que tenían poco o ningún acceso al agua potable.

—Si la hierves —dijo Dennis—. Lo limpio es relativo. Las semillas no pueden librar el agua de E. coli y otras bacterias. Por lo tanto, sería mejor purificarla como cualquier agua potable.

Dean consideró que el agua potable en Nueva York, conducida por tuberías desde los depósitos prístinos de las Montañas Catskill, todavía era tratada con cloro en las etapas finales para matar a cualquier bacteria que pudiera haber hecho el viaje.

—Luego está la corteza —anunció Dennis. Habló con creciente intensidad—. Ha sido una fuente de medicina natural durante tres mil años. Trata todo, desde infecciones hasta malas quemaduras de sol.

Todo el mundo miraba, desinteresado como si hubiera escuchado el sermón antes. Dean entendió que tendría que ser selectivo con lo que se informara sobre este proyecto porque demasiado sonaba como una conferencia aburrida como probablemente lo haría para los lectores y los consumidores de los medios, especialmente en línea.

Dennis llevó uno de los pequeños árboles en una maceta de plástico verde. Lo sostuvo frente a él mientras la suciedad y el polvo se filtraban por el fondo. El suelo también estaba seco como la tiza. Habían pasado días desde que la lluvia había caído y el sol ya había absorbido cada gota.

A medida que se alejaban de la choza y se adentraban en el campo, Dean descubrió muchos más árboles bebé de lo que esperaba. Había cientos. Mientras se acercaban, se complació con un familiar aroma cítrico, el olor de Grace. Sin embargo, provenía de los árboles milagrosos.

Al final, dos chicos los esperaban, sosteniendo una pequeña colección de palas. Cavarían ceremoniosamente un agujero y plantarían. Nelson fue el primero en aceptar una nueva y reluciente pala de uno de los chicos, y luego abruptamente se la entregó a Dean.

—Pensé que querrías ser el primero —dijo.

Dean tomó la pala en su mano y buscó un lugar para hundir el acero curvado. Olió la tierra seca. Intentó hundir la pala, pero ésta rebotó en el suelo duro. Repitió el movimiento y fue capaz de aflojar unos pocos centímetros.

—¿Qué es ese olor? —preguntó Dean.

—Flores de moringa.

Dennis hizo un gesto para que pequeñas flores blancas brotaran en unas pocas ramas delgadas.

—El aceite de la moringa se utiliza como base para los perfumes de París —continuó Dennis—. Puede que lo conozcas como aceite de ben.

Estaban empapados en su propio sudor cuando se terminó de cavar y plantar. Dennis y uno de los trabajadores habían traído agua embotellada y paraguas para protegerse del sol. El grupo aceptó las botellas calientes antes de elegir lugares en el suelo para sentarse. El zumbido de las cigarras flotaba en el campo abierto, llenando el silencio. Nada se movía con el calor aceitoso.

Dean consideró la cosecha de estos árboles. Echó un vistazo al caluroso paisaje, buscando algo industrial, un lugar o instalación donde los árboles fueran cortados, despellejados y pulverizados para comida y medicinas. Pero solo había más árboles, cocinándose al sol.

—¿Cómo se cosechan estos árboles? —preguntó Dean.

Dennis tomó un trago de agua.

—Los cortamos cada cuatro meses —dijo—. La recompensa se recoge y se lleva a Jacmel, un pueblo de la costa.

Jacmel. La ciudad preciosa de su amigo en el tap-tap.

—¿Está cerca?

—Cerca en camión. Unas pocas horas en el camino —dijo Dennis—. ¿Quieres decir caminando?

Dennis se rio.

—En Jacmel, los árboles se convierten en comida y medicina.

—El procesamiento es a mano —dijo Nelson—. En un pequeño almacén.

—¿Podríamos conducir hasta allí?

—Hoy no, me temo. Tenemos trabajo en el centro.

Dean vio a Nelson caminar de vuelta a su área de cultivo. Él estaba pensando en el tiempo, en lo poco que tenía si iba a reunir todos estos hechos y volver a Nueva York para entusiasmar a los medios de comunicación con estos árboles.

—¿Cuánto tiempo caminando? —preguntó Dean. Decidió que caminar por los senderos como lo hacía la mayoría de los lugareños le permitiría ver el país a través de sus ojos.

—Unas pocas horas. Trae mucha agua —dijo Nelson. Algunos del grupo tomaron un nuevo sorbo de sus botellas de agua, con sus caras blancas manchadas por el calor.

Dean se volvió hacia Dennis, que lo miraba con diversión.

—¿Es un camino único? —preguntó Dean—. ¿No es fácil perderse?

—Más o menos. Solo dirígete al oeste por ese camino —Dennis señaló un sendero de tierra apenas visible en el borde de la plantación.

—¿Realmente estás caminando hacia allí ahora? ¿Solo? —Grace preguntó. Se puso una mano sobre las cejas como escudo contra el sol blanco.

—Veré el país —dijo Dean.

Grace se puso de pie y se quitó la suciedad de su ropa.

—¿Vienes? —preguntó Dean.

—Amo Jacmel, y no he ido por mucho tiempo.

EL CAMINO A PIE LLEVÓ A LA BASE DE UNA CORTA Y EMPINADA SUBIDA. Una choza marrón oxidada posada en su cima, las paredes de hojalata corrugada apoyadas unas contra otras como si fueran cartas de juego. Un corto árbol de 1,2 metros se acuclilló cerca de la desgastada puerta principal, sus delgadas y extrañamente delicadas ramas florecieron con las ya conocidas flores de moringa. Éstas desprendían un ligero olor a limón, más a detergente para platos que a fruta fresca. Dean se preguntó por qué. Todavía no podía aceptar que el árbol milagroso no tuviera algún defecto tóxico.

—¡Alo! ¡Alo! ¡Francine! —Grace llamó cuando se acercaron.

Una pequeña mujer en camisón sucio emergió, arrastrando los pies sobre sandalias planas marrones. Su cara estaba tan profundamente arrugada como una vieja corteza. Los pequeños ojos castaños se iluminaron, luchando por concentrarse en la cara sonriente de Grace. Actuó como si ni siquiera notara el espacio en blanco a su lado.

Las dos mujeres se abrazaron, aferrándose la una a la otra, sus caras estaban separadas por centímetros, hablando en kreyol demasiado rápido para que Dean lo entendiera. Las mujeres siempre parecían buscar la conexión con el mismo impulso que los hombres mantenían la reserva y la distancia. Él envidiaba esa fácil e instintiva intimidad.

—*Li te ale nan Port au Prince* —dijo la anciana. Alguien había ido a Puerto Príncipe.

—¿*Retounen*? —preguntó Grace. ¿Cuándo regresa?

Los gruesos labios de Francine se volvieron hacia abajo, y miró a Dean, reconociéndolo por primera vez. Había una nube de cataratas en sus ojos, oscureciendo su visión.

—¿*Ou beau blan?* —preguntó fríamente. Las arrugas en las esquinas de sus labios secos temblaban. Dijo que los chicos siempre seguían a Grace.

—*Zanme* —Grace la corrigió con una severidad juguetona—. Es un amigo.

—¿*Zanmi? ¿Coute au ale?* —preguntó Francine, sus labios se extendieron en una amplia sonrisa de alivio. Miró a Dean de forma diferente, con una vaga curiosidad y sin preocuparse por Grace.

—Estamos en camino a Jacmel, Francine —Grace puso su brazo cariñosamente alrededor de los hombros de Dean. Francine parecía verlos de manera diferente.

—*Mange* —dijo Francine. La anciana extendió la mano y tomó la mano libre de Grace. El trío se paró torpemente por un momento, Grace con su brazo colgado sobre Dean, Francine sosteniendo su mano como si compitiera con Dean por el toque de Grace.

—*No, merci*, Francine —protestó Grace—. Tenemos suficiente.

—Ella es como una madre para mí —le dijo Grace a Dean.

Francine soltó la mano de Grace, y las dos mujeres se miraron la una a la otra, una de edad imposible, una de mediana edad, y las generaciones se volvieron a abrazar. La anciana miró a Dean por un momento como si le diera su bendición. Grace sonrió en agradecimiento.

—Laurent está muy bien —dijo Grace al despedirse—. Es feliz.

Francine se alegró de la información. Actuó como si la noticia de Laurent fuera lo que había estado esperando oír. De repente, sus ojos se nublaron aún más con lágrimas brillantes. Alargó la mano y encontró a Grace de nuevo, abrazándola de forma diferente. La pesada carga de la soledad reflejada en su viejo rostro.

Grace tomó impulsivamente la mano arrugada de la anciana. Miró a sus ojos marrones y desenfocados, ofreciendo consuelo, empatía. La vio apretar la débil y delgada mano en la despedida.

El sendero bien hecho atravesó la colina como un ser vivo, y luego se deslizó por la hierba por el costado. Dean entrecerró los ojos ante el disco blanqueado que colgaba en el cielo azul sin nubes. No había forma de escapar de él, no había indulto. Se tocó la mejilla. Fue como probar una plancha plana.

—¿Laurent es su hijo? —preguntó Dean. Pensaba en la última mirada de la mujer, que parecía aceptarlo a regañadientes. No había pensado en cómo sería recibido un hombre blanco en un pequeño pueblo.

—Su nieto —dijo Grace.

Dean echó un vistazo a su perfil. Había algo irregular en la forma en que su barbilla se enganchaba en su garganta. Lo había visto antes en un conocido que había tenido un accidente de coche y se había roto la barbilla. Se preguntó si ella había tenido un destino similar. O era por algo más oscuro, como una pelea. Quería saber más y más sobre Grace.

—¿Laurent vive en Puerto Príncipe?

—No —dijo Grace—. Laurent vive en el orfanato.

—¿El orfanato? —Dean estaba confundido. Un niño con un abuelo no es un huérfano.

—No podía permitirse alimentarlo o cuidarlo —dijo Grace.

—El Padre Charles puede.

Dean sabía que la pobreza era extrema. Entendía, al menos intelectualmente, que algunos eran tan pobres que a menudo pasaban días sin comer. Los niños mueren de hambre rápidamente, y la depravación los perjudica o incluso los lleva a una muerte temprana. Pero no entendía cómo algunos podían dejar de intentarlo, solo para alejar a un ser querido y esperar lo mejor, rezando para que alguien más les provea.

En el horizonte, las nubes magulladas, negras y azules, se deslizaban apáticas sobre el ceño de los montes calvos. Dean vio unos pocos árboles enanos brotando a través de ellos como ramitas de pelo. Se sintió como si estuviera viendo un país de hombres viejos y cansados.

—¿Conoces a los *restaveks*? —Grace preguntó, de repente—. Son niños que también deben ser regalados —continuó.

—¿Porque son demasiado pobres?

—Una joven se convierte en *restavek* cuando es entregada a una familia rica como sirvienta doméstica —dijo Grace. Su dicción era concisa como la de alguien que lee un periódico legal—. Un intercambio. La familia adinerada le da a esta niña su comida, escolaridad y refugio a cambio.

—Así que es una sirvienta. ¿Es eso lo que es un *restavek*?

—Tal vez más que eso.

A Dean se le recordó el Antiguo Mercado de Esclavos en la zona histórica de Charleston. En una época, a los africanos se les había hecho pararse sobre mesas, desnudos pero con cadenas, ya que los compradores ricos los evaluaban como ganado, comprobando la salud y la estructura ósea y, a veces, revisando las partes reproductivas con las manos enguantadas.

Dean se enteró del antiguo mercado de esclavos en un viaje escolar en la escuela primaria. Desde entonces ha pasado por delante de él muchas veces, imaginando a hombres, mujeres e incluso niños de su edad, parados allí esperando a ser comprados. Se sintió aliviado por el hecho de que era historia temprana, ya no permitida en los Estados Unidos desde finales de 1800.

—¿Los padres simplemente entregan a los niños?

—Cientos de miles.

Dean no le creyó. Si el gobierno lo permitía, la comunidad internacional no lo haría. Ningún donante toleraría la práctica. Era una barbaridad.

—¿No me crees? —ella lo inmovilizó con su mirada de resentimiento.

—¿Tantos? Todo Haití es un millón, dos millones de personas. ¿Uno de cada cinco sería sirviente de los ricos?

Grace se limpió el sudor de su frente y entrecerró los ojos al sol. Tragó como alguien sediento. Dean la miró de cerca, comprendiendo de repente por qué le hablaba de los niños esclavos.

—Eras un *restavek*.

—Chico listo.

Dean estaba aturdido. Se imaginó a una niña pequeña sosteniendo la mano de su madre mientras la llevaba a vivir a un nuevo hogar. Una hija convertida en esclava. ¿Había sabido ella lo que estaba pasando?

—Lo siento —dijo después de una larga pausa.

—Yo también.

Caminaron por la tierra seca, nubes de sus propios pasos a la deriva sobre los pastos.

—¿Cuánto tiempo?

—Nunca dejas de serlo.

Dean solo podía imaginar lo que Grace había pasado, una cicatriz que nunca se curó. De repente se enfadó por ella, se enojó con su madre, con la familia rica, con el país que lo permitía. No tenía palabras.

Un siglo atrás, los perros de la pobreza habían sido soltados en esta nueva república y habían estado mordiendo y royendo ese escaso hueso desde entonces. Los hijos de los esclavos se las arreglaron lo mejor que pudieron, pensó, pero nada engendra nada. Era lo opuesto al credo del hombre rico, que necesitas dinero para conseguirlo. Aquí, empezando por nada, se perdía más.

EL PADRE CHARLES NO QUERÍA OTRA GRACE. Así que eligió a los trece niños para el traslado basándose en sus edades y géneros, no en sus personalidades o en su aspecto o en algo entrañable. No quería sentir el dolor y la culpa que había experimentado cuando una vez tuvo que elegir a Grace. Pero Dios, Dios Todopoderoso en su sabiduría y compasión, había encontrado una manera de perdonar a su devoto sirviente y devolver a la niña, una mujer adulta llena de vida y amor. Fue un milagro.

Durante la cena, estudió cuidadosamente a los elegidos, queriendo ver cómo cada niño respondía a su inminente partida. No quería que se molestaran. Estaban en camino a una vida mejor, una en la que una buena comida no se medía por la relación entre el arroz y la salsa marrón. El verdadero sustento. Todos y cada uno de los niños, con suerte, pronto estarían con una familia cariñosa y estable en Nueva York o Florida, yendo a la escuela, aprendiendo inglés, inventándose a sí mismos y un futuro que era inimaginable en los pequeños Coluers.

—Poppa —llamó Tamara y puso sus diminutos y finos dedos de bebé en su grueso brazo. Hizo un gesto de sorpresa. El sacerdote no la había visto ni oído acercarse.

—¿Por qué estás tan triste? —preguntó ella, con sus grandes ojos redondos y adorables. Incluso a su edad, Jeanne tenía una empatía instintiva, el alma de una protectora.

—No estoy triste, Tamara. Estoy cansado —dijo, demostrándolo con una sonrisa cansada.

—Estás mintiendo.

El Padre Charles no estaba contento. Le recordaba su arrogante obstinación y, en ese momento, no le gustaba mucho. Lamentaba no haber elegido a Tamara por encima de las demás. Pero entonces no pudo soportar la idea. Ella era especial.

—¿Por qué crees que no te digo la verdad?

—Estás triste y cansado, Poppa —dijo, segura de su análisis. El Padre Charles se rio a pesar de sí mismo—. Porque, Poppa —continuó—. Te preocupas demasiado. *Pa enkyete w!*

—Ve y manje —dijo el Padre Charles, ahuyentándola con sus manos. Se puso de pie cuando ella se fue. Necesitaba un paseo. También tenía hambre, pero no pudo enfrentar los frijoles esta noche después de la buena comida en Pétion-Ville. Salió del comedor, decidiendo que debía ir al centro comunitario. Podría comer y hablar con Grace si tuviera suerte.

Herve marchó por el sendero en el bosque como un hombre en una misión. Su larga y familiar cara y sus cejas arrugadas estaban puestas con la seriedad del propósito. El Padre Charles conocía la mirada demasiado bien. La había visto cuando Herve perdió un partido de fútbol, cuando fue ignorado, cuando las cosas no salieron como él quería.

—¿Recuerdas que te dije que necesitamos dos conductores para nuestro viaje a República Dominicana. Mejor si son extranjeros.

—¿Por qué?

—Para protegerte.

—¿Protegerme de quién? Es un viaje difícil, Herve. Y peligroso.

—¿Peligroso? —Herve sacudió la cabeza—. No. Debemos tener conductores que no representen una amenaza en la frontera.

—Parece que ya tienes una solución —dijo el sacerdote.

Herve sonrió a su compañero, nombrando a los posibles conductores simplemente con su expresión.

—Estás bromeando —dijo el Padre Charles, pero también captó la sagacidad de la elección de Herve. Se confiaría en ellos mucho antes que en cualquier haitiano que cruzara la frontera dominicana. La mayoría de los guardias miraban con desprecio a aquellos que querían cruzar por trabajos mal pagados. Algunos los odiaban. No eran mejores que los bienes muebles.

—Grace no lo hará —dijo el Padre Charles.

—Yo no estaría tan seguro.

Al Padre Charles no le gustaba ni siquiera la posibilidad de que Grace se pusiera en peligro.

—¿Y si no lo permito? —el Padre Charles dijo, emitiendo su propia amenaza.

—Entonces, reúne el dinero para todo esto —dijo Herve. Señaló el orfanato. Había marcos a medio terminar de nuevas viviendas, la maquinaria se usaba para construir una fosa séptica, la primera de este tipo en Coluers.

—¿Quieres ver morir todo esto?

—Hay trece niños que no llorarán —dijo el sacerdote.

El Padre Charles quería terminar con el intercambio. Deseaba poder llamar a esto el final. Le molestaba el asunto de los niños, en lo que se había convertido. Se estaba intensificando, se estaba haciendo demasiado grande, se estaba descontrolando. El acuerdo pendiente involucraba a más hijos suyos que nunca. Nunca debió haber aceptado.

Sin embargo, lamentaba que este negocio era la ruta más probable para realizar su misión, por muy defectuosa que fuera. El buen fin bendice los medios. A Dios se llega a veces a través de caminos espinosos.

—Grace podría estar de acuerdo si se lo pido —dijo el Padre Charles. Ella estaba en deuda con él.

—Sí, señor, y el *blan* seguirá su trasero a cualquier parte.

—Pero no tiene pasaporte, Herve. Fue robado en PAP.

—¿Cómo lo sabes?

—Él me lo dijo.

Herve asintió con la cabeza, mirando las montañas.

—No tiene pasaporte —repitió su compañero, sonriendo. Parecía muy complacido—. No puede viajar a través de la frontera —añadió el Padre Charles.

—Ya veremos —dijo Herve.

DEAN SE DETUVO AL BORDE DEL PRECIPICIO, HECHIZADO POR LA VISTA DEL MAR VERDE Y AZUL FRENTE A ÉL. El agua tranquila brillaba como un vidrio de color bajo un cielo igualmente quieto y sin nubes. Sus ojos fueron inevitablemente atraídos por el horizonte azul y el extenso alcance del océano. Respiró brevemente el aire espeso y salado que olía ligeramente agrio.

Había un campo de basura esparcido a lo largo de la orilla del agua que lo decepcionó inmediatamente. De alguna manera, esperaba que la ciudad costera fuera prístina. Pero tenía tanta basura de playa como los Rockaways en Queens.

—Lo logramos —dijo Grace, viniendo a su lado. Estaban cerca el uno del otro, vestidos con el sudor de la larga caminata. Una facilidad y comodidad se apoderó de ellos. Dean no recordaba haberse sentido tan contento en compañía de nadie.

—¿Dónde está el lugar de procesamiento? —preguntó. Suaves olas rodaban cerca de la orilla de arena y burbujeaban en una espuma blanca y espumosa.

Grace señaló otro acantilado, en el que brotaban palmeras y una mezcla de bungalows pintados de colores brillantes con impresionantes vistas al océano. No estarían fuera de lugar en St. Bart's, pensó. Era más fácil ignorar la contaminación de lo que pensaba.

Juntos, se movieron por el empinado camino que comenzó justo debajo de la cornisa. Un lagarto pasó corriendo por su pie y se agachó en la roca más cercana. Había pequeños grupos de salvia excavados en el suelo seco. Era como un desierto.

Contenedores de plástico y fragmentos de basura se encontraban esparcidos como grava a lo largo de la orilla. Siguieron caminando hasta que atravesaron el denso campo de basura y se pararon en la arena blanca y limpia. Dean se quitó los zapatos y los pateó a un lado. Se quitó los calcetines mojados y los tiró más lejos a lo largo de la arena para que se secaran al sol. Luego se metió en el agua caliente, con un ojo abierto por un cristal o cualquier cosa que pudiera cortarle el pie.

Grace lo miró con diversión. No se había molestado en enrollar sus pantalones, así que las esposas ya estaban empapadas.

—¿Te sientes bien? —preguntó.

Dean no respondió. Se quitó la camisa y desenganchó su cinturón de cuero marrón y lo deslizó por las presillas. Se deslizó de sus pantalones, los sacudió y puso estos, su único par de pantalones, junto a unos cartones de plástico.

—No te preocupes por mí —dijo Grace y se rio.

—No lo haré.

Dean se adentró más en el agua y se giró para mirarla.

—¿Te unes a mí?

—Te metes en todo, ¿no?

Dean se rio y se zambulló en el agua. Dejó escapar un pequeño gruñido de alegría mientras salía a la superficie, el largo y caliente sendero que habían recorrido momentáneamente con sus doloridas piernas.

Se sorprendió al ver que Grace dudaba, temerosa de entrar en el agua como si de alguna manera pudiera causar daño.

Dean se puso de espaldas como una foca, flotando en el agua dulce. Se preguntó si el agua estaba limpia. No parecía contaminada. Empezó a dar un golpe de espalda, con los ojos todavía puestos en Grace.

Dean se alegró de verla finalmente quitarse la camisa, luego los pantalones cortos, y tiró la ropa detrás de ella en la arena y la basura. Grace salpicó al mar detrás de él y desapareció.

Él estaba pisando el agua cuando ella salió a la superficie. Sus ojos estaban cerrados; su pelo mojado, negro azabache, se pegaba a sus mejillas de una manera que la hacía parecer mucho más joven, una adolescente torpe, la marimacho que decía haber sido. Su atención se centraba en la curva madura de sus labios húmedos. Cuando sus ojos se abrieron, como si fuera por el sueño, ella lo miraba, reflejando el tono brillante que los rodeaba.

Se acercaron más, dibujados sin esfuerzo como una corriente. Él era consciente de sus pestañas húmedas, su fina nariz que temblaba casi imperceptiblemente, las últimas gotas de agua que se deslizaban por sus altos pómulos y, finalmente, la dulce expectativa. Sintió su atención en sus labios, seguida de una mirada que de alguna manera comunicaba que debía actuar.

Dean presionó sus labios contra los de ella y sintió la emoción que lo recorría, queriendo más. La besó más plenamente, sintiendo el fácil ajuste de sus labios y sus pequeños pechos, que habían ido a la deriva justo debajo de los suyos, unidos suavemente por el mar. La acercó más, besándola más agresivamente. Se detuvieron.

—Creo que eso ha estado en mi mente desde que nos conocimos —Dean la estudió, incapaz de suprimir una sonrisa.

—Pensamos igual, supongo.

Se volvieron a besar, más tiempo esta vez, encontrando una fácil intimidad. Fue raro y precioso.

Cuando volvieron a la orilla, Dean vio la blusa blanca tirada en la basura y la arena. Se agachó para recogerla.

—Déjame recogerla —dijo ella con una extraña urgencia

—No soporto ver lo hermosa que eres... —se burló.

—Soy una chica anticuada.

Era una mentira transparente. Pero pasó por delante de la blusa y miró hacia otro lado, hacia los escarpados acantilados, para darle privacidad. Escuchó sus ligeros pasos en la arena.

Cuando ella se agachó a recoger su camisa, Dean le robó una mirada de reojo. Estaba hambriento de ver su cuerpo desnudo y expuesto. Se sorprendió al ver las largas cicatrices moteadas que sobresalían de su hombro a la mitad de su espalda. Estaban moldeadas como tentáculos de calamar.

Grace se deslizó rápidamente sobre su blusa para cubrir las cicatrices. Dean decidió actuar como si no las hubiera visto. Estaba claro que ella no quería que él viera.

—Podría quedarme aquí todo el día —dijo Dean, con brío.

Grace dibujó su cabello mojado detrás de su largo cuello. Miró con recato a la arena mientras parecía conjurar una pequeña banda de pelo de la nada y fijar con habilidad su pelo negro. El agua de mar se deslizó por sus regios hombros marrones, hasta la espalda. Enmarcada por el cielo y el mar del Caribe, se veía glamorosa y vulnerable.

Su mente regresó a la gruesa y oscura cicatriz como una nube pasajera. Tenía mucha curiosidad por lo que realmente había visto en su espalda. ¿Vio algún defecto de nacimiento? ¿La herida de un accidente? ¿O era, como temía, la marca de un *restavek*? Un esclavo.

—¿Te vas a la ciudad? —preguntó Grace. Dio un paso al frente, con su compostura intacta.

EL BULEVAR ESTABA BORDEADO DE VIEJOS EDIFICIOS COLONIALES FRANCESES Y ALMACENES DE CEMENTO, LA MAYORÍA DESGASTADOS Y ASTILLADOS COMO LA CERÁMICA ANTIGUA. Las motos y los ciclomotores pasaban zumbando mientras Dean y Grace caminaban por los coches aparcados hacia un grupo de palmeras cerca de la cima de la colina. El aire húmedo y salado se elevaba desde el puerto de abajo. Dean estaba goteando sudor de su barbilla. Se detuvo por un momento y miró el mar azul y verde en la distancia, brillando con la luz blanca del sol.

—*Mwen renmen li* —Grace sonrió, deteniéndose a su lado.

A Dean no le gustaba. Todavía no. El calor se había vuelto opresivo, y se estaba abatiendo como un matón.

—¿Está muy lejos el almacén? —preguntó Dean. Trató de limpiarse el sudor que se derramaba sobre sus cejas. Pero su antebrazo y su mano también goteaban sudor, y solo consiguió picarse los ojos con el sudor salado. Hace solo unos minutos, había estado en el agua fresca del mar. Ahora, incluso en la sombra, debe haber habido noventa grados.

—Podemos conseguir un taxi —sugirió Grace, estudiando su pálido y húmedo rostro.

—Estoy bien —dijo, manejando una sonrisa débil y poco sincera.

—Puedo verlo —dijo Grace, riendo suavemente con afecto. Admiró sus ojos, tan profundos e hipnóticos como el mar de abajo. Su elegante nariz y su barbilla brillaban con promesa. Parecía más joven, y él pensó que vislumbró a la joven en ella, observando astutamente el mundo que se desarrollaba a su alrededor.

El almacén, como todos lo llamaban, era del tamaño del centro comunitario de Coluers. Las paredes también eran de bloques de cemento. Pero el techo era una lona de plástico, atada en los extremos con una cuerda gastada. Dean siguió a Grace dentro de la puerta abierta. Algunos de los trabajadores levantaron la vista de su trabajo, con ojos oscuros que miraban a las máscaras de tela blanca como si estuvieran en un hospital.

Una enorme tina de hojas de moringa dominaba el centro del piso. Cientos, tal vez miles, de hojas verdes de moringa empapadas en el interior. Una larga mesa contra la pared estaba equipada con redes de malla, el sol las encontraba como un foco, donde una mujer con una bata de médico blanca de algodón tiraba puñados de hojas mojadas y las extendía para que se secaran. Un hueco en la lona permitió al sol cocinarlas prácticamente secas.

Grace apareció, con su brazo entrelazado con un adolescente con una nueva y fresca gorra de los Orioles de Baltimore. Parecía inteligente y serio más allá de sus años.

—Andre —dijo Grace con un afecto fácil—. Este es su lugar. Está feliz de mostrarte el lugar.

No había mucho espacio para cubrir. Además de la bañera y las mesas de secado, había un lavabo de metal en la esquina y un surtido de mesas de plástico para el café donde más gente con máscaras blancas golpeaba las hojas verdes secas con morteros y pestes hasta convertirlas en algo parecido al pesto.

—¿Ves lo limpio que debemos mantenerlo aquí? —Andre dijo. Miró con orgullo el impecable suelo de cemento—. Es muy importante que no crezca moho ni bacterias. Arruinaría todas las hojas y semillas de moringa. Tendríamos que deshacernos de ellas.

—Probablemente podrías hacer una cirugía aquí —dijo Dean. Consideró qué elemento de la producción podría ser el más difícil de conseguir en Haití. Pensó en esas botellas de agua que se venden limpias en la calle.

—¿De dónde viene tu agua? ¿Se envía por barco?

Andre sacudió la cabeza y los llevó al fregadero de la esquina. Había vainas marrones secas del árbol. Algunas se habían partido como castañas para revelar un núcleo blanco. Tomó un mortero de piedra vacío y un mortero y se los entregó a Dean.

—Si fueras tan amable —dijo Andre. Grace se rio de la estoica reacción de Dean.

Andre abrió algunas de las nueces y dejó caer semillas blancas en el mortero de Dean. Las semillas se rompieron instantáneamente bajo la presión de su pesado mortero. Dean las presionó con más fuerza contra la piedra como había visto hacer a los trabajadores. En poco tiempo, las semillas de moringa se convirtieron en un polvo calcáreo.

André tomó una botella de agua de plástico llena de agua clara y puso el polvo dentro.

—Esta es agua limpia —dijo, agitando el polvo hasta que se disolvió en pequeños puntos y escamas en el agua. Entonces se arrodilló junto a un enfriador de agua de diez galones, desgastado y mellado por el uso pesado.

—Esta es agua de un arroyo donde algunos lavan su ropa.

El agua era marrón y estaba turbia con limo y contaminantes. Vació la botella en la nevera y la cubrió con un trozo de lona gruesa.

—Ahora sucede la magia —dijo Andre con una sonrisa—. La próxima vez que eches un vistazo será tan claro como el agua de las cascadas.

Dean era escéptico. Siguió a Andre hacia el aire pesado y caliente del exterior. Andre lo llevó a través de un callejón a otro almacén, éste todo de ladrillo y cerrado con llave como un banco. Dentro estaban los productos de moringa listos para ser enviados. Andre abrió la puerta de metal y encendió la bombilla del techo que iluminaba pilas de botellas de plástico. Había polvo de moringa, aceite de ben, hojas secas.

—Algunos irán a Whole Foods —dijo Andre—. Tenemos un nuevo contrato.

El supermercado de lujo, que atiende a los sofisticados urbanos, no parecía un buen lugar de exposición para el moringa. Pero significaba dinero para volver a verter en el negocio.

—¿Qué tal aquí? —preguntó Dean—. ¿La gente de aquí recibe algo?

—Por supuesto —dijo Andre—. Escuché que tú también disfrutaste de la comida. Dean creía que la atracción de las ganancias corrompía incluso las mejores intenciones.

Un negocio creado para alimentar a la gente y mejorar sus vidas podría estar amenazado por la búsqueda de beneficios. El dinero brillaba como el oro más preciado, atrayendo a los mejores por su propio bien.

—Hablando de comida —dijo Grace—. Tal vez un poco de comida sea posible, si has terminado aquí.

Una anciana, con la piel picada como el carbón, llegó a la mesa. Los miró con afecto como si estuviera encantada de servir a una pareja feliz. Repartió los menús como si fueran valiosos documentos.

Mientras se alejaba, Dean recordó que no tenía dinero en efectivo ni tarjeta, ni forma de pagar su almuerzo, el suntuoso de vino y mariscos que Grace había descrito.

—¿Pasa algo malo? —Grace preguntó. Ella leyó fácilmente la ansiedad en su cara y en sus modales.

Dean nunca había estado sin dinero. Llevar dinero en efectivo y tarjetas de crédito era tan habitual para Dean como la ropa. No era rico, pero tampoco había tenido nunca una necesidad seria. Siempre tenía medios. El hecho de que no los tuviera en ese momento lo desconcertó.

—Pensando en el negocio de los milagros —dijo Dean.

—Estás mintiendo —bromeaba.

Dean sonrió con sus labios. Consideró la posibilidad de sugerir que se fueran.

Pero decidió ganar tiempo, dejar que la comida progresara hasta que se le ocurriera una solución. ¿Qué hacía la gente en una situación en la que no tenía nada? Buscaban milagros en los árboles.

—Me recuerda a ese chico del orfanato —dijo Dean.

—¿El niño?

—El nieto que fue enviado allí para tener algo de comer. No tenían otra opción. Pero fue un regalo que el orfanato y el Padre Charles le dio la bienvenida. ¿ok?

Dean asintió sin entusiasmo. Todos los detalles sospechosos del orfanato volvieron a su mente: la falta de papeleo, el secreto, la ausencia de padres adoptivos claros. Había algo más que el cuidado de los niños. Un negocio tal vez. Pensó en su reunión con Herve.

—¿Tu amigo financia el orfanato? —Dean preguntó con frialdad.

—¿Mi amigo? ¿Estás hablando de Herve?

—Sí. Herve.

—Conozco a mi amigo desde Brooklyn. Tanto como cualquiera lo conoce.

Grace dijo que conoció a Herve en Brooklyn en una recaudación de fondos en Park Slope, un evento que también fue una fiesta de reclutamiento para Harvest. Ella era una cajera de banco que anhelaba encontrar una dirección.

—¿Tú y él? —preguntó Dean. Su envidia por Herve era como una herida que no podía dejar de pinchar, comprobando la profundidad de la lesión.

—¿Celoso? —Grace preguntó. Parecía complacida.

—No tienes por qué estarlo. Herve no ama a las mujeres, las colecciona —Dean se sorprendió por su amargura. Pero pensó que había más que un indicio de atracción en la ira, como si Herve la hubiera rechazado, la hubiera dejado por otra mujer.

—Las mujeres probablemente le resultan fáciles —dijo Dean—. Las compra, Dean.

—¿Prostitutas?

—No, *mennaj*. Novias.

Grace asintió, mirando hacia la mesa de madera. Parecía agitada y enfadada.

La anciana vino a la mesa con dos juegos envueltos en servilletas de papel. Las dejó en el suelo sin decir una palabra y sin siquiera echar un vistazo. Luego se fue, con los ojos hundidos, como si sintiera la tensión en el aire.

—¿De dónde saca Herve su dinero? —preguntó Dean.

—Es un chico del Bambam —dijo Grace.

—¿Bambam?

—Una de las familias de élite. Seis controlan la mayor parte del país. Los llamamos Bambam por las letras de sus apellidos.

—Su apellido es Frenoy, ¿verdad?

—Lo cambió. Vino del nombre de una de las familias sirvientes. No quería que la gente supiera que era de una familia de élite.

—¿Por qué importaría eso? —preguntó Dean.

—¿Quieres decir que a quién le importa? A Herve. Quiere ser un éxito hecho a sí mismo. Ha pasado toda su vida tratando de impresionar a su viejo al que no le importa. Herve no piensa mucho en sí mismo. Es inseguro.

—Me engañó.

La anciana reapareció con una floritura. Llevaba dos gruesos platos blancos apilados con langostas al rojo vivo partidas por la mitad con plátanos dorados apilados a su lado, que olían fuertemente a aceite vegetal y especias. El vapor se elevaba débilmente de las duras cáscaras.

—¿Pedimos esto? —preguntó Dean, sorprendido.

La anciana dio un paso atrás, admirando tanto sus dos platos de comida como la reacción complacida de Grace. Grace agradeció a la mujer antes de desearles *bon appetite* y se fue. Dean vio a la dama alejarse, deseando haber dicho la verdad sobre no tener dinero. Esta comida no iba a ser barata.

Dean cogió el tenedor y el cuchillo, los utensilios manchados envueltos en una sola servilleta de papel. Probó un trozo de plátano, agradecido de probar la comida caliente y sustanciosa. Comieron en silencio por un corto tiempo, rompiendo las patas flacuchas de las langostas y cortando trozos de la carne firme de cada pequeña cola.

Dean vio a Grace comer por un momento. Ella cortó un bocado de carne de langosta con profunda concentración antes de colocar el cuchillo en el lado de su plato. Tomó su tenedor, apuñaló la carne y se la llevó a sus suaves labios, abriéndolos lo suficiente para meter la langosta en su boca. Permaneció cuidadosa, incluso delicada, como las mujeres de Manhattan acostumbradas a la buena mesa y a los modales.

En el último momento, ella le echó una mirada.

—Su marido pesca la langosta —dijo Grace después de que ella hubiera tragado.

Por supuesto, habrían venido de aguas locales. Dean se imaginó la playa destrozada, la contaminación casual. Grace lo estaba observando.

—No te enfermarás.

Dean notó que la anciana estaba parada justo detrás de ellos. Tomó una pausa en su conversación como una oportunidad. Se deslizó al frente, tímidamente, para preguntar sobre la comida.

Grace respondió por ellos, mirando a Dean para afirmar y aceptar, como lo hacían las parejas. Su apreciación y sus palabras lo hicieron sentir más cerca de ella, como si realmente fueran una pareja. La anciana de repente le tomó del brazo y la mano en un gesto de agradecimiento y conexión. Dean todavía no estaba acostumbrado a esta franqueza. Sintió que una medida de culpa se elevaba en él también. Iba a tener que decirle que volvería más tarde con dinero y un pequeño extra para que ella lo esperara.

Después de que la mujer se fuera, Dean juntó sus manos y se enfrentó a Grace. Se sorprendió de lo nervioso que se sentía.

—Sabes que me robaron de camino al aeropuerto —dijo Dean.

—¿No tienes dinero? —Grace parecía divertida.

—Quedé en bancarrota —dijo Dean, fingiendo que no estaba avergonzado. Se puso su camisa sucia, todavía húmeda por el océano y salpicada de arena. Hizo un espectáculo al olerla—. Es la misma ropa que llevo desde que aterricé.

—Me lo creo. Puedo olerlas —Grace se puso de pie, lista para irse.

—¿Te vas?

—Volveré. Quiero hablar contigo.

Grace parecía haberse ido por un largo tiempo. Dean se recostó en su silla y tomó un sorbo del vino blanco caliente. El Chablis sabía ligeramente agrio. Miró hacia abajo de la empinada colina al mar y al muelle de cemento de abajo. Había unos cuantos turistas paseando por los puestos improvisados donde los artistas vendían sus productos. Se había dado cuenta de las pinturas de colores de caramelo, las tallas de madera y las esculturas de estaño en el camino. El arte "ingenuo" era grande en Nueva York. Había artículos y carteles sobre artistas locales sin formación formal que se dedicaban al arte de alto nivel. La simplicidad se había convertido en una virtud, la técnica áspera en un signo de autenticidad. La pobreza y la falta de formación se habían convertido en virtudes para los pintores.

Sintió las manos de Grace descansando sobre sus hombros. Ella también estaba de cara al mar. Cerró los ojos. Su toque era ligero y fácil. Una brisa con aroma a salmuera rozó su pelo y sus mejillas.

—¿Qué estás mirando? —preguntó ella.

—Estaba pensando en el arte en el muelle. Vale mucho en la ciudad en estos días.

—Ya lo sé. Los magnates de Hollywood y Wall Street los están haciendo pedazos.

—Irónico —dijo Dean.

—Tal vez. Pero es algo grandioso. El arte haitiano merece ser coleccionado.

—¿Nos van a arrestar?

—Todavía no. Podemos darle el dinero para el almuerzo más tarde.

—¿Más tarde cuándo?

Dean estaba planeando dejar Haití en un día o dos.

—Bien —dijo Grace, con calma—. Estás en una fecha límite. Vamos a ver el arte.

Sus brazos chocaron entre sí mientras Dean se movía hacia

la calle. Ninguno de ellos pronunció otra palabra. Dean tomó la mano de Grace. Era ligera pero musculosa y encajaba bien con la suya. Su piel y su calor se sintieron como un abrazo. Comenzaron a bajar la larga colina hacia el puerto.

Pequeños estudios de contrachapado estaban
esparcidos en el muelle de cemento como un
campamento. Las pinturas populares de colores
brillantes estaban por todas partes. Grace los
adoraba, más aún desde que había dejado el país.
Siempre había guardado algunas impresiones
pegadas a su pared en Nueva York como recuerdos
de su casa. Mientras pasaban por las cabañas, vio a
un artista descalzo en la silla del director. Nuevas
pinturas al óleo colgaban de una línea detrás de él
mientras se secaban como peces atrapados, colgando
bajo el sol feroz.

—¿Jerome? —preguntó Dean.
—¡Amigo mío! —Jerome saltó de su silla y se acercó a Dean,

tomándolo de la mano y el brazo, y luego lo abrazó como un hermano perdido hace mucho tiempo.

—Has venido a la joya. Estoy tan feliz.

—¿Se conocen? —preguntó Grace.

—Nos conocimos en el tap-tap —dijo Dean—. Sin él, nunca habría conseguido un asiento.

Jerome sonrió.

—Veo que ahora hay una joya contigo.

Grace sonrió débilmente y miró lejos de Jerome al retrato detrás de él. Era una pareja de ancianos tomados de la mano. En el fondo había una vieja casa de madera, unas cuantas palmeras, la sugerencia de un pasado largamente compartido. Las figuras eran como dibujos animados pero también conmovedoras. El peso de la edad caía sobre sus hombros caídos, al igual que una cansada felicidad mostrada en sus largos rostros castaños y sus sabios, si bien cansados, ojos.

—Eso es el Viejo Amor —dijo Jerome.

—¿El tuyo? —preguntó Dean.

—¿Existe tal cosa? —Grace preguntó—. El viejo amor.

Grace estudió la brillante pintura, sus ojos se estaban entrecerrando a los detalles. No había ningún hijo o nieto en la foto. Solo el paisaje. ¿Por qué no hay niños? ¿Ninguna hija? ¿También la habían regalado?

—El amor nunca envejece, ¿ok? —dijo Jerome, sonriendo como si hubiera hecho una broma.

—¿Esta pareja que pintaste tú la conoces? —preguntó Grace.

—Muy bien. Sí. Mi tía y mi tío. Son muy observadores.

La anciana de la foto removió el débil recuerdo de su propia madre. Era más gruesa, sus rasgos eran más redondos.

—Tú eres de Casale, ¿verdad? —preguntó Jerome, notando sus ojos verdes, comunes solo en ese pueblo.

Grace hizo una mueca como si hubiera mencionado un lugar que ella preferiría olvidar. La mañana en que su padre la llevó a la capital, su madre lloraba, pero no la abrazaba ni se despedía. Iba a ser un viaje breve.

—No todo el mundo allí es un descendiente —dijo Grace—. Siempre quise tener ojos marrones.

—¿Para qué demonios?

—Para parecerme a mi madre.

Los colores denotaban clase en la isla para muchos. Cuanto más oscuro el color, más auténtico. Un color más claro era mezclado, mulato, mestizo. Anhelaba ser oscura, negra y orgullosa. Grace se sentía siempre separada, no por culpa suya, sino por la crianza, y luego por la pobreza. Tú eres lo que has nacido.

Hubo un silencio incómodo cuando las bromas cesaron.

—Fue bueno encontrarte, Jerome —dijo Dean—. No pensé que te volvería a ver.

—No me sorprende —dijo Jerome sombríamente, como un místico sugiriendo que estaba en las estrellas—. Y en un momento oportuno.

Pero Jerome necesitaba un favor. Tenía que hacer un recado en otra parte de la ciudad. El dueño de un hotel que había comprado arte en el pasado quería reunirse con él por un nuevo encargo. El dinero. Pero no podía dejar su trabajo desatendido, y no tenía tiempo de empacar todo en su choza para guardarlo bajo llave. Había estado anhelando una solución cuando aparecieron como un regalo celestial.

La casa era del tamaño de un gran cobertizo. Grace vio lienzos enrollados a través de la ventana única y fija, así como material de arte en una esquina, un colchón de espuma en la otra. Aunque no había cañerías ni estufa, Grace supuso que este simple cobertizo de madera contrachapada podría ser también su casa.

—¿Te importaría? —Jerome insistió, mirando a Dean, no a ella—. Confío en ti. No tardaré mucho, y puedes disfrutar de un descanso aquí, ¿de acuerdo? Hay agua en el interior. Y ganga si quieres.

—¿Cuánto tiempo? —preguntó Dean.

—Gracias, gracias —dijo Jerome y abrazó a Dean. Se inclinó como un caballero sureño ante Grace—. Menos de una hora.

Dentro de la cabaña hacía calor, la luz del sol entraba por la única ventana, en realidad era solo un panel de vidrio que encajaba en un recorte de la pared. La habitación olía a pintura al óleo y a naranjas maduras. Había una pequeña bandeja de frutas junto a la cama en un tazón de cerámica casero. Había mangos verde-amarillos y plátanos maduros, además de las naranjas. Grace se agachó y cogió una pequeña y regordeta mandarina. Se llevó la piel moteada a la nariz y olió la fruta, cerrando los ojos un momento para centrar toda la atención en el dulce aroma. Había sido su fruta favorita cuando era joven, y todavía la atesoraba. Eran abundantes cuando crecía, y recordaba el tazón de madera rugosa donde se dejaban para que todos los disfrutaran.

Grace arrancó la piel de la mandarina, llenando el aire húmedo con la dulzura de los cítricos. Sonrió y le dio a Dean un tierno trozo y tomó otro para ella. Se la metió entera en la boca, mordió la suave carne y sintió el sabor almibarado.

—Nunca he visto a nadie disfrutar tanto de una naranja —dijo Dean.

—Mandarina —le corrigió—. Durante mucho tiempo, las mandarinas haitianas se usaron para hacer Cointreau.

—El aperitivo francés —dijo Dean. Ella sintió que sus ojos permanecían en sus labios húmedos. Quería sentir sus labios en los suyos otra vez. Le había emocionado sentir su deseo y cómo despertaba el suyo.

—Es un muy buen artista —dijo Grace.

—En algunos lugares lo llaman arte ingenuo —dijo Dean—. Sin entrenamiento. Autodidacta.

—¿Ingenuo? Qué gracioso. El arte es arte, ¿no? —la etiqueta sonaba condescendiente con ella.

—Ahora hay un museo entero dedicado a los artistas no escolarizados. Un museo segregado.

—No por raza —dijo Dean.

—¿Entonces por qué?

—Habilidad formal, no talento. Nadie les enseñó, pero se las arreglaron para hacer algo especial. Es puro.

Se movieron juntos hacia los lienzos junto a la pared hasta que estuvieron junto al colchón en el suelo. Notó que el colchón de espuma estaba limpio, una sábana blanca se extendía a lo largo de él como una vela tensa. Llamó la atención de Dean, quien también estudió el colchón de espuma.

—¿Te gusta el arte? —preguntó.

—Me encanta —dijo Dean.

Grace asintió con la cabeza, y luego lentamente extendió su brazo hacia él. Dean se encontró con sus ojos y tomó su mano en la suya. Ella sintió una carga que la atravesó y dejó que la empujara hacia él. Sus labios encontraron los suyos, y se deslizaron hasta el colchón.

El aire bochornoso era dulce con el mar y la fruta. A ella le gustó la sensación de su mano, suave pero fuerte como él. Se sentía cómoda y segura. Ella se anticipó a sus manos sobre ella, desabrochando su camisa, deslizándose de su ropa. Anhelaba ser abrazada y amada por él. Él la hizo sentir especial.

El colchón era lo suficientemente grande para los dos. A ella le había gustado besarlo y el cálido cosquilleo que subía por su muslo.

Dejó que la tomara en sus brazos. Sus labios estaban esperando cuando él los encontró. El beso fue más completo, más sensual que cualquier otro anterior. Encontró su lengua y se burló de ella con la punta de la suya. Él apretó su cuerpo más fuerte contra el suyo. Saboreó su cuerpo como algo precioso y raro. Ella tenía poca experiencia en ser tratada tan suavemente. La sorpresa la empujó fuera de sí misma y del momento. Esperó, con la esperanza de que se convirtiera en el duro tanteo de los hombres que conocía, hombres que la trataban como ella temía que se merecía. Nunca dejó de recordar lo que había sido, siempre lo fue. Pero la gentileza de Dean la calmó, quitándole lentamente la duda y el miedo. Grace se abrió a él. Ella se agitó con maravilla y deseo.

Pero su antiguo yo pesaba sobre ella. Temía exponerse a él. La cicatriz era tan reconocible como una marca. Siempre fue muy cuidadosa de mantenerlo en secreto. Pero al salir completamente desnuda, sintió una punzada de otro viejo miedo adolescente. Siempre se había sentido decepcionada por sus pequeños pechos, femeninos, pero no tan amplios o femeninos como los que tenía alrededor. Era demasiado delgada, demasiado huesuda, sin las caderas y estómagos suaves y carnosos de las hermosas y exuberantes mujeres del campo.

Mientras sus cálidas y flexibles manos se deslizaban desde la pequeña espalda de ella hacia sus hombros, Grace se congeló. Estaba a punto de sentir la marca, lo que ella había sido tan cuidadosa de ocultar en la playa y en el mar. Era demasiado tarde. Ella lo quería.

—¿Sigue siendo doloroso? —susurró Dean, sus dedos ligeros como la seda en sus cicatrices. Ella no quería hablar de ello o reconocerlo. Mejor olvidar.

—Es una cicatriz —dijo Grace.

—Alguien te hizo esto —dijo Dean—. ¿Por qué?

—Porque lo olvidé. Porque llegué tarde.

—¿Tarde?

Dean se detuvo sorprendido, inclinándose hacia atrás para mirarla.

—La señora. Llegué tarde a la tarea. Tenía hambre y comí lo que los chicos habían dejado.

—¿Así que te azotó como a un animal? —preguntó Dean.

—Con el extremo de un cable de extensión.

Grace tembló, de repente, y se enfadó consigo misma. Los días de un restavek deberían haber quedado atrás. Pero los ojos llenos de odio de la Madame volvieron a brillar hacia ella, el temperamento caliente, violento y feo. Tantas veces, Grace había visto el asco llenar la cara de la mujer antes de que llegara la violencia.

—Muchas veces —dijo Dean, sintiendo el largo y ancho de la cicatriz en su espalda—. Para una niña, una jovencita.

Grace hizo un ruido entre una risa y un resoplido.

—Lo siento —dijo Dean, mirando sus ojos bien arriba. Grace se mordió el costado del labio y asintió con la cabeza. Dean la empujó contra su pecho desnudo y la rodeó con su brazo. Ella se sintió segura. Valorada.

Grace se sorprendió de que su ternura la convenciera de recordar a Herve. Recordó las fuertes y gruesas manos de Herve sobre ella, sus fuertes brazos tirando de ella como si fuera tan ligera y flexible como una muñeca. Su hambre por ella era salvaje y poderosa, y ella se sintió intoxicada. Cuando se metió dentro de ella, ella hizo un gesto de dolor pero apretó su torso tenso con un placer que la hizo sentir como una zorra. Cuanto más fuerte se empujaba, centrado solo en su propio placer, más lo quería ella y, extrañamente, sentía que se lo merecía. Ella era solo otra zorra. Siempre había dado todo lo que se le había pedido.

—Lo siento —dijo Dean sacándola de su ensueño—. Nadie debería pasar por eso, para ser tratado como el esclavo de alguien.

Su tranquila excitación por él se había desvanecido como una brisa pasajera. Ella miró fijamente a sus amables ojos marrones, lo que solo hizo que se alejara.

Ella se deslizó de sus brazos y hacia el lado del colchón. Quería estar sola. Cerró los ojos, deseando no llorar. Creyó que estaba siendo una tonta. No había razón para estar enfadada o resentida con Dean. Se volvió hacia él, aún confundida, y tocó su brillante rostro con los dedos, y se sintió aliviada al sentir que su ternura y atracción por él volvían.

Herve estaba esperando impacientemente su regreso. Se encorvó junto a una mesa vacía en la oscuridad de la tarde del comedor. No estaba acostumbrado a esperar a nadie. Pero estaba desesperado. El envío tenía que pasar si quería que el negocio creciera como él quería. Se iluminó cuando vio a Grace, ignorando al *blan* que estaba a su lado. Herve adivinó que la había poseído. Era evidente en su tranquilo aire de posesividad. Grace echó el pelo hacia atrás con ambas manos.

—Me dijeron que habías ido a Jacmel —dijo Herve. Una sonrisa pícara y sardónica arrugó su rostro oscuro por un instante como si se estuviera burlando de ambos.

—Estabas bien informado —dijo Grace y le sonrió—. Quiero hablar contigo, cariño —dijo Herve.

Grace levantó sus oscuras y delicadas cejas.

—Habla.

Herve empezó como si le hubieran dado una bofetada. Se recuperó rápidamente y sonrió débilmente, fingiendo calma. Sintió al *blan* observándolo intensamente, pero también ignoró ese disgusto. Se dijo a sí mismo que no importaba que el americano hubiera cogido a Grace. Lo que importaba era el negocio.

—El orfanato necesita su ayuda —dijo. Herve explicó que había habido un retraso en el transporte de los niños a República Dominicana porque los conductores originales se habían echado atrás.

—¿Por qué República Dominicana? —preguntó Dean, sospechoso.

Hizo una cara que Herve odiaba porque asumía que Herve tenía que defenderse o justificarse. Pero Herve ignoró su irritación.

—Los vuelos desde República Dominicana son más baratos —dijo Herve.

—Pero tienes que cruzar una frontera. ¿No es eso un problema cuando se transportan niños?

—Yo no conduzco —dijo Grace, lo cual era cierto.

—Él conduce —dijo Herve, indicando a Dean.

—¿Quizás deberías preguntarle? —Grace dijo.

Herve se encontró con los ojos entrecerrados del *blan* por primera vez. No había amor entre ellos.

—Necesitamos tu ayuda. Sin conductores, los niños van en barco.

—No harás eso —dijo Grace.

El barco de provisiones diarias era peligroso para los pasajeros. El viejo bote estaba rutinariamente sobrecargado con pasajeros que no pagaban, y los ahogamientos en el mar eran rutinarios, si es que se reportaban. Era un viaje a riesgo propio.

—Si no tengo otra opción —dijo Herve—. Voy por el agua. Los niños deben ir.

—Hablas en serio —Grace dijo.

—Debo llevar a esos niños a sus nuevos hogares y familias —dijo—. Eso significa el aeropuerto de Pedernales. Mañana.

—El Padre Charles no lo permitirá —dijo Grace.

—Poppy tampoco tiene elección —dijo Herve—. Deben cruzar la frontera si quieren tener sus nuevas familias.

—No tienes derecho —dijo Grace—. Estas son vidas de niños, no un cargamento que mover. Tampoco son moneda, por mucho que lo adores.

Herve frunció los labios casi como un beso, mirándola fijamente. Se dio la vuelta y se dirigió hacia su Mercedes que le esperaba.

—Sé cómo conducir —llamó Grace después de él—. Solo que no tengo licencia. Herve sonrió, pero su plan se estaba desarrollando mejor de lo que esperaba.

—¿Desde cuándo sabes conducir? —preguntó Herve.

—En Brooklyn —dijo y se cruzó de brazos—. ¿Qué te importa?

—Los niños —dijo Herve—. Ellos están a salvo, nena.

—Yo conduciré —dijo Dean. Él y Grace se miraron con una comprensión que muchas parejas de ancianos tenían.

Herve se deslizó dentro del Mercedes. Encendió el motor, y una bocanada de humo negro de diesel salió del tubo de escape. El olor amargo era repugnante en el denso calor.

—Está bien —dijo Herve y cerró la puerta.

Grace se acercó a Dean mientras el Mercedes se alejaba. Vieron cómo la nube de polvo se escupía por detrás mientras el sedán rodaba por el camino de tierra hacia la solitaria franja de asfalto.

—Gracias —dijo Grace en voz baja. Ella tomó su mano y lo llevó de vuelta al centro comunitario—. Sé que lo odias.

—Podríamos ser cómplices, te das cuenta —dijo Dean.

—¿De qué crimen? ¿Ayudar a los niños? —Grace dijo—. Me parece bien.

—Espero que eso sea lo que estamos haciendo —dijo Dean—. Espero.

DEAN LUCHÓ POR MANTENER LA VIEJA CAMIONETA BAJO CONTROL, PERSIGUIENDO LAS LUCES TRASERAS DEL MERCEDES EN LA PROFUNDA OSCURIDAD. Rebotaron a lo largo del camino de tierra, levantando polvo que parecía nieve sucia en sus luces altas. Dean entrecerró los ojos a través de la nube arremolinada de suciedad y luz blanca, ahora asustado por sí mismo por ser voluntario. Siete de los trece niños estaban apiñados en su furgoneta.

Dean entendió que estaba cavando a sabiendas más profundo en un hoyo sin escape fácil. No había nada que impidiera que otros lo vieran como un traficante, si eso era lo que el orfanato estaba haciendo, y estaba casi seguro de que así era. Ahora, para bien o para mal, él era parte de la operación.

Las chicas estaban profundamente dormidas en las filas detrás de él. Los niños se adaptaban a cualquier cosa. La perspectiva de cambio, de dificultad, no los aterrorizaba como a muchos adultos. La cabeza de Grace se apoyaba en su hombro, recorriendo incluso las curvas y giros de la carretera. De alguna manera, ella también parecía haberse dormido tranquilamente.

Dean rara vez se había sentido tan cómodo y relajado con una mujer. Por mucho que se hubiera sentido atraído por la belleza de Cynthia al principio, había a menudo una ligera pero persistente distancia. Querían una conexión, un fuego que los uniera, pero nunca llegó. Sus vidas estaban dedicadas a sus carreras. Cuanto más intentaba forjar una intimidad más profunda, algo así como el amor, más se sentía a solas.

Nueva York nunca fue tan oscuro. Dean vio las luces rojas del Mercedes hacer un largo y amplio recorrido. Podía ver las puntas de incontables estrellas muy por encima de ellas. Pero, por lo demás, era una completa oscuridad como una cortina impenetrable. Se estaba cansando de mirar fijamente la monotonía. No había otro tráfico, así que decidió cerrar los ojos por un momento.

De repente, la furgoneta rebotó fuera de control, atravesando un campo de maleza. Dean frenó con pánico. No podía creer que se hubiera quedado dormido. La furgoneta se detuvo, pero su respiración se aceleró. La suciedad calcárea se arremolinó en los rayos de luz.

—¿Qué? —Grace estaba despierta, atraída por los faros. Miraba como alguien hipnotizado por las llamas de una fogata, y luego miraba a los niños en la parte de atrás. Permanecieron dormidos.

—Un bache —Dean mintió sin querer admitir que se había dormido al volante y puso sus vidas en peligro.

—¿Perdimos a Herve? No veo el coche.

—Está en la carretera —Dean estaba decepcionado porque su primer pensamiento al despertar fue el niño rico—. Los alcanzaremos.

Dean hizo un amplio giro a través de la maleza baja para volver a la carretera. Tuvo suerte de que no se hubieran estrellado. Pero no volvería a suceder. Su adrenalina se aseguraría de ello.

Dean usó el espejo retrovisor para ver las dos filas de chicas jóvenes que dormitaban en la parte de atrás. Se apoyaban en los pequeños y oscuros hombros de la otra como fichas de dominó, con la boca abierta y respirando fuerte.

Cuatro en la espalda, tres en el camino de regreso. Esperaba que estuvieran en camino a la adopción, a una vida mejor de la que conocían.

Cuando subieron por primera vez a la camioneta, Dean quedó impresionado con su belleza. Había reconocido a la chica del vestido amarillo. Le había suplicado al Padre Charles que se quedara en el orfanato y no fuera a América. Ahora llevaba un vestido de cuadros azules, su cara resplandecía con un brillo beatífico.

—Las chicas son impresionantes —dijo Dean.

Grace miró por la ventana como si no lo hubiera oído.

—Como una furgoneta llena de modelos elegidas a mano. ¿Deberíamos sospechar por eso? —preguntó Dean.

—Si fueran feas, ¿te sentirías mejor al respecto? —Grace preguntó.

Dean quería pensar que las chicas resultaban ser lo más atractivo del orfanato. Podría ser una cuestión de azar. Pero Dean creía que había un diseño en la selección, eligiendo los niños más valiosos y deseados en el mercado abierto.

—Sigues investigando —dijo Grace con un aire de decepción—. No aceptas ni entiendes cómo funcionan los orfanatos en mi país.

—No es cierto. No estoy buscando un escándalo del que informar. De todas formas ya lo he superado.

—¿Y tú?

Dean sacudió la cabeza. Por supuesto, necesitaba una buena historia para mantener su trabajo. Pero no tenía que ser una exposición. Le encantaban los árboles milagrosos. Era digno de los medios de comunicación sin ser a expensas de nadie. No le interesaba revelar el lado oscuro de la humanidad. Quería hacer algo positivo, marcar la diferencia, mejorar la vida.

El mar vidrioso apareció a un lado bajo un cielo que despertaba. La superficie era del color del peltre a la débil luz, brillando como una bandeja pulida. El aire salado que pasaba por la ventana estaba teñido con el olor a pescado y a descomposición.

—Debemos estar acercándonos —dijo Dean. Las luces del Mercedes no estaban en ninguna parte delante de ellos. Pero solo había una carretera, sin salidas ni curvas de las que preocuparse.

—Esto será muy difícil para ellos —dijo Grace. Observó a los jóvenes pasajeros con preocupación. Unas pocas chicas estaban despiertas, siguiendo el mar con los ojos abiertos.

—¿Conoces las historias de los prisioneros que son liberados? —Grace dijo, de repente. Estaba claro que había estado pensando en ello durante algún tiempo.

—No quieren salir de su celda. Tienen miedo de su propia libertad. La celda es todo lo que han conocido.

—¿Los niños son prisioneros? ¿Ahora quién está mirando el lado oscuro?

—Prisioneros de la pobreza es lo que estoy diciendo. No puedes procesarlo cuando tienes doce años. Lo que piensas es que has hecho algo malo y que estás siendo castigado por ello.

Dean entendió que hablaba de sí misma, de su propio encarcelamiento como restavek. Debe haber sido una pesadilla.

Las chicas estaban todas despiertas. Había lánguidos estiramientos y bostezos. Los niños parecían tan despreocupados como cuando habían dejado Coluers. Pero Grace estaba fuera de sí, como si fuera ella la que se iba y no los huérfanos.

—Pero es diferente en el orfanato —dijo Grace. Ella hablaba de manera monótona como si estuviera en trance—. Son amados y valorados.

—Valorados —Dean estuvo de acuerdo. El orfanato podría resultar ser poco más que un corral, enjaulando a los niños antes de ser vendidos. Pero Grace no entendía su significado. Lo escuchó como un acuerdo, como una afirmación de su propio punto de vista. Dean no iba a corregirla.

El sucio y blanco Mercedes apareció en las sombras al lado de la carretera. Herve se quedó inmóvil fuera de la puerta, bordeado por la luz metálica del amanecer. Él y el sacerdote habían esperado a que los alcanzaran después de que Dean se saliera de la carretera. Se preguntó si se habían dado cuenta de su error. Cuando la camioneta de Dean se acercó, Herve asintió con la cabeza y volvió a entrar en el coche y se dirigió a la carretera vacía que llevaba a la ciudad.

—¿Por qué están esperando? —preguntó Grace—. ¿Vamos tan despacio?

—No. Él está conduciendo muy rápido.

L AS AFUERAS DE LA CIUDAD FRONTERIZA ERAN
ESTÉRILES. Unas pocas y cansadas palmeras
encorvadas entre parches de arbustos secos. Dean
luchó por mantener el ritmo del Mercedes mientras
entraba en la ciudad fronteriza, azotando el polvo
rojo y la basura del camino contra las casas de
bloques de cemento que se desmoronaban. El viento
agitaba la ropa colgada en cuerdas.

Dean vio un nuevo puente de cemento a lo lejos, la frontera que
llevaba a República Dominicana. El lecho del río a ambos lados del
puente vallado estaba seco, blanco como el cemento del puente. Dean
gimió.

—¿Qué pasa? —preguntó Grace.

—No tengo pasaporte —dijo.

Pasaban casas de bloques de cemento que parecían más cerca de la ruina que de ser habitables. Las gallinas estaban atadas a tablas a lo largo. Una gasolinera de una bomba fue apartada de la carretera, rodeada de montones de neumáticos calvos. Pero no había gente en ninguna parte, nadie caminando o ocupado fuera de sus casas.

—No lo necesitarás —dijo Grace.

—¿Cómo lo sabes? —Dean estaba sorprendido y sospechaba.

—No son horas de oficina —dijo Grace.

Justo antes del puente, pasaron un contenedor azul, su sección media convertida en una puerta recortada. Había un elegante letrero de "Aduana" pintado en el costado, con el inglés y el francés. Las rayas azules y rojas de la bandera haitiana caían de un asta de madera. No había ningún oficial de aduanas a la vista.

—¿Dices que la aduana está cerrada?

—Solo que no está abierta. Es un negocio.

—Pensé que era un servicio.

—Si tienes el dinero.

Mientras conducía hacia el puente sobre el lecho seco del río, el paisaje cambió instantáneamente. Altas y frondosas palmeras se alzaron al otro lado, apiñadas con viejos árboles caducifolios verdes y maduros. El camino debajo de la furgoneta se convirtió en una suave pista negra.

Las chicas de atrás charlaban de nuevo y de repente, como si la escuela acabara de salir y estuvieran libres en el patio de la escuela. Sonreían, sus ojos brillaban con anticipación y la frontera exuberante que se acercaba.

Dean se preocupó cuando vio la puerta encadenada que estaba delante, flanqueada por una caseta de vigilancia. Tampoco había guardias de frontera para República Dominicana. Solo había una sombra oscura en las cabinas de baja altura. Una doble valla, sin embargo, bloqueaba el camino hacia el interior del país. Una cerradura de metal y una cadena colgaban de su parte central.

—¿Este es el cruce oficial? —preguntó Dean.

Una señal indicaba que las horas de trabajo eran de 9 a 4. El Mercedes había estacionado al lado. Herve salió con el motor en marcha y se dirigió al maletero trasero. Sacó un corta-cadenas negro y lo llevó hacia la puerta cerrada como si fuera una llave grande.

—¿Va a cortar la cerradura? —preguntó Dean.

—Eso parece —dijo Grace.

Herve rompió la cadena en un movimiento, y se desplomó al suelo como una serpiente muerta. Deslizó una de las puertas a un lado, lo suficiente para que un coche la atraviese.

—¿Así es como se cruza la frontera después de horas? —Dean llamó por la ventana.

—No hay tiempo para esperar a que las abran.

Herve volvió a entrar en el Mercedes. Dean miró aturdido como el sedán se alejaba y desaparecía en el verde esplendor de República Dominicana.

—¿Estás esperando algo? —preguntó Grace.

—No podemos hacer esto —dijo Dean—. Si nos detienen al otro lado de la frontera, estamos jodidos.

—Si nos quedamos aquí, será peor —dijo.

Las autoridades querrán saber por qué transportaba chicas jóvenes a través de las fronteras nacionales sin documentación. Afuera, la música y la charla radial se elevaron sin ser vistas.

Grace señaló una larga fila de inmigrantes que caminaban por el lecho del arroyo seco bajo el puente. Llevaban jarras de agua de plástico, bolsas de gimnasio, o nada en absoluto. Trabajadores de día.

—No siempre hay dinero para pagarles para que los manejen. Así que la gente cruza. De un lado a otro. Todos los días.

Los trabajadores subieron a través de los arbustos del lado dominicano y giraron en dirección a la carretera. No buscaban guardias ni pretendían esconderse. Simplemente seguían una ruta trillada que les llevaba a otro país soberano.

—Nos estamos colando —dijo Dean.

Herve sabía que el paso fronterizo estaría cerrado. No es de extrañar que Herve insistiera en que salieran mucho antes del amanecer, aunque era más peligroso conducir de noche. Por supuesto, llegarían sin tener que preocuparse por los guardias o el papeleo. No habría un alma que se preguntara dónde o por qué transportaban a los niños.

—Todo el mundo lo hace —dijo Grace—. ¿Quién puede pagar la tarifa?

Los niños detrás de ellos estaban alerta y cautelosos como niños que escuchan a sus padres discutir, esperando a ver si se resuelve.

—Dean —dijo Grace—. ¿Podemos irnos? ¿Por favor?

—¿Sabías de todo esto? —preguntó.

—No es un secreto —dijo ella, despectivamente.

Vieron el Mercedes blanco a una milla por delante de ellos, serpenteando a través de la nueva carretera de un solo carril que atravesaba franjas de pantanos y manglares abiertos. Dean revisó el espejo retrovisor, seguro que vería un coche de policía en persecución. Los objetos están más cerca de lo que parece que estaba escrito en el espejo. Pero solo había el camino vacío retrocediendo.

No había vuelta atrás de todos modos.

En pocos kilómetros, una valla de alambre apareció en el horizonte cercano, en el borde de un pequeño aeródromo privado. No había ninguna torre de control que dirigiera el tráfico aéreo, solo lo que parecía un gran garaje de cemento. Una sola pista de aterrizaje se extendía de un extremo al otro del campo de hierba.

—*¡Nou rive!* —Grace les dijo a las chicas. Miraron el asfalto vacío con asombro de ojos abiertos. Dean siguió el Mercedes a través de la puerta abierta y salió a la pista. Una manga de viento naranja revoloteaba cerca de la pista de aterrizaje. Nada más se agitó.

Ellos la vieron atravesar el polvoriento parabrisas mientras salía del Mercedes blanco. Apuntó sus labios con desdén y buscó en el horizonte azul y vacío. Parecía tenso e impaciente. A un lado de la pista, la solitaria manga de viento colgaba sin fuerzas de un poste delgado como la pesca de la mañana. El aire estaba quieto y demasiado pesado.

—*Mwen pe* —la chica guapa del vestido amarillo susurró desde el coche—. Tengo miedo.

Grace agarró la pequeña mano de la chica, envolviéndola firmemente en la suya como una manta.

Pronto, oscuros círculos que se balanceaban aparecieron en lo alto del cielo distante. Herve asintió con la cabeza mientras la nariz y el ala distantes del avión se agudizaban como un anillo de enfoque de una cámara. El elegante jet blanco se acercaba, el único avión en cualquier lugar.

El silencio se rompió de repente. Herve se giró como si hubiera oído el disparo de un rifle. Dean también escuchó el motor. Un coche patrulla, con su luz eléctrica azul y blanca parpadeando, pasaba a toda velocidad por la valla perimetral. Un rastro de polvo se arremolinaba detrás de él mientras el coche daba una vuelta tambaleante y disparaba a través de la puerta abierta. Dean temía lo peor. Estaban a punto de ser atrapados. Él también sería esposado y acusado de tráfico.

—¿Vienen por nosotros? —Grace preguntó. Sostuvo la mano de la chica aún más fuerte.

Pero el coche de policía se detuvo antes de llegar a ellos. Dos policías de aduanas salieron y se apresuraron a las puertas de cristal de la terminal. Ninguno de los policías les echó un vistazo, ni a sus coches. Dean tenía la vaga idea de aprovechar esta oportunidad para escapar. Podría sacar a Grace y a los niños de aquí y llevarlos de vuelta a través de la frontera con Haití. Todos se salvarían. Dean dudó. Si se marchaba, y lo que creía era cierto, no había duda de que él y Grace y los niños serían perseguidos.

El quejido agudo del avión que se acercaba resonó en el aeropuerto. Las ruedas estaban bajas y bloqueadas, su nariz esculpida levantada como si estuviera oliendo el aire, las alas en forma de cuchilla se alineaban perfectamente con el carril de aterrizaje. Dean vio cómo las ruedas golpeaban el asfalto con un breve chirrido y una bocanada de humo antes de que la cola del avión pasara por delante de él. Podía leer las letras de llamada en su cola, el equivalente aéreo de una matrícula.

El avión blanco rodó a pocos metros de donde estaban estacionados antes de detenerse. Las ventanas del avión brillaban como las branquias de un tiburón a lo largo del elegante fuselaje. Giró su cola para enfrentarse a ellos en el último momento. Dean leyó las cartas de aviso: NEB1929. N lo marcó como registrado en los Estados Unidos. EB significaba que estaba establecido en Nueva York. Por supuesto, alguien de cualquier lugar podría haberla alquilado para el viaje a través de un corredor privado. Pero él lo comprobaría más tarde.

Dean apagó el motor de la furgoneta que había empezado a recalentarse. Una brisa caliente revoloteaba los pastos a lo largo de la nueva y limpia pista de aterrizaje. Hubo un fuerte estallido neumático, y un panel cerca de la cabina se abrió. Salieron unas escaleras rojas sobre un pedestal, que se desviaron hacia el suelo mientras el resto del panel se elevaba. El motor de las escaleras se detuvo.

Un hombre alto, de mediana edad, vestido con caquis y zapatos de barco bajó la cabeza al salir. Se puso de pie en el primer escalón, observando la escena como un general evaluando el campo de batalla. Llevaba una camisa abotonada y gafas de sol con forma de concha de tortuga como un navegante.

Detrás de ellos, los dos policías uniformados salieron de la terminal, con las puertas de cristal parpadeando detrás de ellos. Se acercaban al avión. Herve los interceptó, saludándolos en un español fluido, estrechando sus manos a su vez. Hizo un gesto hacia las puertas cerradas de la terminal como si fuera el dueño de un club nocturno, instando a los invitados especiales a que le acompañaran al cuarto trasero secreto. Los oficiales lo siguieron.

El Padre Charles salió del lado del pasajero del Mercedes. El sacerdote se dirigió hacia el avión como si caminara sobre cáscaras de huevo. Tenía miedo. De qué o quién, Dean no lo sabía.

—¡Padre Charles! —el saludo resonó en el tranquilo aeródromo—. ¿Polizia?

—Una sorpresa para nosotros —respondió el Padre Charles.

—Wheels up —ordenó el hombre a los pilotos que estaban dentro. Las aspas de los motores a reacción comenzaron a girar y volvieron a la vida.

—¿No te vas a ir? —preguntó el Padre Charles.

—Una precaución de negocios —respondió el hombre, mostrando una sonrisa nerviosa—. En caso de que debamos irnos rápidamente.

Las chicas abrieron las puertas de la furgoneta detrás de Dean y salieron del asiento trasero. Se detuvieron y se quedaron en su sitio, mirando boquiabiertas al reluciente avión, la promesa de aventura y una vida mejor. El gran apostador, a su vez, se alarmó al ver a las jóvenes exhibiéndose a la vista de todos a lo largo de la pista. Retrocedió hacia las escaleras, comprobando la puerta de entrada de la terminal donde la policía había desaparecido con Herve.

Dean tomó un respiro. No necesitaba más pistas. Todo el mundo tenía miedo de la policía tanto como a cualquier ladrón o criminal.

—Por favor —dijo el gran apostador—. Si los niños pudieran esperar en la furgoneta.

El Padre Charles los llamó con una voz tranquila y reconfortante. Estaban confundidos, no estaban seguros de lo que les pedía. En lugar de volver al coche de Dean, vieron a las otras chicas escapar de su encierro en el asiento trasero. Un trío de niños pequeños y una adolescente larguirucha corrieron felices por el asfalto caliente como si fuera un patio de recreo.

—¿Todas ellos?

—Los coches están ardiendo —dijo el Padre Charles.

El gran apostador se detuvo a considerarlo. Estudió a las jóvenes y guapas chicas.

—Dentro entonces —dijo—. Son demasiado bonitas para estar al sol —las chicas se apresuraron hacia las escaleras alfombradas rojas del avión. Dean vislumbró a la adolescente del vestido amarillo. Ella era más curiosa que asustada. Tal vez quería irse ahora, como los otros niños, emocionada por un nuevo y cómodo futuro, el que les habían prometido, estaba convencido. El sacerdote siguió a su joven rebaño.

Dean miraba con creciente temor y repulsión. Sentía que sabía hacia dónde se dirigían. La esclavitud. El comercio sexual. Dios sabe. Necesitaba actuar, para detener este comercio. Incluso si de alguna manera se equivocaba. Pero sabía que no lo estaba. Estaban siendo vendidos, como los de Charleston hace un siglo.

El banquero dirigió a las chicas dentro del jet privado.

—Hay refrescos y galletas —dijo. Sonaba como un jefe de exploradores. Dean podía ver la pantorrilla y los tacones de una mujer al otro lado de la puerta. La azafata estaba saludando a los niños. Sintió una punzada de duda.

Los traficantes de personas, hasta donde Dean sabía, no usaban a las azafatas para recoger contrabando. Los vuelos chárter, sin embargo, a menudo lo hacían. Tal vez lo que Herve afirmaba era cierto. Los niños estaban siendo sacados de la manera más efectiva posible, de un país sin un gobierno que funcionara, incluso si nadie parecía saber a dónde iban.

Dean sintió como si se estuviera hundiendo en el suave y cálido asfalto. El sol ya estaba descomponiendo la superficie dura. Entonces vio a Herve. El hijo de BAMBAM, un niño con toda la riqueza y ventajas de la élite de Haití, se dirigió hacia el avión como si tuviera todo el tiempo del mundo. Detrás de él, el coche de policía se alejaba, sus luces azules ya no parpadeaban. Se dirigieron a la salida. Dean estaba asombrado. Ya no estaban en peligro de ser arrestados ni de ninguna otra cosa.

El gran apostador estaba esperando. Sostenía un grueso sobre de la oficina de Manila a su lado. Herve y el banquero se dieron la mano con una fácil familiaridad.

—¿Un nuevo socio, Herve? —Dean escuchó al apostador decir.

—Un conductor.

—¿Un americano blanco?

—Crees que porque es blanco debe estar a cargo.

—No. Pero es más que un conductor.

—No te preocupes por cómo hacemos nuestro trabajo —dijo Herve.

—Yo nunca me preocupo, Herve —sonrió alegremente. Luego dio un medio saludo, un gesto que hizo que Dean pensara en un antiguo navegante, antes de subir las temblorosas escaleras y llegar al interior del avión. Un momento después, las escaleras rojas lo siguieron.

Todo jefe tiene un jefe, pensó Dean, mientras veía a Herve alejarse y caminar de vuelta hacia el coche. Se veía castigado, sometido por su interacción con el gran apostador.

Mientras el avión llegaba al final de la pista, Dean pensó en todo lo que acababa de ver. La policía se había ido porque habían sido sobornados. Herve sostenía un sobre gordo probablemente lleno de moneda estadounidense, no de gourdes. Todo el mundo se estaba beneficiando. Dean acababa de mirar. No había hecho nada para intervenir. Es lo que se supone que deben hacer los periodistas, se recordó a sí mismo. Eran testigos. Pero Dean había anhelado por mucho tiempo hacer más. Había perdido su oportunidad.

SE DETUVIERON A DESAYUNAR EN UN RESTAURANTE AL
AIRE LIBRE EN LAS AFUERAS DE PEDERNALES. Tenían el
viejo porche para ellos solos. Herve estaba de humor
para celebrar y pidió su habitual bourbon con hielo
para sorberlo con huevos y judías verdes. Dean se
sorprendió al oír al Padre Charles pedir un bistec,
cocinado de manera muy poco común.

—Carne roja. Mi único vicio —dijo el Padre Charles tímidamente.
—¿Quién era el americano? —Dean preguntó con un toque apenas
oculto. Estaba enojado con ellos y consigo mismo.
—Nuestro socio, *blan* —respondió Herve.
—¿Qué negocio sería ese, Herve?
El camarero dominicano de mediana edad, con sus ojos redondos,
como de carlino, vidriosos de sueño, se inclinó hacia delante,
esperando que todos ofrecieran sus órdenes de comida.

—No te gusta la gente negra —dijo Herve, mirando a Dean—. Puedo verlo en tus ojos.

—Esto no se trata de los negros y lo sabes.

—No te gusta que estemos a cargo, cuando estamos al mando, cuando tomamos las decisiones. Lo veo —Herve giró el cuello con rigidez como si el cuello le molestara. Los gruesos músculos de su cuello presionaron su piel.

—¿Lo ves? —dijo Dean—. Veo que tienes un bonito sobre lleno de dinero. ¿Estoy en lo cierto?

—Las familias nos pagan —dijo Herve—. ¿Qué crees?

—¿Las familias? —Dean preguntó con un sarcasmo sin sentido.

—Los *blan* como tú.

Una joven dominicana con los mismos ojos redondos y soñolientos del camarero llegó con una bandeja de hojalata con el café y las bebidas. Herve agarró su vaso de bourbon antes de que ella pudiera ponerlo en la mesa.

—Vi que la policía no tuvo la oportunidad de charlar con su compañero en el avión. El blan, quiero decir —dijo Dean. Herve estudió el jarabe ámbar del whisky en su vaso.

—Buscan *picadors* —interrumpió el Padre Charles.

Dean se sorprendió de que el sacerdote se hubiera apresurado a defender a Herve. De alguna manera, había relegado al Padre Charles a una posición de apoyo, alguien que ayudaba a Herve pero que no era socio del crimen. Pero, por supuesto, lo era, y el pensamiento decepcionó a Dean. Quería pensar mejor del cura.

—Los *picadors* se ven obligados a trabajar en las plantaciones de azúcar de los ricos. Son haitianos y dominicanos. Pero sobre todo haitianos.

Dean escuchó, pensando en cuántas veces más iba a escuchar sobre alguna forma de esclavitud. Apenas parecía importar dónde sucedía, por el color o el credo de la gente. A Dean le preocupaba que la esclavitud, el uso y abuso de los indefensos, era tan natural para el comportamiento humano como la guerra. La gente se usaba unos a otros porque podían. Deseaba que no fuera así, pero tal vez solo estaba cansado y se sentía cínico después de lo que había presenciado.

La comida llegó en gruesos platos de cerámica hechos a mano. Un débil vapor se elevó del filete del Padre Charles mientras estaba en un charco de sangre y grasa marrón. El sacerdote lo cortó con avidez, separando la carne de las vetas de grasa pálida. Dean dirigió su atención a sus dos huevos, cocinados con facilidad y bañados en aceite vegetal.

—Señorita —dijo Herve, dirigiéndose a Grace—. Su reportero piensa que no estamos haciendo nada bueno.

Grace mordió con cuidado los huevos, con los ojos hundidos en el plato astillado. Estaba cayendo de nuevo en cualquier estado catatónico que Herve le indujo.

—Tu reportero piensa que estamos traficando —dijo Herve, enfrentándose directamente a Dean.

—¿Lo están haciendo? —preguntó Dean.

Herve frunció los labios, los bordes manchados con la grasa de los huevos. Luego se inclinó hacia atrás y se rio. La risa profunda y gutural sonaba amenazadora.

—Nos insultas —dijo Herve—. Te crees mejor que nosotros porque eres blanco y extranjero y puedes hacer y hablar como si no importara. Como tu compañero de España.

¿Ali? Dean se sorprendió al mencionarlo. También lo puso aún más nervioso, como un sexto sentido reconociendo una amenaza.

—No es mi compañero si estamos hablando de la misma persona.

—Bueno, no importa —dijo Herve—. Ya no.

—¿Por qué ya no? —preguntó Dean. Sintió los ojos oscuros sobre él, brillando con indiferencia reptil.

EL CAMINO DE VUELTA A LA FRONTERA SERPENTEA
A TRAVÉS DE LA TIERRA PLANA Y VACÍA. Montañas
distantes azules marcaban el horizonte y hacia
ellas había franjas de tallos verdes brillantes que le
recordaban al bambú a Dean. Las plantaciones de
azúcar habían sido una vez parte de la economía
de Carolina, también, un vestigio de los tiempos
coloniales, como el comercio de esclavos. Se imaginó
a los *picadors* horneando bajo el sol de la tarde
mientras atravesaban la caña de azúcar madura
con machetes. Era un trabajo brutal, agotador y
doloroso. Balanceando la pesada hoja a través de los
tallos delgados a menudo hacía cortes como el papel
en los antebrazos desnudos.

Dean conducía en un silencio malhumorado. ¿Qué había detrás de esta compulsión de usar a otros para obtener beneficios o simplemente poder? Deseaba saberlo. Había otros caminos hacia la riqueza y el poder que no se ganaban necesariamente a costa de otros y ciertamente no a costa de los niños. Sintió el deber de exponer lo que había encontrado en las colinas de Coluers. También informaría sobre los árboles milagrosos, pero sabía qué investigación llamaría la atención. Había venido a presentar una historia positiva, una que destacara lo mejor de la gente, lo que creía que era un deseo innato de hacer el bien, de ayudar a los demás. Pero le preocupaba que había estado aguantando todo el tiempo, esperando encontrar una historia diferente.

El Padre Charles se quedó encorvado en el asiento del pasajero. El sacerdote calvo había cambiado de coche con Grace. Herve afirmó que necesitaba discutir la continuación del funcionamiento de la panadería con Grace, en privado. Ella había accedido, siguiéndole hasta el Mercedes como si la hubiera hipnotizado. Él tenía algún tipo de control sobre ella que Dean no entendía. A ella no le gustaba. Incluso parecía a veces despreciarlo. Sin embargo, se sintió atraída por él en contra de sus propios intereses, incluso en contra de su propia supervivencia, como la proverbial polilla a la llama mortal.

—Estoy preocupado por Grace —el sacerdote rompió el silencio entre ellos como si leyera los pensamientos de Dean. Charles observó la larga fila de árboles de azúcar mientras hablaba—. Cuando vuelvas a Nueva York, ¿se irá ella también?

—¿Volverá a Brooklyn? —preguntó Dean con sorpresa. El sacerdote parecía insinuar que Grace lo seguiría.

—Ella quiere un hogar. Creo que regresó a Haití para encontrarlo.

—Entonces, ¿por qué se iría ahora? —Dean preguntó, aunque entendía que el sacerdote pensaba que él y Grace estaban juntos. Pero era absurdo. Apenas conocía a Grace. Eran amantes, sí, y le gustaba mucho más que un amigo o un compañero de viaje. Pero él se estaba adelantando a las cosas y estaba seguro de que ella no. Además, desde ese momento en el porche del hotel, estaba claro que su relación era con el país que había dejado una vez.

—Ella es mi bendición —dijo el Padre Charles.

Dean quería poner los ojos en blanco.

—Ella me lo contó —dijo—. Usted sabe sobre su pasado.

—Ella fue un rescate fuera de una de sus iglesias. Si rescatar es lo que realmente haces.

El sacerdote dudó como si esperara que la acusación se asentara en el suelo como el polvo.

—Grace tuvo el corazón para escapar. Podría haber sido atrapada y golpeada por sus dueños. Tal vez peor.

—Fue golpeada y peor —dijo Dean.

—Sí —dijo el Padre Charles en voz baja—. Encontró una servidora de Dios y el espíritu santo le dio valor como a todos los hombres.

La feroz luz tropical que atravesaba el parabrisas había empezado a hacer palpitar la cabeza de Dean. Se limpió el sucio sudor que goteaba como cera de vela por sus mejillas. Siempre hacía tanto calor, un calor insoportable. El volante temblaba por el camino accidentado.

—No hay *coincidencias* —dijo el sacerdote, pronunciándolo con acento francés—. La *coincidencia* es la mano de Dios trabajando en su plan —el Padre Charles miró hacia arriba al desgastado techo de la furgoneta como si fuera la puerta de entrada a los cielos celestiales.

—Y usted tiene su plan, Padre —dijo Dean.

—Sr. Dubose, se equivoca con nuestro programa —el Padre Charles dijo. Su voz trataba de ser relajante como un santo padre católico en el confesionario. Dean podía incluso imaginarse la pantalla y la piadosa señal de la cruz hecha con una mano que había sido una ocurrencia semanal en su iglesia en Carolina del Sur.

—¿Cómo me equivoco? —Dean sintió más transpiración corriendo por la parte posterior de su cuello.

—Sin fondos, no hay orfanato —dijo el Padre Charles—. ¿Entiendes? Todos los niños serían rechazados sin fondos. No tendrían un hogar.

—No, no lo entiendo —por supuesto, Dean lo entendía muy bien. La pregunta era por qué el sacerdote pensó que podía persuadirlo de lo contrario.

—El orfanato no es el mal que tú sospechas —dijo el sacerdote—. La pobreza es el mal. Y la codicia que lo crea.

Los altos árboles de la frontera se veían con misericordia. Incluso se estaba formando una línea en el puesto de control. Sin embargo, los guardias de la frontera parecían estar haciendo señas a todo el mundo. Dean se preguntaba, distraídamente, si tenía algo que ver con los niños. Pero, por supuesto, los guardias no podían saberlo. No había habido nadie en el puesto de control antes.

—Es todo codicia, Padre. La suya. Le entrega las niñas a su compañero y él le entrega el dinero. ¿Cuánto recibe por cabeza?

—Eres un hombre arrogante, Sr. Dubose —dijo el sacerdote—. Como tantos otros *blans*.

—Esto no es sobre la raza —dijo Dean.

—Se trata de privilegios. Estás acostumbrado a que te escuchen y te valoren. Por ninguna otra razón que el color de su piel.

—Usted no es un privilegiado... Sé lo de la escuela privada, las familias de élite.

—Verás, nos dan una lista —el Padre Charles metió la mano en su bolsillo y sacó el sobre que Herve había sacado del sobre de manila gorda y se lo dio después del desayuno.

—¿Una lista de qué? —preguntó Dean.

El Padre Charles explicó que la lista se entregaba al final de cada transacción. Contenía los nombres, direcciones y números de contacto de cada familia a la que se le había concedido un hijo. La lista era más valiosa para el Padre Charles que cualquier otra cosa, excepto los propios niños. La tenía a la ligera, pero con cuidado, como si el papel normal fuera frágil.

Dean no podía decir si estaba mintiendo. Pero el papel contenía nombres y direcciones. Nueva York, Indiana, Florida.

Dean se demoró en llevar la camioneta a una parada en la fila.

—¿Por qué me dice esto ahora? —Dean echó un vistazo a los guardias, que estaban mirando a los vehículos de delante. Dean sintió que algo no estaba bien.

—Quiero que sepas. No somos malas personas. Estamos en una misión.

—¿Quién hace el seguimiento y comprueba que los niños van a esas direcciones? —Dean preguntó.

—Tú lo viste. En el avión, ¿verdad?

El regatista. Apenas parecía un hombre de caridad, que iba a ver a niños sin hogar en hogares felices. Dean se aferró a la rueda de plástico, preocupado por si se equivocaba con el sacerdote y el orfanato. Su operación era ilegal y sospechosa como mínimo, pero quizás no era un caso de tráfico de niños, sino más bien una forma de burlar el sistema legal para beneficiar a los niños.

—¿Cuánto cuesta todo esto? —preguntó Dean. Pensó que la suma de dinero podría darle una pista. Parpadeó las nuevas gotas de sudor que se habían deslizado por el rabillo del ojo.

—No estoy seguro. Pero todo se le da al orfanato, a otros niños ahora y en el futuro. No nos beneficiamos.

—¿No sabes cuánto se cobra? ¿Cómo es eso, padre? —el Padre Charles suspiró. Se limpió su propia frente húmeda.

—Vas a decirme que Herve se encarga de todo eso.

—Hay otros que deben ser pagados. El gobierno, los manipuladores. No tengo las habilidades que tiene Herve.

Dean observó a hombres y mujeres moviéndose en grupos sueltos, algunos con maletas en la cabeza. Las motos de cross gritaban dentro y alrededor de la multitud cuando salían de República Dominicana. Soldados dominicanos con uniformes bronceados y sombreros suaves ignoraban a la multitud que pasaba, como si el éxodo tuviera poco que ver con su trabajo.

—En un momento dado, las familias solo nos pagan a nosotros —dijo el Padre Charles, sacudiendo la cabeza en momentos pasados.

—¿Cuándo?

El sacerdote se lanzó a recordar una época en la que solía leer las cartas de las parejas, desesperadas por tener hijos propios, rogando tener un hijo del orfanato. Pero los gobiernos decidieron que eran demasiado viejos o demasiado pobres o demasiado algo y habían rechazado sus solicitudes oficiales. Así que él y Herve querían cambiar el sistema.

—Trabajamos con las reglas ahora como entonces —dijo el Padre Charles, con orgullo.

—También los criminales —dijo Dean. Estaba enfadado consigo mismo por no recordar su pasaporte perdido. Las consecuencias se acercaban, y ellos estaban uniformados y armados.

El Padre Charles miraba hacia otro lado, su mirada se fijó con tristeza en el río que se agitaba en la distancia. El agua era una cerceta embarrada que parecía artificial como los charcos de productos químicos fuera de una fábrica.

El coche que iba delante subió un trecho y Dean lo siguió. Uno de los guardias tenía su rifle a su lado, apuntando casualmente al coche. Dean sintió un frío goteo de miedo.

—¿Te mantienes al día con las familias? —preguntó Dean. Parecía haber una omisión en la historia del sacerdote, y quería averiguarlo.

—Ya no —dijo el Padre Charles, tristemente.

—¿Por qué ya no?

—Hay demasiados niños, demasiadas familias ahora.

—¿Demasiados? —Dean preguntó con alarma—. ¿Cientos? ¿Miles?

—Muchos —dijo el Padre Charles.

—¿Puedo ver la lista? —Dean alcanzó el sobre.

El Padre Charles dejó que lo tomara. Dean lo abrió y escaneó la lista. Había trece direcciones, cada una en una ciudad diferente. Una estaba en Queens.

—¿Por qué una ciudad diferente para cada niño? —preguntó Dean.

El Padre Charles se encogió de hombros como si no lo supiera y la respuesta no le preocupaba.

Dean se preguntaba si la lista era una simple táctica, un documento falso para satisfacer a alguna autoridad de nivel medio. Tal vez el sacerdote lo verificó. Pero no escudriñó nada. Tal vez era una tapadera para su propia conciencia. No podía admitir lo que se estaba haciendo a sí mismo ni a las autoridades.

Dos coches más avanzaron. Estaban cerca de los guardias fronterizos. Dean no estaba seguro de lo que diría si le pedían el pasaporte. Tal vez no lo harían.

Dean pensó en Ali. El sacerdote había permitido que el fotoperiodista tomara fotos de los niños. Le preguntó al Padre Charles si el fotógrafo que lo había visitado había tomado muchas fotos en el orfanato. ¿Había alguna en la lista?

—No lo sé —dijo el sacerdote—. Quería tomar más.

—Pero no lo hizo. ¿Por qué?

—Volvió a PAP.

Dean recordó la mirada en los ojos de Herve antes en el desayuno.

El fotógrafo ya no importaba, dijo Herve. Como si se hubiera ido hace mucho tiempo.

—Era un mentiroso —dijo el Padre Charles.

—¿Qué? —Dean se sorprendió.

—Dijo que estaba contando una gran historia sobre los niños de la calle, los *sanguine*. Muchos vienen a nosotros. Pero él mintió. Mintió —dijo el sacerdote.

—¿Mintió?

—¡Era sobre nuestro orfanato! Como tú.

—¿Cómo se enteró de eso?

—Herve.

El Padre Charles le arrancó la lista de su mano, enojado, como probablemente estaba cuando Ali había mentido sobre su forma de acceder. Dean sintió que un temor se hundía en él y le llenaba la cabeza y la garganta como una náusea. Vio los ojos oscuros de Herve de nuevo. Estaban fríamente satisfechos. De repente, Dean estaba asustado por su propia seguridad.

El último coche que iba delante se marchó. Ambos guardias los miraron a través del parabrisas sucio. Uno les hizo señas para que se acercaran.

—¿Dónde están? —preguntó el Padre Charles, buscando el Mercedes.

HERVE SE DETUVO EN EL ÚNICO SURTIDOR DE GASOLINA DE LA CIUDAD PARA LLENAR SU TANQUE PARA EL LARGO CAMINO DE REGRESO A COLUERS. Le dio una pequeña propina al muchacho y le guiñó un ojo cuando sus oscuros ojos se iluminaron, sorprendido por el grosor del dinero americano doblado en la mano extendida del hombre.

—*Mèsi, mesye* —dijo el chico y se apresuró a echar gasolina.

Herve y Grace esperaron en silencio. Su pelo revoloteaba por el aire acondicionado que seguía saliendo del salpicadero. Se sentó incómodamente recta en su asiento, meditando. La decisión de Herve de acelerar hacia un camino lateral que les permitiera pasar a Dean y al Padre Charles en la furgoneta había sido premeditada. Estaba maquinando, solo que Grace no pudo averiguar lo que buscaba.

—Nunca te di las gracias, cariño. Por ayudarme.

—Vine por los niños.

Herve sonrió como si hubiera hecho una respuesta ingeniosa. Le echó un vistazo a su suave barbilla, sostenida en alto como una belleza real. Le gustó su obstinación, su aparente falta de miedo a él. Le excitaba.

El chico quitó la bomba oxidada y dio un golpecito en el techo para indicar que el tanque estaba lleno. Herve dejó caer su mano por la ventana en agradecimiento, y luego encendió el motor. Unos cuantos coches y camionetas pasaron retumbando en dirección a Puerto Príncipe.

—¿Dónde están? —preguntó Grace. Se dio la vuelta y buscó detrás de ellos en dirección a la frontera.

—Llegarán aquí —dijo Herve. Esperó a que pasara el tráfico, luego se puso en marcha lentamente y aceleró rápidamente a la velocidad de la autopista. Las fachadas de las tiendas de la ciudad, desgastadas por la intemperie, se desdibujaron en el espejo retrovisor, disolviéndose en el brillo del sol de mediodía.

—¿No vamos a esperarlos? —dijo Grace. Se había girado para buscar la furgoneta que estaba detrás de ellos. Pero solo había un camión de provisiones, asfixiado por el humo del diesel.

—Tu chico te encontrará —dijo Herve—. Confía en mí, cariño.

Grace continuó buscando detrás de ella. Ya deberían estar a la vista.

—Dulce con el *blan* —dijo Herve en tono burlón. Aún no podía aceptar que su propia perra restavek estaba seriamente interesada en el reportero americano. No es que eso importara. Pronto, el blanco desaparecería, de una forma u otra. Sin embargo, su afecto por el chico blanco flaco y fuera de forma se le metió bajo la piel.

—¿Te dio tan bien? —Herve se burló.

Grace le dio una fuerte bofetada en la cara.

Estaba aturdido. Miró fijamente al camino que tenía delante, con la cara dura y afilada. De alguna manera, mantenía su fácil temperamento bajo control.

—Cuidado, perra —dijo Herve sin mirarla.

—¿Por qué no estamos esperando? —Grace exigió.

Herve sostuvo el volante de cuero sin apretarlo. El coche rebotó de forma impredecible mientras rugía sobre los baches y las crestas de barro seco que llenaban la carretera. Herve puso su mano en el salpicadero en agradecimiento por el rendimiento de su coche de lujo. Era el sonido silencioso del dinero. La música.

Grace vio un árbol verde pálido más adelante en la carretera. El mesquite era alto con un tronco grueso y nudoso y estaba solo, rodeado de una mezcla de hierba seca y matorrales. De alguna manera, la corteza verde del desierto se había salvado de la interminable cosecha de carbón.

—Detente junto a ese árbol —dijo Grace. Su voz había cambiado. Ya no era estridente o enfadada. Preguntaba de la forma tan atractiva que había aprendido a hacer hace tiempo con los hombres que la querían.

Herve levantó las cejas en respuesta. Pero él la obedeció y detuvo el coche bajo la sombra del dosel. Grace abrió la puerta y saltó a la sombra salpicada. Los racimos de hojas justo encima de su cabeza escondían largas y delgadas espinas que ella tuvo cuidado de evitar. El dulce olor a resina del mesquite, calentado por el sol, era refrescante. Habían pasado décadas desde la última vez que había olido el mesquite, y le recordaba inmediatamente las mañanas tardías en Puerto Príncipe cuando los niños se habían ido a la escuela y la madre había ido al mercado o dondequiera que fuera a primera hora del día. Grace se quedó sola, entonces, con lo que tenía por delante. Pero, por un breve momento, saboreó el olor y la tranquilidad del barrio rico. Se sintió viva.

Un camión de reparto pasó a toda velocidad, y luego una camioneta blanca abollada que arrojaba una fina nube de polvo. Ella agitó la nube de tiza, probándola en sus labios secos. Se asomó en dirección a la ciudad. Cuando el polvo finalmente se asentó, solo había un camino vacío tan quieto y silencioso como el caliente cielo azul.

—Bebé —llamó Herve. La puerta se cerró limpiamente y él caminó alrededor del coche hasta que estuvo de cara a ella cerca del parachoques—. Bebé. Es un largo viaje.

—Algo sucedió.

Herve la estudió con aire aburrido. Consideró que la mayoría de las mujeres son fundamentalmente simples y se centran en el momento en que se encuentran. El razonamiento y su primo, la deducción, no estaban en su apariencia. Bueno, excepto por Grace.

—¿Te preocupa la frontera de Pedernales? Nadie va a impedir que entren en el país. Todos quieren salir de donde está el dinero.

Grace consideró esto, sus ojos se estrecharon como si las posibilidades se expandieran en la distancia frente a ella. Era cierto que su propia gente cruzaba a la RD todos los días, si podían, en busca de comida o trabajo. Aquí no había nada más que pobreza. República Dominicana era un país rico en comparación.

—Ya vendrán —le aseguró Herve—. Ellos vendrán.

Grace recordó el dinero que Herve había entregado a la guardia fronteriza. Había sido astuto, disfrazándolo con su mano. Ella estaba intrigada por su habilidad pero no había considerado lo inusual que era sobornar en el camino de vuelta a Haití. Por supuesto, muchos pagaron para tener la oportunidad de entrar en República Dominicana ilegalmente. Había trabajos, comida. Pero volver a Haití era otro asunto. Nadie pagaba para volver a la pobreza.

—¿Diste dinero en la frontera? —Grace preguntó.

—Tasa de turismo —dijo Herve—. No te preocupes. Tu chico lleva dólares.

—Está en la ruina —dijo ella, sintiendo un poco de miedo.

—¿Qué? —Herve se rio.

—Fue robado en PAP, por niños.

Herve gruñó.

—Se lo merece. Poppy tiene dinero en efectivo. ¿Podemos irnos? No hay ninguna brisa aquí.

Grace lo estudió, pensando en el soborno. ¿O fue un soborno?

—¿Qué está pasando? —Grace preguntó.

Herve sacudió la cabeza con impaciencia y dijo como si fuera a volver al coche con aire acondicionado.

—¿Qué has hecho? —Grace preguntó.

—Bien —dijo Herve. Se detuvo al lado del coche—. Esperaremos.

—¿Qué hiciste? —Grace repitió, temerosa de que hubiera pagado por algo que involucrara a Dean. Era conocido por contratar matones regularmente. Ella misma lo había visto.

—Hace calor —dijo Herve, asegurándose de encontrar sus ojos. El verde brillaba como joyas sobre su piel oscura, tan hermosa como él la había visto.

—Le tienes miedo —dijo Grace, dando un paso hacia Herve—. ¿Miedo de qué? ¿Tienes algo que temer, Herve?

—El *blan* está buscando anotarse un gran tanto para su carrera. Quiere hacerse un nombre por sí mismo. Ser una superestrella. No importa qué o quién sea. Le ha quitado a patadas un montón de tierra a sus pies como si fueran heces de perro oliendo el camino. Eso es lo que hacen los periodistas. Usar a la gente para hacer que su nombre sea más brillante.

—Te equivocas en eso —dijo Grace, suplicando. No estaba tan segura.

Herve se inclinó hacia atrás y se rio con humor genuino. Una fila de unos cuantos coches pasó, el viento caliente les tiró gránulos de suciedad a la cara.

—Te tiene, nena —dijo Herve. Escupió la suciedad que cayó sobre sus labios—. ¿Podemos irnos?

—¿Cuánto? —Grace preguntó de repente.

—¿Cuánto qué? —la molestia de Herve se agudizó hasta convertirse en ira. Pero reconoció sus sospechas.

—Las adopciones —dijo Grace—. Si eso es lo que son.

Herve se encogió de hombros como si la pregunta fuera intrascendente. Al diablo. Él se lo diría. Ella era una esclava. Ella no importaba excepto para él. Ella era solo otra perra con un buen culo.

—Tres mil por cabeza.

Grace entendía que las adopciones cuestan dinero. Los padres pagaban cuotas a los gobiernos y agencias y otros. En este país, muchos otros tienen las manos abiertas. El sistema había sido corrupto durante mucho tiempo, y ella sabía que el Padre Charles a veces iba por el sistema. Pero Herve hablaba de los niños como si fueran productos, cosas para vender.

—Hace calor aquí afuera —dijo Herve.

Dio la vuelta y volvió a subir al Mercedes esta vez. Grace dudó. Se preguntaba si habían hablado de ella en el mismo idioma hace años cuando la enviaron, sola, a los Estados Unidos. Grace descartó la idea, sabiendo que el Padre Charles atesoraba a sus hijos. Herve era un asunto diferente.

Grace siguió el ejemplo de Herve y volvió al sedán con aire acondicionado. Cerró la puerta tras ella y miró fijamente al frente. Un desierto pasó junto a ellos. Había atisbos del mar de cerceta a lo lejos. Desnudo y hermoso.

—¿Por qué has vuelto? —preguntó Herve—. La verdad, nena.

Creía que podía ser él. Ella era un poco dulce con él, sus habilidades, y él era rico. Herve podía darle lo que ella quería.

—Te lo dije. Para Coluers.

—¿Qué has conseguido?

Grace no tenía respuesta. Pero estaba pensando en el Padre Charles, de su amor y su voluntad de rescatarla. Pensó en Nelson y Moisson que la abrazaron y la hicieron sentir normal y atesorada.

—No importa. Yo te cuidaré, cariño —dijo Herve. Su mano fuerte estaba en su muslo, cálida y firme. Sintió un cosquilleo que la desarmaba tanto que se mareó brevemente. Le gustaba que Herve la tocara, a pesar de su opinión sobre él. A su cuerpo no le importaban sus principios.

Sentía que sus dedos se deslizaban hasta su ropa interior mojada. Odiaba cómo reaccionaba su cuerpo. Estaba mal.

Herve le besaba el cuello, susurrando. Él la quería. Ella se inclinó y sintió que él solo la presionaba más fuerte. Ella no quería esto.

Intentó apartarlo, pero era demasiado fuerte y pesado. Antes de que ella se diera cuenta, él la tenía atrapada contra el asiento y la puerta.

—¿Qué estás haciendo? —Grace dijo, enojada. Se retorció, queriendo escapar. Herve la ignoró. Estaba empujando su ropa interior.

—No —dijo ella. Ella pensó que no la escuchó—. No.

Sus pantalones estaban hasta las rodillas. Ella sintió sus piernas contra las suyas. No podía creer lo que estaba pasando.

—No —dijo, más fuerte esta vez. Herve estaba excitado y seguía cargando con su propio calor. Intentó con la manija de la puerta. Estaba cerrada con llave. Él iba a violarla. Ella se relajó por un momento y lo dejó ir, lo suficiente para liberar su brazo. Se balanceó con todas sus fuerzas y le golpeó la oreja con fuerza.

Los nervios empezaron. Ella lo había aturdido. Grace levantó el codo y golpeó el cristal templado tan fuerte como pudo. Pero solo rebotó y ella gritó de dolor.

—Cállate, perra.

Herve trató de abrirle las piernas. Pero Grace pateó salvajemente, y su rodilla temblorosa le golpeó fuertemente en la ingle. Él la abofeteó en la cara. Ella le dio un puñetazo en la oreja una vez más y lo hizo caer de lleno. Sus ojos oscuros se quedaron vacíos por un momento, aturdidos por el golpe. Grace se las arregló para quitarle las piernas de encima. Luego le clavó las uñas en el cuello y sintió la sangre caliente en sus dedos.

Los nervios se detuvieron. Sintió el profundo rasguño en su cuello y miró la mancha roja en sus dedos y en la palma de su mano. Se subió los pantalones y se enganchó el cinturón de cuero. Se frotó la oreja, sacudiendo la cabeza al mismo tiempo. Estaba furiosamente calmado.

—Debería cogerte —dijo mientras se ponía al volante. Grace miró su cuello ensangrentado, temblando y aterrorizada. Le sonaba como si le hubiera dicho que debería matarte.

—Tendremos todo el tiempo del mundo, nena —dijo Herve y ajustó el espejo retrovisor. No había nada de tráfico detrás de ellos.

Grace se giró y vislumbró el vacío. Dean y el Padre Charles aún no estaban a la vista. Ella estaba sola y desprotegida.

—Dame una toalla de ahí.

Herve hizo un gesto hacia la guantera delante de ella. Grace sacó una toalla de papel blanco y la presionó contra su cuello hasta que su sangre se extendió por ella como una mancha de tinta. Tomó otra servilleta y la repitió. Esta vez hubo menos sangrado.

—¿Por qué pagaste? —preguntó Grace. Dejó caer las toallas sucias a sus pies.

Herve tiró de la carretera y aceleró. El Mercedes retumbó sobre el carril marcado por la suciedad. La luz del sol que entraba por la ventana asqueaba a Grace.

—¿Por qué pagaste? —Grace repitió, su voz aún más aguda.

—Ya vendrán —respondió finalmente Herve.

Grace sabía que estaba mintiendo. Vio los detalles del viaje a través de una nueva y dura lente. El corte de la cadena en la frontera dominicana. El corredor americano recogiendo su mercancía. Estaba furiosa consigo misma. Estaba tan claro como el día. Dean tenía razón. El orfanato estaba traficando con sus propios niños. Herve se aseguraría de que nada de esto llegara a oídos del público.

Un grupo de soldados con ropa elegante y bronceada, sombreros a juego y rifles de asalto negros esperaban en el lado haitiano del puente. Miraban a través de la fina niebla de polvo calcáreo que se deslizaba sobre la ansiosa multitud. La mayoría iban a pie y pasaron por la patrulla fronteriza sin tener en cuenta la línea o el protocolo. Muchos llevaban objetos de valor en la cabeza: una maleta maltrecha, sacos de tela de arroz, plátanos verdes oscuros. Una moto de cross y un anciano en un pony trataron de trabajar alrededor de los refugiados.

—¿Esto es la aduana? —preguntó Dean. Debajo de un poste delgado que ondeaba una bandera haitiana roja y azul, un par de guardias detuvieron una pick-up, con su plataforma sobrecargada de carga y trabajadores encaramados en la pila. Mientras tanto, otros pasajeros se apresuraron a pasar y entrar en suelo haitiano. El anciano a caballo, con la cabeza a la sombra de un sombrero de paja de ala ancha, también pasó de largo. Dean se tranquilizó. Tal vez tampoco los detendrían e interrogarían. Pero tenía que advertir al Padre Charles.

—No tengo pasaporte —dijo Dean.

—Sí, me ya me lo dijiste. Cuando te robaron. Tienes dinero, ¿no? —Dean entrecerró los ojos a través del sucio parabrisas como si no hubiera oído la pregunta. Necesitarían dinero en efectivo si se les detuviera. Había honorarios.

—Esperan una propina —dijo el Padre Charles—. O pueden hacernos las cosas difíciles.

—Claro —dijo Dean, al darse cuenta de que las cosas estaban a punto de ponerse difíciles—. ¿Tiene su pasaporte? —preguntó Dean.

—*Souri ou se paspò ou* —dijo el sacerdote y sonrió.

—Una sonrisa es tu pasaporte —dijo Dean, reconociendo las palabras del funcionario de pasaportes de Puerto Príncipe cuando le explicó que había esperado para obtener su documento y, mientras tanto, estaba su sonrisa para que se desplazara. Sin embargo, aquí no.

Dean condujo el coche más cerca del puente, haciendo espacio para los soldados. Fingió estar mirando hacia la ciudad como si esperara que no lo detuvieran. Pero la atención colectiva de los guardias se elevó cuando se acercó. Un grupo de soldados, todos con gafas de sol envolventes, se enfrentaron a él. Los lentes oscuros y sin reflejos le hicieron pensar en los ojos de obsidiana de los insectos.

Dean comenzó cuando un nuevo soldado pareció aparecer de la nada, levantando su brazo uniformado en orden de detenerse. Una correa negra de un rifle de asalto colgaba de su fornido hombro. Los uniformes estaban recién lavados, los collares crujientes y limpios. No era la patrulla fronteriza que esperaba del país más pobre del hemisferio occidental.

La cara oscura del soldado estaba en la ventana. Miró a Dean y al sacerdote lentamente, uno al otro. Llevaba una ligera barba de polvo en sus largas mejillas y olía a sudor y a dulce ganga.

—Pasaportes —ladró.

—Visitamos Pedernales —dijo el Padre Charles, sonriendo como si estuviera saludando a uno de sus fieles feligreses. Era absurdo.

—¿Visitar? —el soldado no estaba impresionado. Hizo un gesto a dos soldados que se encorvaron contra la puerta abierta. Ambos se alejaron y marcharon hacia la camioneta, quitándose los rifles de asalto de sus hombros en el mismo momento.

—Desde nuestro pueblo en Haití —continuó el Padre Charles, su rica voz suave y confiada.

—Pasaportes.

—Dejé el mío en el hotel por error —mintió Dean. No pensó que la verdad le llevaría muy lejos. Esta explicación era al menos más plausible que tener que explicar que le habían robado hace días. Naturalmente, ellos querrían saber cómo llegó a República Dominicana sin uno.

—¿En Pedernales? —el soldado se divirtió—. ¿Ahí está el hotel?

—No, en Punta Cana —dijo Dean, recordando el nombre de la principal zona turística de RD.

El soldado parecía cada vez más divertido por su respuesta.

—¿*Vacanze*? ¿*Junto con padre*? ¿Usted y el sacerdote juntos?

—No —dijo Dean—. Lo llevaré a su orfanato.

—¿No hay niños? —preguntó el soldado.

—Claro que no —dijo Dean, sacudiendo la cabeza como si se sintiera insultado.

—Ahí —el soldado señaló el contenedor pintado de azul que era la oficina de aduanas de Haití—. En tu furgoneta.

Dean tomó un respiro, dándose cuenta solo entonces de que lo había estado sosteniendo, temeroso de lo que iba a pasar.

—¿Ahí? —preguntó el Padre Charles.

—Quiere que llevemos la furgoneta hasta allí para que puedan registrarla —Dean quitó el pie del pedal de freno. Mientras la camioneta avanzaba, consideró no detenerse en absoluto. No había visto un vehículo militar que pudiera perseguirlos. Podrían atravesar la ciudad y salir por esa carretera desierta hacia Coluers en cuestión de minutos.

El Padre Charles estaba estudiando su cara.

—Esto es un malentendido. Harías un problema de una cosa trivial.

Dean revisó al soldado en el espejo retrovisor. Se había quitado el rifle de asalto del hombro. Solo tenía que levantarlo para disparar. A regañadientes, Dean condujo la furgoneta a un trozo de tierra junto al contenedor. Apagó la ignición y se preparó para lo que vendría después.

—*Merci* —dijo el Padre Charles, en voz baja.

EL PADRE CHARLES Y DEAN FUERON SEPARADOS POR
DOS OFICIALES DE ADUANAS. Dean fue llevado al
contenedor y el sacerdote fue escoltado más allá de la
oficina de aduanas. Se les informó que estaban siendo
interrogados sobre sus pasaportes desaparecidos.

Dean estaba solo dentro de la oscura oficina de aduanas. La
puerta estaba cerrada detrás de él, amortiguando el sonido de la
calle transitada. El húmedo suelo de tierra olía tan mohoso como
un sótano. El alto techo del contenedor de chapa era plano y oscuro.
Había un escritorio de metal barato cerca y dos sillas plegables
sencillas. Parecía más un espacio de interrogatorio que una oficina.

Dean sintió un movimiento en el piso cercano. Entrecerró los
ojos en la esquina donde la luz del sol se filtraba como el humo.
Una serpiente se extendía en la tierra. Debe haberse metido por la
abertura, deslizándose sin ser vista desde el lecho seco del río. Dean

miró y esperó. Buscó un arma para protegerse si era necesario. La silla plegable era el único objeto posible. Dean decidió que usaría el sonido y la vibración para alejar a la serpiente y hacerla retroceder.

Dean saltó, subiendo tan alto como pudo antes de aterrizar de pie, enviando un temblor a lo largo del suelo. Lo repitió una y otra vez en rápida sucesión. Pero la serpiente estaba quieta, sin ser molestada. Buscó su lengua parpadeante. Cuanto más miraba, más empezaba a ver una forma diferente, una cabeza aburrida y redonda. Entonces notó el nudo en el medio, la rotura en cada extremo. No era una serpiente en absoluto. Había evocado una del palo de la rama de un árbol.

Dean se rio de su terror infantil. Ningún colmillo venenoso buscaba hundirse en sus brazos y piernas. Su propio miedo había creado esta visión, un hecho que le decía lo nervioso que se había vuelto. Pero sintió que algo más acechaba en esta parada para revisar los pasaportes. Sintió las corrientes subterráneas de una trampa. Tenía sentido. Si él estaba fuera del cuadro, no habría ninguna exposición sobre un sórdido negocio dirigido desde un orfanato. Asumió que Herve estaba detrás de esta parada fronteriza, no de los papeles legales.

Escuchó la voz del Padre Charles justo afuera. Estaba charlando. La puerta se abrió y el empleado y el sacerdote entraron. Su conversación no terminó hasta que el oficial le dio la mano al Padre Charles. Dean esperaba que fuera una buena señal.

—¿Este es el periodista? —preguntó el oficial en inglés. La cara del oficial era tan oscura como el regaliz con manchas grises en el corte de zumbido que flanqueaba sus amplias orejas. El Padre Charles asintió levemente con la cabeza.

—Ven conmigo —dijo el oficial. No había rastro de acento en su perfecto inglés. Era educado. Dean estaba aliviado de que no fueran matones.

—Espere. ¿Debo quedarme aquí? —preguntó el Padre Charles cuando salieron por la puerta.

—No tardaremos mucho —dijo el dependiente.

El ojo de Dean le picó por la dura luz de fuera. Solo unos pocos rezagados pasaron por la frontera. Se estaba haciendo tarde.

Dean fue llevado a otra puerta metálica cortada en el lado del largo contenedor de envío. Se dio cuenta de que el armazón de metal se había subdividido en cámaras separadas. Pensó que el edificio era un uso novedoso de chatarra que de otra manera habría terminado como chatarra. Una luz comercial colgaba del techo e iluminaba otro escritorio de metal y dos sillas desnudas.

—*Tanpri* —dijo el oficial, haciendo un gesto para que Dean se sentara frente a él—. Eres un *periodista* —dijo.

—No, no lo soy. ¿Nos estás acusando de algo?

—¿Debería? —el oficial se inclinó hacia adelante. Su cara era larga y afilada como un lápiz—. ¿Ka mwen I dee? —preguntó el oficial, satisfecho con el miedo que le había inculcado.

—No tengo identificación —dijo Dean.

—¿No *carte du journalist*? —el oficial se frotó su suave barbilla. Sus delgados nudillos estaban afilados.

—¿Tal vez no quieres que nadie sepa tu identidad? —preguntó de repente en inglés.

—No soy periodista —dijo Dean—. ¿Te dijo eso el sacerdote? —el oficial se inclinó hacia atrás en su silla y cruzó sus brazos flacos.

—El Padre Charles me habló de las jóvenes —dijo—. Nos dice que tiene un orfanato en Coluers. Se dedica a ayudar a los niños.

Dean temía lo que sabía que vendría después.

—Me dijo que tú estabas llevando a sus hijos a la frontera.

—No. Llevábamos a los niños del orfanato. Los dos —dijo Dean.

—¿Te gustaría compartir con nosotros por qué los llevabas? —mostró sus dientes altos y amarillos como un perro que gruñe.

—El Padre Charles compartió eso con ustedes, estoy seguro —dijo Dean.

—Con tus palabras, por favor —ordenó el empleado.

Por supuesto, el empleado de aduanas buscaba una inconsistencia, un error que confirmara sus sospechas sobre Dean. Intentó elegir sus palabras cuidadosamente para no contradecir lo que imaginaba que el sacerdote había declarado.

—Los estábamos entregando —dijo Dean, inmediatamente preocupado por haber usado la palabra "entrega" como un paquete—. A sus casas de acogida.

—¿Dónde están estos hogares de acogida?

Dean tuvo la sensación de que se burlaban de él, lo llevaron por un camino que el empleado ya conocía bien.

—En Estados Unidos.

—¿Los Estados Unidos? —el empleado fingió sorpresa. El sacerdote se lo había dicho.

—Sí, el orfanato había arreglado que fueran transportados desde el aeropuerto.

—¿Por qué no volar desde nuestro país?

—El Padre Charles se lo dijo.

El empleado sonrió con sus gruesos labios, lo que le dijo a Dean que lo había adivinado correctamente. El sacerdote había dicho la verdad literal.

—Con tus propias palabras, por favor.

—No sé por qué el orfanato eligió no usar Haití.

Dean tomó un breve respiro, que había estado inconscientemente manteniéndolo.

—¿Por qué estabas ayudando? —preguntó el empleado. Había bolsas de piel de carbón debajo de sus ojos, y su actitud era firme y directa. No había forma de escapar a la ironía de que se le estaba investigando sobre el mismo crimen que intentaba exponer. Había venido a dar testimonio de la operación, a escribir y publicar la verdad sobre el orfanato. Los verdaderos perpetradores se habían ido, excepto el sacerdote. Se preguntaba qué le había pasado a Grace. Su coche había estado detrás de ellos durante la mayor parte del viaje.

—Háblame de la mujer —preguntó el empleado. Hubo una chispa de diversión en sus ojos oscuros.

—La estaba ayudando.

El hombre se rio como si Dean hubiera contado un chiste.

—El sacerdote dice que su nombre es Grace. Como la oración.

—Ella estaba detrás de nosotros en la fila —dijo Dean—. Él debe haberle dicho eso.

—No la veo. O al hombre que está con ella.

—Herve —dijo Dean. Tan pronto como se oyó decir el nombre en voz alta, entendió que Herve les había tendido una trampa para que cargaran con la culpa. Debió saber lo del pasaporte perdido de Dean y le dijo a los guardias fronterizos quién conducía el coche con el sacerdote.

EL PADRE CHARLES SE AFERRÓ AL VOLANTE MIENTRAS LA
CAMIONETA RETUMBABA POR EL CAMINO ACCIDENTADO
QUE CONDUCÍA FUERA DE LA CIUDAD. Quería parar y
repostar en la única gasolinera de la ruta a Coluers,
pero no se atrevió. Se sintió afortunado de poder
escapar. Alguien había avisado a seguridad sobre
el transporte de niños a través de la frontera entre
Haití y República Dominicana.

La furgoneta se estremeció cuando cruzó una serie de baches.
Sintió la piel suelta colgando de su cuerpo envejecido. Su estómago
estaba mareado, y podía sentir la bilis en su boca seca. Se estaba
haciendo demasiado viejo. Quería volver a casa, al orfanato y a los
niños. Nunca le había gustado involucrarse en los detalles del negocio:
los viajes, el dinero, los sobornos.

Un tap-tap apareció muy adelante, con el polvo arremolinándose en el cielo azul detrás de él. Cuando el autobús se puso a la vista, el Padre Charles se sorprendió al ver que no había casi nadie a bordo. Petrale estaba aislado. Pocas personas tenían motivos para viajar allí. De repente, la vieja camioneta disminuyó la velocidad y el volante le tembló en las manos. El velocímetro bajó constantemente. El Padre Charles apretó con fuerza el acelerador, pero llegó hasta el suelo. El motor se apagó y el volante se bloqueó.

El Padre Charles luchó contra el volante bloqueado. Echó un vistazo al tap-tap rápido que se acercaba. La camioneta estaba justo en su camino. No había mucho tiempo. Pudo haber saltado y advertir al conductor. Pero si llegaba demasiado tarde, él y la furgoneta se chocarían de frente. El Padre Charles cerró los ojos por un momento y rezó. Un fuerte y pesado viento atravesó la ventana en respuesta. El golpe se desvió alrededor de la furgoneta, levantando tierra y una granizada de pequeñas piedras que golpearon las puertas como si fueran balas.

El Padre Charles se quitó el polvo de los ojos con el corazón palpitante. Finalmente fue capaz de ver el tap-tap desaparecer en el espejo retrovisor. Se dejó caer contra el reposacabezas. Eso había estado cerca, pensó, aliviado. Miró los indicadores que tenía delante de él. La aguja del velocímetro había caído más allá de cero. De hecho, todas las agujas habían colapsado, incluyendo la medición de combustible. El coche se había quedado sin gasolina.

El Padre Charles se quejó. Debería haberse detenido en la gasolinera. No habría tardado mucho. Se reprendió a sí mismo por no pensar clara y racionalmente.

La carretera estaba vacía, el campo completamente tranquilo. El Padre Charles salió de la camioneta y cerró la puerta de un portazo. El sonido se perdió en el vasto espacio. Miró al cielo blanco y caliente y cerró los ojos. El sol le penetró en los párpados. Puso su mano en el techo. Gritó. El techo era una placa de acero caliente. El Padre Charles estrechó su mano para enfriar la quemadura y se adentró más en el camino. Miró en dirección a Coluers, y luego detrás de él a la frontera. No hay coches. No hay autobuses. No hay camiones. Estaba abandonado en medio de la nada.

El Padre Charles respiró hondo. La paciencia era una virtud, como siempre predicaba. Esperaba una señal.

COLUERS ESTABA TRANQUILO, EXCEPTO POR LA ALGARABÍA DE LA GALLINA ATADA AL ÁRBOL. Grace buscó los todoterrenos blancos de Nelson, pero no estaban. Le molestaba el duro viaje. Cuando salió del coche refrigerado, sus piernas estaban momentáneamente entumecidas, y tuvo que esperar a que volviera la circulación. Sintió los ojos hambrientos de Herve sobre ella mientras se dirigía hacia la puerta abierta del centro comunitario.

La ira de Grace hacia Herve había perdido su fuerza durante el largo y agotador viaje en coche. Había insistido en que el "intercambio" de huérfanos, como lo llamaba, estaba diseñado para ayudar a los niños. Mantuvo el orfanato abierto y pagó por las nuevas habitaciones que se estaban construyendo. No entendía por qué no podía beneficiarse también. Nada era gratis.

Grace se apresuró a ir al baño interior, todavía brillantemente limpio de su trabajo anterior. Se alivió agradecida en el baño. Antes de tirar de la cadena, notó el silencio absoluto que se había instalado en el recinto. El sonido se propagó hasta aquí. Pero no había ningún traqueteo o quejido del motor de un coche o incluso un golpeteo que retumbara en la distancia. Nada más que la cálida brisa de la tarde.

Grace estudió a Herve mientras miraba las colinas distantes. Se pavoneó hacia su coche. La palabra kreyol *bok-batay* le vino a la mente. El gallo de pelea. Antes de entrar en el Mercedes, se volvió hacia ella.

—Volveré, Señorita —le dijo. Ella sabía lo que quería decir, y eso la enfermó. No tendría ninguna protección.

Grace miró tontamente el sedán alemán mientras se movía a toda velocidad por las áridas colinas. Ella pensó que la habría violado a un lado del camino. Ella había luchado con él, pero no por eso se detuvo. Un rasguño, un puñetazo, significaba poco para él. La deseaba de la forma en que le gustaban sus putas. Conseguiría que ella viniera a él, que se abriera libremente. Quería poseerla.

El sol continuaba su constante retirada en un atardecer carmesí en dirección a Jacmel. Se reforzó con un pensamiento de Dean, la forma en que su atención y respeto la hacía sentir mejor de lo que tenía derecho a sentir. No estaba bien de alguna manera. Eran de mundos diferentes, dirigidos a futuros separados.

El creciente sentimiento por él era innegable. Sin embargo, no había futuro. Dean se iría y volvería con la mujer en Nueva York. Tal vez, pensó ella, era bueno. Sin complicaciones. Cuando sabías que algo bueno era temporal, a veces te enfocabas en el momento con gratitud y dejabas de preocuparte por el futuro.

Grace se dio la vuelta y volvió al centro comunitario. Echó un vistazo al camino de su panadería. Un día soñó que se llenaría de gente de todos los pueblos, como los que marcharon toda la noche al mercado. Excepto que se dirigirían a la mejor boulangerie del país. Sonrió a la esperanza. Eso sucedería, estaba segura.

Cuando llegó a la puerta abierta del centro comunitario, escuchó los motores detrás de ella. Por un instante, fue golpeada por el terror. Herve. Pero cuando Grace se dio la vuelta, había Land Rovers, uno detrás del otro, conduciendo hacia Coluers. Sonrió, feliz de poder ver y abrazar a Nelson, alguien que podía ayudarla y protegerla.

LOS MOSQUITOS COMENZARON A PICAR AL ATARDECER.
Algunos emergieron, chillando, del suelo húmedo
del contenedor de transporte. Otros se deslizaron por
los huecos del marco de la puerta de la única entrada
de la aduana. Dean se encorvó en la misma silla de
metal donde el oficial lo había interrogado antes.
Estaba solo, abandonado a su suerte. Ahora sabía lo
que no había comprendido antes: era un prisionero
que tendría que comprar su salida o arriesgarse a
desaparecer por completo.

La última vez que la puerta se abrió, el sacerdote entró, con aspecto
nervioso y agitado. Había anunciado que se iba, pero que volvería.
Pero su sinceridad era tensa. Ninguno de los dos lo creía. Dean
entendió que el sacerdote tenía todas las razones para abandonarlo.

Dean había dejado muy claro que denunciaría el tráfico de niños del orfanato. Una denuncia cerraría su orfanato y llevaría al Padre Charles a la cárcel.

Cuando la puerta se cerró con llave detrás del sacerdote, Dean se consoló en la vana creencia de que Grace regresaría de alguna manera. Regresarían juntos a Coluers. Se imaginó su expresión esperanzada, una disposición romántica que lo hizo sentir como un adolescente. Esos ojos brillantes y conmovedores irradiaban un entusiasmo contagioso por la vida, a pesar de lo que había pasado.

Los mosquitos le picaban a ambos lados del cuello como alfileres. Sintió la sangre en las protuberancias, que eran más grandes de lo que esperaba. La malaria, pensó. Por favor, no dejes que yo también tenga malaria.

Dean saltó de su silla, repentinamente vigilante, y fue a revisar la puerta de nuevo. El mango de metal era inamovible. Se agarró a ella y empujó contra la puerta con su hombro. Cuando aún no había movimiento, retrocedió y la embistió. Pero rebotó, con su ligero hombro doliendo por el duro contacto.

Luego se agachó para examinar el cerrojo que mantenía la puerta en su lugar. Los mosquitos se quejaron alrededor de su oreja. No pudo romper el cerrojo, pero pensó que podría ser capaz de apartarlo del marco de la puerta. Pero el marco también era de metal. Dean se dio vuelta de la puerta, finalmente, y se alejó.

El tiempo se arrastró aún más lentamente después de volver a su silla. Entró y salió del estupor como si tuviera gripe. Los mosquitos seguían picando, pero él los eliminó mecánicamente sin pensar en la malaria. Se limpió los labios, probando un poco de su propio sudor salado. Estaba sediento, muy sediento. No había bebido nada desde el restaurante.

Estaba enfadado consigo mismo por intentar repetir su papel profesional como periodista. No tenía por qué intentar volver y resucitar lo que podría haber sido en su juventud. Era vano e infantil.

No tenía por qué querer exponer la corrupción en un país pobre y en dificultades. Había venido a ayudar, a usar su conocimiento y experiencia para hacer la diferencia. No se trataba de él, al menos no había pensado que lo fuera.

Peor, pensó Dean, se había metido en este lío por su necesidad de una mujer. Tal vez por amor. Era temerario, romántico hasta la médula, corriendo para salvar el día como un idiota con ojos de estrella.

Dean se levantó de repente, pensando que podría haber agua en algún lugar del contenedor. Caminó por el perímetro, pero solo había tierra y ninguna botella de agua. Se limpió los labios de nuevo y tragó. Su garganta era tosca y seca. Volvió a su asiento y cerró los ojos.

Después de un tiempo, el sonido fuera de la puerta parecía haberse atenuado con la luz. No había motores de coche al descubierto. Podía oír unas pocas e indistintas voces que llamaban a lo lejos. La luz en la parte inferior de la puerta estaba teñida del color óxido del atardecer tardío. Dean saltó de su silla. La jornada laboral había terminado. Los guardias estaban fuera de servicio.

Estaba encerrado por la noche. Era un prisionero.

Dean gritó y golpeó los lados de metal con sus puños cerrados. El espacio hueco resonó con el sonido. Cualquiera podía oírlo, incluyendo los guardias de la frontera. Pero cuando se detuvo y esperó una reacción, no hubo nada. La lata gigante que lo rodeaba crujió por una inesperada ráfaga de viento. No tenían ningún derecho legal para detenerlo así. Era contra la ley.

Pero el dinero hacía las reglas. De repente pensó en Herve. Él y Grace habrían visto la furgoneta aparcada junto al contenedor de la aduana. Pero no se detuvieron. Herve no se había detenido. Dean entendió por qué no lo haría.

No había coincidencias. El Padre Charles tenía razón en eso. Dean estaba solo, desprotegido. Era un plan. Le estaban tendiendo una trampa para que desapareciera. ¿Por qué no lo había entendido hasta ahora? Había asumido tontamente que los guardias de seguridad de la frontera mantenían las leyes, como lo harían en los EE.UU. Pero el dinero hablaba más fuerte aquí. Hacía la ley. Dean estaba seguro de que de alguna manera Herve había arreglado esto con unos pocos dólares americanos bien invertidos.

Dean intentó con la manija de la puerta de nuevo. Tenía que salir. Golpeó el metal con sus hombros, mucho más fuerte que antes. Lo intentó una y otra vez, enloquecido por los golpes. Pero nada se movió.

EL ÁNGEL APARECIÓ AL FINAL DEL OSCURO CAMINO. El Padre Charles tenía fe en que su ángel llegaría tarde o temprano. Pero esta noche, esperaba que un ángel se dirigiera a Coluers, y no a la frontera de donde acababa de llegar. Aún así, el sacerdote se sintió bendecido. Esperaba rescates de última hora, aunque no con un sentido de derecho o una esperanza ciega. De hecho, no creía que mereciera la ayuda. Pero llegaría, sin ser solicitada. Cada vez. Solo podía dar gracias a Dios, humillado por su misericordia.

Las estrellas habían empezado a desvanecerse y a desaparecer en la oscuridad. Las luces altas primero destellaron como reflectores. A medida que el vehículo se acercaba, el Padre Charles escuchó el gutural estruendo del motor y el gemido animal de los engranajes cuando el coche o el camión rebotó en los muchos pequeños baches. El sacerdote se paró tranquilamente fuera de su coche averiado, reconociendo la cabina de la pequeña camioneta mientras salía más completamente de la oscuridad.

Horas antes, el Padre Charles se había sentado pensativo en el capó delantero en contemplación. La tierra oscura y el cielo que se extendía en todas direcciones le habían asombrado con su tranquila majestad. Había abrazado la paz de la soledad, aceptando que pocos viajaban por este remoto camino. Recordó un ejercicio espiritual cuando estaba en el seminario que le hizo imaginar su propio significado en diez mil años. La respuesta obvia lo aterrorizó. Era un recordatorio de algo más que la mortalidad. Era una reflexión sobre los esfuerzos vanos y terrenales.

Pero Dios, el Dios sin fin, sin final ni principio, siempre sería significativo. Jesucristo, a diferencia del hombre que murió en la cruz, viviría para siempre. Aquel que lo siguió también viviría para siempre. Pero seguir a Jesús significaba seguir sus enseñanzas. Era un hombre que ponía a los demás primero, no a sí mismo. No era más significativo que la hierba seca que se agitaba a su alrededor en la brisa nocturna. Pero, sirviendo a Jesús, sirviendo a los demás, viviría siempre. Esto era significativo.

El camión disminuyó la velocidad al acercarse. El Padre Charles esperó, sonriendo al conductor que aún no podía ver. Era una defensa más que un saludo.

—*Allo. ¿Tout bagay anfom?* —llegó una voz. ¿Está todo bien?

El hombre de cara ancha olía un poco a whisky. El Padre Charles conocía bien el olor por la afición de Herve al bourbon. Había otra persona más pequeña en el asiento delantero, pero el sacerdote no pudo distinguir ningún detalle.

—Mi furgoneta, no tiene gasolina —explicó el sacerdote—. No pensé en llenarla antes de salir.

—¿A dónde vas?

Cuando el Padre Charles mencionó el destino, los plácidos ojos del hombre se abrieron cómicamente por sorpresa.

—Coluers está muy lejos. Estamos conduciendo hacia Petrale. En esta dirección.

El Padre Charles dudó, pero sabía que no tenía otra opción. Podía hacer este viaje de vuelta a Petrale o quedarse solo en la oscuridad, posiblemente toda la noche.

El joven en el asiento del pasajero le hizo un hueco. Parecía de diez u once años, agudo y observador, pero se volvió manso atrapado entre los dos adultos. El Padre Charles sonrió al niño y agradeció al conductor.

—Mi sobrino, Phillipe —dijo el conductor mientras rebotaban por el miserable camino.

El Padre Charles no pudo ver ningún parecido familiar. El chico era delgado, con rasgos afilados, como de pájaro, y ojos estrechos. El padre era grande y de hombros anchos, con un estómago de media edad, como una sandía. Sus ojos redondos y perezosos miraban sobre una nariz ancha y acampanada. Estaba borracho.

—Es más fácil conducir de día, ¿no? —preguntó el Padre Charles. Tenía curiosidad por saber por qué el hombre y su hijo conducían tan tarde por la noche.

—No. El sol, el calor es malo —dijo el hombre.

—¿Tu casa está en Petrale? —preguntó el sacerdote.

El conductor sacudió su amplia cabeza. Él y el niño vivían en una pequeña un pueblo mucho más arriba en la costa, uno cuyo nombre el Padre Charles no reconoció.

—El chico está de visita —dijo el conductor.

—¿Familia?

El hombre no respondió. Estaba luchando para ver el camino de tierra, esparcido con agujeros poco profundos que alternativamente aparecieron y desaparecieron con los rayos de los faros como boyas en un mar oscuro. El Padre Charles no presionó para obtener más información. En su lugar, dirigió su atención a Phillipe, que miraba fijamente al frente.

—¿Has estado antes en Petrale?

El chico asintió con la cabeza sin mirar al sacerdote.

—Soy el Padre Charles —anunció—. Gracias por ayudarme —el gran conductor pareció estar sobrio al instante cuando supo que había recogió a un sacerdote. Fue muy inusual. El chico, también, le robó una mirada.

—Vamos a trabajar —dijo el hombre.

El Padre Charles lo entendió sin decir nada más. No había trabajo en la empobrecida ciudad fronteriza. El único trabajo posible era al otro lado de la frontera en República Dominicana, en una de las extensas plantaciones de azúcar.

—¿Has estado antes?

El hombre sacudió la cabeza. Sabía lo suficiente para cruzar la frontera mientras no hubiera nadie vigilando el tránsito. Todos los trabajadores lo sabían. Un silencio cansado cayó mientras el camión retumbaba sobre una serie de baches, sacudiéndolos a ellos y al auto. El Padre Charles se aferró a la correa del hombre y se relajó.

Dios trabaja de maneras misteriosas, pensó. Estaba regresando a la ciudad fronteriza. Había una razón.

DEAN ESTABA SENTADO EN LA TIERRA MALOLIENTE CUANDO OYÓ EL RUIDO DEL CAMIÓN AL DETENERSE AFUERA. Se levantó de un salto, olvidando el dolor de sus brazos y hombros. Sus manos estaban hinchadas por haber golpeado la puerta con la silla de metal.

Las puertas del camión se abrieron, seguidas de voces de hombres intercambiando saludos. Dean se congeló. El momento que temía estaba aquí. No había ningún lugar para correr, para esconderse, para escapar. El camión retumbó, seguido por el sonido de pasos que se acercaban. Dean se preparó. Podría ser capaz de arremeter contra ellos. No, eso no tenía sentido. Solo funcionó en las películas.

Los pasos se detuvieron del otro lado de la puerta de metal, y se introdujo una llave. Dean respiró profundamente, su pulso latía tan fuerte que casi podía oírlo. La puerta se abrió lentamente hacia la oscuridad de la mañana.

En la puerta estaba el Padre Charles.

—Es hora de irse, ¿ok?

—¿Qué? —preguntó Dean. Buscó en el plácido rostro del sacerdote, sintiendo alivio pero también confusión.

—No tenemos mucho tiempo —advirtió el Padre Charles—. Debemos irnos.

—¿Adónde vamos? —preguntó Dean.

—Por favor. Debemos irnos —mantuvo la puerta abierta al aire caliente y pesado. —Antes de que vengan.

Dean siguió al sacerdote por la puerta hacia la oscuridad azul. Se sintió incómodo y fuera de su elemento al aire libre. La calle de tierra estaba vacía. Un perro ladraba sin ser visto en el silencio silencioso mientras se apresuraban a salir del contenedor.

—¿Dónde está la furgoneta? —preguntó Dean.

—No sirve para nada —dijo el Padre Charles.

—¿Se llevaron la camioneta? No pueden hacer eso.

Dean se detuvo como si eso le ayudara a pensar con más claridad.

Las palabras del sacerdote volvieron a su mente. Estaban huyendo de alguien, ¿pero de quién? ¿Los matones de Herve? ¿La policía de la frontera?

—Espere —dijo Dean, caminando tras él—. ¿A dónde va?

—Al puerto —dijo el Padre Charles—. Por favor, mantén la voz baja.

Unos minutos después, llegaron a un pequeño e improvisado incendio en la playa. Estaba crujiendo y chisporroteando por los trozos de madera y la basura. Caras oscuras se apiñaban alrededor del brillo de las llamas. Algunas personas se adentraron en las aguas negras del más allá. Había un barco amarrado que se balanceaba a unos pocos metros de la orilla. La embarcación estaba sentada en el agua oscura como una gran bañera, la proa y la popa redondeadas y apenas por encima de la superficie. Había equipaje y carga apilados en un extremo, y algunos pasajeros ya habían empezado a levantarse por el borde y a subir al interior.

—¿A dónde va? —preguntó Dean.

—Jacmel —dijo el Padre Charles. Dean vislumbró el miedo en el rostro flojo del sacerdote, sus ojos abiertos brillando por la luz incierta de la hoguera.

—¿Es seguro? —preguntó Dean, aunque la respuesta era obvia. El barco desgastado parecía un desastre a punto de ocurrir.

—No lo sé —dijo el Padre Charles.

Dean se preguntó por qué el sacerdote arriesgaba su propia seguridad para ayudar a ambos a regresar a Coluers. El Padre Charles tenía todas las razones para querer ver a Dean desaparecer. Sin embargo, aquí no solo lo rescataba de la cárcel, sino que facilitaba su fuga.

—¿Herve me tendió una trampa? —preguntó Dean.

—Sí.

—¿De quién estamos huyendo?

Charles no respondió. Vio como más y más pasajeros salpicaban y trepaban al barco, causando que se balanceara. El sacerdote tenía una extraña y desenfocada expresión en su rostro. Había mujeres con niños, pequeños grupos de hombres, adolescentes. Una mujer embarazada sostenía a otro niño contra sus pechos hinchados.

—El primero que llega es el primero que se sirve —dijo Dean.

—El viaje se hace todos los días —dijo el Padre Charles—. No te preocupes.

—Tomemos asiento mientras podamos —dijo Dean. Partió inmediatamente, se dirigió al agua oscura cuyas crestas destellaban blancas como huesos bajo las estrellas. Había aún más pasajeros en el agua, vadeando el barco. Dean se detuvo en la orilla cuando se dio cuenta de que el sacerdote no lo había seguido. El Padre Charles estaba parado en la arena suelta detrás de él, mirando el vasto mar como un navegante en busca de corrientes errantes.

—¿Qué pasa? —preguntó Dean.

—No sé nadar —dijo el Padre Charles. Sonrió con vergüenza.

—No tienes que hacerlo. No es más profundo que tu cintura. Están caminando hacia el barco.

—Sí... —entrecerró los ojos en la oscuridad y el contorno de la multitud salpicando el agua.

—Sígame —dijo Dean.

El agua estaba tibia como una bañera. Había rocas y fragmentos de coral roto debajo, frenando su progreso. Dean luchó por el equilibrio en cada roca de abajo, sintió los bordes afilados del coral empujar en sus zapatos empapados de agua. Una brisa con olor a salmuera, espesa con el hedor de las algas y los peces muertos, soplaba a través de ellos. Montones de hierba marina húmeda se aferraban a su cintura. El Padre Charles lo siguió, comprobando el mar que se separaba a su alrededor como si esperara que algo se elevara de repente de sus profundidades.

En el borde del barco, Dean se subió por el costado y se subió primero. Todos hablaban con entusiasmo a la vez. Había sonrisas y risas repentinas, como si los pasajeros estuvieran a punto de embarcarse en un crucero de vacaciones. Dean se volvió hacia el sacerdote, que se había detenido.

El Padre Charles apoyó sus manos en el costado del barco. Miró a los demás. Dean ofreció sus manos. El sacerdote sonrió y los agarró a ambos, asegurando su agarre. Dean apoyó sus rodillas contra el casco y lanzó al pesado sacerdote por el costado y sobre el bote con un movimiento rápido como si estuviera dando vuelta un pez con anzuelo en la cubierta.

El Padre Charles le sonrió, y luego se rio con la familiar calidez que Dean recordaba de su primer encuentro en la entrada de la Cite Soleil. Era un buen hombre, pensó Dean. En el fondo, era un hombre bueno y bondadoso.

Encontraron un lugar más cerca de la amplia proa y lo reclamaron, mientras más y más pasajeros se apretujaban a su alrededor, buscando su propio lugar para sentarse. Los cuerpos amontonados en el barco olían húmedos y sin lavar, lo suficiente para que Dean quisiera contener la respiración. Miró a la orilla y vio que ya no había nadie alrededor del fuego, que se encogía rápidamente.

El motor al mínimo se activó de repente, enviando una capa de humo aceitoso de diesel sobre todos ellos. Había una gran cantidad de voces y gritos de alegría mientras el barco avanzaba. Dean revisó la delgada y brillante línea del horizonte, temeroso de lo que el día pudiera traer. Sabía que había un largo viaje por delante.

—Nos vamos a casa —dijo el Padre Charles.

Miraron juntos la costa mientras la ciudad fronteriza se escabullía lentamente. El barco se convirtió en la brisa de la costa mientras se dirigían más lejos hacia el mar y el horizonte amarillo, donde hileras de salmón brillante se veían bajo las nubes oscuras como el atardecer y no el comienzo de un nuevo día.

GRACE SE DESPERTÓ CON UN SOBRESALTO. Estaba empapada de sudor y con fiebre. Su estómago se acalambró bruscamente. Estaba a punto de vomitar, así que pasó corriendo por las otras literas y cayó de rodillas en el baño. Se arqueó sobre el inodoro, su cuerpo convulsionó. Un arroyo marrón salpicó en el lavabo. Vomitó de nuevo y una tercera vez antes de caer contra el asiento abierto del inodoro, completamente agotada.

Pero se sintió mejor, su respiración se recuperó como si acabara de hacer un sprint. Pensó en la vieja grasa marrón que cubría los huevos que había comido en el café de República Dominicana. La habían mareado ya entonces, pero ella lo descartó, pensando que era la tensión entre los hombres lo que le estaba haciendo sentir incómoda.

—¿Intoxicación alimentaria?

Grace se dio cuenta de que Nelson la estudiaba con preocupación. Con cualquier otro, se habría sentido profundamente avergonzada de ser vista enferma y vestida solo con ropa interior fina. Pero Nelson se sentía como un padre para ella, y sus ojos azules ni siquiera parecían registrar lo poco que ella vestía. Solo estaba preocupado por ella.

Grace se levantó y tropezó con el fregadero. Se echó agua a la cara, con cuidado de no tragarse lo que caía sobre sus labios. Se puso de pie, apoyada en el fregadero, mirando la porcelana que rodeaba el desagüe. Necesitaría ser limpiada de nuevo.

—Déjame traerte un poco de agua —dijo Nelson—. Y por el amor de Dios, siéntate un momento.

Grace echó un vistazo al retrete, concentrándose en su estómago, preocupada de que pudiera volver a enfermar. Pero las náuseas habían pasado. Cojeó hasta una de las sillas plegables y se sentó.

—¿Sin palabras todavía? —preguntó Nelson, volviendo con una botella de agua caliente. Cuando Herve se fue, Grace buscó a Nelson para contarle sobre su viaje a República Dominicana. No mencionó ni una palabra sobre el orfanato y ciertamente no sobre el intento de violación de Herve. Ella tenía miedo de lo que realmente podría haber sucedido al Padre Charles y Dean, de por qué se habían perdido antes de la frontera. Herve era capaz de cualquier cosa.

—No tienen un teléfono celular —dijo Grace. Ella rompió la tapa y se tragó el agua. Sintió que estaba mejorando.

—Bien. Me lo dijiste —dijo Nelson. Antes de que se durmieran, se había ofrecido a llevarla de vuelta a buscarlos—. Bueno, dame la orden y me pondré el traje.

Nelson se puso de pie con sus calzoncillos y una camiseta deteriorada que se extendía por su pequeña barriga. Pero parecía más joven, más robusto de lo que sus años sugerían. Sonrió ante su voluntad de ayudarla a cualquier precio. Nelson actuó como el padre que nunca tuvo.

—Podríamos echarlos de menos —dijo Grace—. Si están en la furgoneta.

Recordó la amenaza de Herve de usar el ferry para transportar a los niños de Jacmel a Petrale en la frontera. Su historial de seguridad era infame, pero la gente todavía lo tomaba porque pocos tenían opciones. Si la furgoneta se hubiera averiado, temía que Dean y el Padre Charles intentaran conseguir un atracadero.

—Podrían haber tomado el ferry.

—¿Ferry? Ese es un barco de carga desgastado en el mejor de los casos. Bueno, ellos serían más tontos que yo. Esa cosa deja caer más gente en el océano que la que los lleva.

Grace encontró una silla y se bajó con cuidado al asiento. Todavía se sentía frágil y débil por estar enferma. También tenía un miedo creciente por la vida de los hombres. Una vez más, se imaginó el juego de manos de Herve en la frontera. Los billetes escondidos en su mano extendida. La forma en que el dinero fue tomado por el policía de la frontera. ¿Podría haber sido un pago para tener al americano detenido? ¿O algo peor? Herve era más que capaz. Haría lo que fuera necesario para proteger su negocio.

—Tengo que ir a hablar con Herve —dijo Grace.

—¿Con Leogane? Acabas de pasar veinticuatro horas en su compañía.

—¿Podrías llevarme? —Grace preguntó.

DEAN NOTÓ QUE EL BARCO SE HABÍA HUNDIDO MÁS PROFUNDAMENTE BAJO EL PESO ADICIONAL DE LOS PASAJEROS Y LA CRECIENTE CARGA. Había bolsas, cajas y contenedores de todo tipo, apilados al azar en la parte de atrás, a los lados, debajo de los que tenían la suerte de sentarse. Cuando Dean vio una capa de agua deslizarse sobre los rieles de madera y entrar en el barco, se alarmó. Consideró la posibilidad de salir. ¿Pero a dónde iría? Buscó al Padre Charles más abajo en la pasarela.

El motor fuera de borda emitió un estallido de humo aceitoso, que parecía gemir al empujar la bañera gigante y flotante hacia adelante. Dean tragó y sacó el miedo de su mente. El fuerte parloteo a su alrededor parecía de turistas en un crucero mientras el barco se balanceaba sobre las suaves olas. Una mujer rio felizmente cuando una ola pequeña la salpicó.

Dean vio al sacerdote aferrado al barco, mirando fijamente a la oscuridad. Se abrió paso entre la multitud para sentarse junto al Padre Charles. El sacerdote sonrió sombríamente a su llegada. No hablaron. Dean no entendía por qué el sacerdote le estaba ayudando. Su orfanato y el negocio del tráfico se beneficiaron al hacer desaparecer a Dean de una forma u otra.

—¿Dónde está la camioneta? —Dean preguntó, queriendo romper el silencio—. ¿Por favor?

—Tu furgoneta —repitió Dean. Ambos observaron la orilla del paso como si hubiera algo que valiera la pena ver en la hierba de los matorrales y los árboles enanos dispersos.

—No tenía gasolina.

A Dean le pareció gracioso que volviera simplemente porque de alguna manera se había quedado sin gasolina. A veces, la razón por la que hacemos las cosas tiene una razón más simple y pragmática de lo que pensamos.

Los ojos oscuros del sacerdote lo evaluaron.

—Todo sucede por una razón —dijo el Padre Charles.

—¿La mano de Dios trabajando? —preguntó Dean.

—Siempre estamos a su merced, ¿cierto?

—No. No lo estamos.

El sacerdote levantó sus gruesas cejas.

—No estamos a su merced, Padre, porque pase lo que pase elegimos cómo reaccionar ante ello. Eso no es Dios. Somos nosotros, para bien o para mal.

El sacerdote miró hacia la brillante orilla. El sol había salido sin previo aviso, quemando las nubes de la mañana en el horizonte e iluminando el pálido cielo.

—Debe ser un hombre solitario, Sr. Dean. Sin Dios, está solo en este mundo.

El Padre Charles se limpió un chorro de agua de mar de su cabeza calva antes de salpicarla en su mejilla como después de afeitarse.

Dean también sintió el repentino calor. Se quitó su camiseta húmeda e hizo un chal, protegiendo su cara de los ardientes rayos que pronto le seguirían.

Hubo un tiempo en el que creyó en Dios. Era más joven y abrazó la idea y el sentimiento de que el Señor miraba a este universo y a su vida en particular. Pero a medida que las decepciones crecían, y mientras presenciaba y escribía sobre el interminable crimen y la crueldad irreflexiva perpetrada cada día, perdió la fe en la idea de que un dios podía presidir nuestros peores impulsos. También había tenido suerte en algunos aspectos. Pero la suerte no era la religión.

Al final de la mañana, el mar era de un verde profundo y translúcido que recordaba el color de los ojos de Grace. Esperaba que ella estuviera preocupada por su ausencia a estas alturas. A menos que ella estuviera de alguna manera involucrada en todo este asunto. No quiso considerar esa idea, pero no pudo evitar sus propias sospechas. Ellos eran parte del negocio.

—¿Agua? —el Padre Charles le ofreció una botella de plástico de un litro.

—¿Fue reutilizada? —preguntó Dean, recordando lo que el sacerdote le había dicho en el barrio bajo.

El sacerdote sonrió con tristeza. Dean se sintió mal por preguntar ya que recordó lo bien que se había sentido con el sacerdote cuando se conocieron en el barrio bajo. El agua parecía clara. Sentía nostalgia de algo de eso. Pero había llegado hasta aquí. No había necesidad de correr riesgos innecesarios.

El Padre Charles entregó el agua a una mujer con un tocado africano color arco iris. Ella la tomó con avidez y bebió el agua. Unas gotas de sudor goteaban por su cuello ancho y profundamente arrugado. Dean miraba, envidioso y preocupado por haber tomado la decisión equivocada de no beberla él mismo. Tal vez pagaría por ello.

—Tu cara —advirtió el Padre Charles.

Dean tocó su piel, que estaba seca y curtida y caliente al tacto. A pesar del chal casero, era probable que se quemara. El sol se reflejaba en el agua, intensificando su poder.

—¿Cuánto falta para llegar a Jacmel? —preguntó Dean. No pudo evitar pensar en sí mismo y en Grace allí. Parecía que fue hace mucho tiempo.

El Padre Charles revisó la costa cercana. El barco había abrazado la costa durante todo el viaje. Había algunas de las barracas de hojalata y madera esparcidas como depósitos de chatarra a lo largo de la costa. Pero no había ciudades ni pueblos.

—No mucho —dijo el Padre Charles.

Dean acercó sus rodillas a su cara en una posición semi-fetal, ansioso por esconder la mayor cantidad posible de su piel expuesta. Las sombras creadas por algunos de los pasajeros sentados o agachados a su alrededor parecían ayudar durante un tiempo. Ahora el sol estaba casi encima. Dean gimió por dentro.

Nadie más se quejaba. Era una actitud que había visto una y otra vez en Haití. Estaba impresionado y humillado por ello. Era notable, dados los enormes problemas que tenían que enfrentar de un extremo a otro de República.

La supervivencia lo era todo. Por cualquier medio necesario, sin quejas ni enfados por su situación. El sistema restavek era una prueba. Sin límites, sin restricciones. Lo que fuera necesario. ¿Dónde estaba Dios?

Después de un tiempo, la luz del sol comenzó a atenuarse en una neblina grisácea. Dean estaba agradecido por la brisa que se había levantado de repente. Cualquier alivio era bienvenido, y el enfriamiento gradual hizo el viaje más soportable.

Un repentino rugido de aplausos se extendió por todo el barco con la fuerza de una multitud que animaba en un estadio. Dean siguió su atención colectiva a las colinas en la distancia, llenas de bonitas casas u hoteles. Se sintió aliviado. La ciudad estaba al alcance de la mano. Lentamente, sintió el cambio en la temperatura del aire. Pensó que podía oler la lluvia.

Dean se levantó de su cuclillas y miró hacia el horizonte desde el barco lleno de gente. Nubes de tormenta negras de carbón se elevaban en el cielo gris como el humo del petróleo. Las nubes de tormenta lo asustaron. Se movían mucho más rápido que el bote abultado.

La charla a su alrededor se intensificó cuando aparecieron las afueras del puerto de Jacmel. Dean, sin embargo, estaba obsesionado con la tormenta en el mar. Se movía aún más rápido. Una cortina gris de lluvia estaba cayendo. El mar debajo de ella se agitaba con espumosos chaparrones. El barco se tambaleó severamente. Nadie más parecía darse cuenta. El movimiento era solo un barco en el agua. El viento era más fuerte, también, soplando delante de la lluvia. Los rostros a su alrededor se fijaban en la dirección opuesta, algunos sonriendo a los muros azules de la ciudad. Dean sintió la necesidad de advertirles. Pero no salieron palabras.

Una lámina de agua explotó sobre la proa mientras el barco se estrellaba contra una creciente marejada. Unos pocos gritos salieron de la inesperada inundación. El mar se había convertido en un peltre oscuro. El costado del barco ya estaba tomando agua. Su instinto había sido bueno. Era demasiado pesado para estar en condiciones de navegar. Ahora era un blanco fácil.

—¿Padre Charles?

El sacerdote levantó la vista de su asiento, atento pero no reflejando ninguna preocupación.

—¿Sí?

Dean revisó el cargamento, buscando cualquier cosa que pudiera flotar.

—¿No ve la tormenta?

El humor de la multitud en el barco ya había cambiado. La feliz charla había amainado, seguida de un extraño y embarazoso silencio. Todos miraron al horizonte, donde una pared de lluvia marchaba a través del océano abierto, rodando hacia ellos con una fuerza inexorable. Dean sintió el terrible poder. Estaban en el camino de la tormenta y les golpearía mucho antes de que llegaran a la seguridad del puerto.

—Oh Señor —dijo el Padre Charles. Juntó sus manos.

Ahora, las hojas de agua volaban de la proa, mientras el barco golpeaba el agua agitada. Hubo un repentino coro de lamentos a su alrededor. La pared avanzaba, y podían oír la lluvia golpear el agua como si las gotas estuvieran golpeando el metal.

El fuerte ruido actuó como una señal. Había una prisa por la pila de carga mientras la gente se apresuraba para encontrar un camino seguro, algo que pudiera mantenerlos a flote. El viento azotó alrededor del barco, arrojando basura y bolsas sueltas al agua. Dean se preparó para el próximo impacto como un coche a punto de ser golpeado.

El viento y la lluvia azotaron el barco como un huracán, empujándolo con fuerza a sotavento. El agua de mar se vertió en el barco mientras las balas de lluvia explotaban en un feroz y fuerte aguacero. Dean se agarró al costado, luchando por ver a través de la dura lluvia. Jacmel había desaparecido de la vista. La tormenta los separó de la tierra. Luchó contra su propio pánico. Estaban lo suficientemente cerca. Podría nadar, si fuera necesario.

Las cajas de carga pasaron volando mientras el agua se estrellaba en su espalda y cuello. Se sorprendió al ver a los pasajeros arrojados al mar con las cajas. Tallos de caña de azúcar flotaban alrededor de ellas. Otra ola le siguió y golpeó a Dean en la cabeza y los hombros. Pero él se aferró a un lado. Otros gritaron por ayuda en el mar.

Su mano se sentía extraña. Miró hacia abajo para verla bajo el agua. Estaban absorbiendo más del mar. El barco aminoró la velocidad, temblando por el oleaje. Dean pensó que tenía más posibilidades en el barco que en el mar abierto. No tenía ni idea de qué tipo de corrientes o remolinos podrían estar arremolinándose ahí fuera. Buscó al Padre Charles, esperando que él pensara lo mismo.

El sacerdote se había ido. Dean buscó en el mar frenéticamente, caótico con brazos y cabezas y gritos. No había forma de identificar quién era quién. Buscó a su alrededor boyas salvavidas pero, por supuesto, no había ninguna.

El barco frenó más, tratando de arrastrarse por el agua pesada. Los que estaban en el agua se alejaban lenta y agonizantemente.

Dean recordó de repente la mirada del sacerdote en la orilla. El Padre Charles no sabía nadar.

Dean buscó en el mar abierto a través del velo de la lluvia la cabeza calva. Pero casi no había visibilidad. Ahora había pánico. Los pasajeros corrían hacia la proa del barco, la única parte por encima del agua. El barco estaba lleno de agua del océano y lluvia, pero el éxodo de pasajeros y carga había aligerado la carga y en realidad la salvó de hundirse. El casco permanecía flotante, cabeceando ligeramente pero agitándose a través del agua plomiza hacia el puerto.

48.

LA LLUVIA CAÍA FUERTEMENTE, GOLPEANDO LAS NEGRAS CALLES DE LEOGANE. Nelson se aferró al volante. Grace estaba nerviosa en el asiento del pasajero. Ella le sacaría la verdad a Herve, lo que fuera necesario para que confesara lo que había hecho. Grace sintió un temor que no podía superar.

—¿Cuál es el número? —Nelson repitió—. No puedo ver nada.

Grace vislumbró un número a través del reflejo del escaparate de una tienda y se detuvo. Estaban cerca. Luego vio su conocida puerta verde. Recordó el dormitorio, casi vacío de muebles excepto por la cama grande.

—Detente aquí —dijo Grace. Tenía la puerta abierta antes de que él se detuviera por completo. Saltó a la lluvia y corrió hacia la puerta.

—Esperaré aquí —dijo Nelson desde su ventana abierta.

Grace dudó en la puerta, sin darse cuenta de la cálida lluvia. Se empapó al instante, con la ropa pegada a ella como un traje de neopreno. El agua le golpeó en la parte superior de la cabeza. Cerraba el puño y golpeaba la puerta, un golpe tras otro, como si estuviera golpeando la madera. Grace sintió el agua pesada sobre sus hombros desnudos en el silencio atronador. Ni siquiera había considerado el hecho de que él podría no estar en casa.

—Déjame llamarlo —llamó Nelson. Había sacado su teléfono celular. Pero antes de que pudiera marcar, la puerta se abrió.

Herve estaba en la entrada iluminada, sin camisa. Miró a Grace y sonrió.

—¿Cambiaste de opinión, cariño?

—¿Qué hiciste, Herve? —exigió Grace. Tenía los dos brazos a los lados, sus manos aún agrupadas en puños.

—¿Quién te trajo aquí? —Herve hizo un gesto hacia el Land Rover. Era imposible ver a nadie. Volvió a prestar atención a Grace.

—¿Les pagaste en la frontera?

Herve se puso sobrio, mirando de Grace al Land Rover.

—¿No han vuelto? —dijo—. ¿Es ese Nelson? Mierda, mujer.

—¿Qué hiciste, Herve? —Grace gritó esta vez su pregunta. Se inclinó hacia atrás como si la pregunta fuera un objeto lanzado hacia él.

—Cuidado, nena —dijo Herve.

—Solo dime.

Herve miró el Land Rover, el escape resoplando en la lluvia.

La ventanilla del conductor se deslizó hacia abajo.

—¿Herve? —Nelson gritó—. Por el amor de Dios, déjala entrar.

—Hola, Nelson —saludó e hizo un gesto para que Grace entrara.

Pero ella no se movió, ignorando la lluvia.

—¡Dime!

Herve frunció los labios. Miró su cuerpo envuelto en la ropa mojada. Alguien se movió detrás de él. Llevaba una camiseta que se detenía mucho antes de la cintura. La joven se dirigió al baño, sin darse cuenta de la conmoción en la puerta.

—Aparecerán, cariño —Herve dijo mientras su amante del momento cerraba la puerta tras ella.

—Bastardo —dijo Grace. Ella se dio la vuelta y corrió de vuelta al coche.

—Tu chico no es un héroe —le gritó Herve. Cerró la puerta de un portazo.

Grace se sentó en el coche, ignorando el agua que se deslizaba por sus mejillas. La realización la impactó mucho. Herve había arreglado de alguna manera que Dean desapareciera en la frontera.

—¿De qué está hablando? —preguntó Nelson después de cerrar su ventana—. ¿Qué héroe?

—Herve hizo algo con Dean —dijo Grace y tomó un respiro.

DEAN VIO A JEROME A TRAVÉS DE LA VENTANA DE SU ESTUDIO. Sintió un gran alivio. Jerome evitaría que se quedara solo. Sintió el peso de la soledad del sobreviviente, la angustia de todo lo que pasó. Dean notó la luz del sol de la mañana que entraba por otra ventana lateral, el polvo que brillaba como una lámina de oro. Era algo que no era de este mundo, como un sueño. Jerome abrió la puerta después de que Dean finalmente llamara.

—Amigo mío, regresaste —dijo Jerome. Dean miró hacia atrás, de repente no estaba seguro de por qué había caminado hasta aquí desde el muelle. ¿En qué estaba pensando?

—¿Qué ha pasado? —Jerome preguntó sobriamente.

—Algo malo. Se levantó una tormenta.

—¿Dónde?

—En el mar.

—¿Estabas en un barco? ¿Por qué?

Dean sintió la tosca sequedad en su garganta.

—¿Tienes un poco de agua? —preguntó Dean.

Recordó que se había alejado del barco, del muelle, y había mirado hacia la cima de la colina donde él y Grace se habían sentado un día antes. Solo un día.

Tomó una botella de agua sellada de Jerónimo, abrió la tapa y bebió con avidez. Sintió que parte del agua se le escapaba por las comisuras de la boca, incapaz de tragar correctamente.

—¿Por qué estabas en un barco en una tormenta, puedo preguntar? —Dean tragó más agua, su estómago se llenó.

—Escapando de una cárcel.

—¿Fuiste arrestado? ¿Por qué?

Dean se mudó a la cama donde había hecho el amor con Grace. Dudó en sentarse en ella. El colchón estaba bajo en el suelo y hubiera sido un desafío para él sentarse fácilmente. Miró a Jerome, que lo observaba atentamente. Se sorprendió al recordar una parte de su conversación en el largo viaje de tap-tap desde Puerto Príncipe, pudo oírla textualmente en su mente como si hubiera sido grabada. En ese momento, la charla de Jerome había sonado como un balbuceo del New Age. Ya no lo era.

—Tenías razón, Jerome —dijo Dean.

—¿En qué sentido? —dijo Jerome.

—Me dijiste en el autobús que lo que vine a buscar me encontraría. Y así fue.

Jerome esperó.

—No recuerdas haber dicho eso —dijo Dean, sintiéndose tonto.

—¿Por qué estabas en la cárcel? No importa. Déjame darte algo de comida. Necesitas comida —dijo Jerome. Se apresuró a la esquina de la habitación donde el plato caliente se apoyaba en una caja de madera baja. Abrió un contenedor verde de Tupperware y envió el olor a judías picantes a la pequeña habitación. Dean pensó en el cuerpo de Grace, desnudo aquí, oliendo a mandarinas.

—Aquí. Mange —dijo Jerome. Dean tomó el recipiente de plástico y el tenedor de plástico que le fue entregado.

—*Mange* —ordenó Jerome—. Hay una silla afuera.

Jerome salió corriendo. Dean podía oler el mar y oír el chillido de las gaviotas errantes.

—Siéntate —dijo Jerome, volviendo con la silla de capitán de lona azul. Dean siguió las órdenes de Jerome.

—¿Dónde está tu hermosa amiga?

Dean inadvertidamente miró a la mujer en progreso en el

lona detrás de Jerome. Creyó reconocer los hombros reales, la cintura estrecha. Los ojos estaban cerrados.

—Fuimos a RD. Ella condujo de vuelta con alguien. Solo estábamos el sacerdote y yo en un barco hacia Jacmel.

—¿Y el cura?

La historia de Dean salió a borbotones, fuera de secuencia, de ida y vuelta, zigzagueando, de Grace hasta el orfanato, a Herve y, finalmente, al sacerdote. El Padre Charles. Se detuvo abruptamente cuando describió su cabeza sobre el agua, con el terror en sus ojos.

—¿Cómo supiste que no sabía nadar? —preguntó Jerome. Estaba balanceado con las piernas cruzadas como un yogui en su colchón, frente a Dean.

—Me lo dijo.

Jerome tomó un largo y tenso respiro y exhaló lentamente.

—Lo siento, amigo mío —dijo Jerome.

Dean estudió el lienzo de nuevo.

—¿La estás pintando? —preguntó Dean—. Grace.

—Una idea de Grace, sí. No de ella. Estoy pintando desde mi imaginación.

Dean quería verla y sabía que lo haría. Él había sobrevivido.

Pero cuando la vio, comprendió de repente que tendría que herirla profundamente. Tendría que decir lo que le había pasado al Padre Charles. Le informaría que un padre se había ahogado.

—¿Por qué te arrestaron, amigo mío? —preguntó Jerome.

—Pensaron que estaba sacando a los niños del país de contrabando.

—¿Estabas?

Dean le devolvió la mirada.

—Yo estaba con la gente que estaba haciendo eso.

—Esta fue tu historia —dijo Jerome.

—Yo no la elegí —dijo Dean—. Yo te lo dije.

—Mi amigo, Dean. Siempre elegimos.

Una pesada y salada brisa sopló y dio un instante de alivio. Mientras subía la empinada colina que se elevaba sobre los muelles, vio el agua verde y de color zafiro y quedó impresionado por su belleza. Todavía había gente moliendo en el muelle. Pero también llegaba carga en carros tirados a mano. En el barco, un tripulante dirigía donde debían ser colocados. El barco estaba cargando para su viaje de regreso.

Dean subió a la cima y pasó por el café donde se había sentado embelesado con la mujer sentada lánguidamente frente a él en la sombra. Ella lo puso nervioso e incómodo y vivo. Estaba al principio de algo, al borde de un futuro que no podía ver ni imaginar. Ahora, parecía que había pasado mucho tiempo, ya se desvanecía como la grandeza perdida de esta ciudad de acuarela. Escuchó el estruendo del tap-tap mientras se acercaba.

EL CAMINO A COLUERS ERA OSCURO Y HÚMEDO Y OLÍA A LA RECIENTE LLUVIA. El aire nocturno era fresco mientras Dean salía del autobús casi vacío y caminaba el resto del camino hacia el centro comunitario. No había luces encendidas, pero el edificio de ladrillos blancos brillaba tenuemente como la media luna y las estrellas detrás del cielo despejado. Se preparaba para confrontar a Grace con la noticia del Padre Charles.

Dean olió el tabaco picante y aromático mientras se acercaba. La punta del cigarro se puso roja como el fuego por un momento antes de que el humo gris se elevara en una nube frente a la cara de Nelson. Sus ojos parecían estar acogiendo a Dean.

—No has caminado todo el camino de vuelta —dijo Nelson. Dibujó su cigarro.

—¿Dónde está Grace? —Dean preguntó bruscamente. Nelson pareció sorprendido por su tono de voz y se tomó un momento para responder.

—Se desmayó. Agotada —dijo Nelson—. Preocupada cuando el Padre Charles y tú no aparecieron. Especialmente tú.

Dean miró a la oscuridad. Cerró los ojos por un momento, pensando que podría tener que despertarla, lo que haría su relato aún más difícil.

—Nos enteramos de que no te esperaban de vuelta —dijo Nelson—. Por lo tanto, estoy muy contento de verte.

—Gracias, Nelson —Dean se sintió fuera de sí mismo, como si fuera un fantasma, invisible incluso para sí mismo—. Yo tampoco estaba seguro de que llegaría hasta aquí.

Dean se agachó hasta los tobillos para que él y Nelson estuvieran directamente frente a frente. El humo del tabaco era reconfortante.

—El padre Charles no tuvo tanta suerte.

Grace salió del edificio. Sus ojos se iluminaron cuando lo vio. Sonrió, y las lágrimas le cayeron por las mejillas como la lluvia en la luz fantasmagórica. Corrió hacia él. Dean la agarró y la sostuvo, abrazándola como si su propia vida dependiera de ello. Sin embargo, él sabía que ella no podía haber escuchado las palabras que él acababa de pronunciar.

—Gracias a Dios —dijo Grace, sus ojos brillaban con un profundo afecto que lo sorprendió y asustó. Su preocupación y amor lo humillaron.

—¿Qué ha pasado? —preguntó Nelson.

Dean se alejó lentamente de Grace. Ella lo miró confundida.

—El Padre Charles y yo tomamos el ferry —dijo Dean. Se detuvo, buscando las mejores palabras para continuar, para revelar lo que tenía miedo de revelar.

—¿A Jacmel? —preguntó Nelson.

Dean asintió. Miró a los ojos de Grace, queriendo detenerse y no decir nada. Pero no pudo.

—No llegó a Jacmel.

—¿No lo logró? —Nelson preguntó.

Dean miró a Nelson.

—Se ahogó en una tormenta.

—¿Se ahogó? —su voz le sonó como un chillido.

Dean estudió el suelo delante de él. La luna lo iluminó como una bombilla desnuda.

—Se cayó por la borda, Grace. No sabía nadar.

Grace sacudió la cabeza varias veces. Las lágrimas volvieron. Dean se acercó a ella para consolarla, pero ella levantó la palma de la mano para que él se detuviera.

—¿Lo viste? —preguntó Nelson.

—No había chalecos. Ya estaba demasiado lejos.

—¿Demasiado lejos? —Nelson preguntó.

—Demasiado lejos para nadar hacia él —dijo Dean—. Demasiado lejos.

Dean odiaba cómo sonaba, superado y débil por la emoción.

Quería ser más fuerte.

—Vino a salvarme —dijo Dean—, por eso estábamos en ese barco. Pero no pude salvarlo.

Grace se dio la vuelta. Quería abrazarla de nuevo. Pero ella se alejó lentamente, tontamente, como un sonámbulo.

—Necesito acostarme —dijo sin darse la vuelta.

Las cigarras rugieron en algún lugar en la oscuridad vacía. A Dean le sonaba como si la gente gritara, enfadada.

—¿Por qué necesitabas que te salvaran? —Nelson preguntó por detrás de él. Dean se dio vuelta.

—Estaba en una celda de detención siendo interrogado.

—¿Una celda de detención?

—Estaba siendo acusado de tráfico de niños. O algo así —Nelson sacó un largo trago de su cigarro. El humo se elevó a la luz plateada como la pantalla de un cine. Ambos miraron el cigarro picante que tenía Nelson en sus tres dedos.

—Herve se va a sorprender mucho de verte —dijo Nelson, finalmente.

—Apuesto a que sí.

Dean miró el barro oscuro que había debajo de ellos. Estaba espeso de arcilla. Recordó la expresión de Herve en el desayuno de la carretera en República Dominicana. Hablaban del fotoperiodista que había visitado el orfanato. Dean estaba casi seguro de que Herve también había planeado su desaparición.

—Lo siento, Dean —dijo Nelson. Dio una nerviosa bocanada de cigarro antes de tirar el nudo, donde desapareció en el barro con un silbido de humo.

DEAN YACÍA DESNUDO Y SE PASABA EL TIEMPO EN SU LITERA. Dos espirales de mosquitos estaban ahumadas como palitos de incienso malolientes a cada lado de él. Estaba empapado en su propio sudor y agotamiento. Se sentía como si tuviera fiebre. El mar oscuro continuó creciendo en su mente, las crestas hirviendo mientras la fuerte lluvia golpeaba la superficie como una lluvia de balas. Vio al sacerdote. Al menos eso pensó. Fue tan breve, un destello, y creyó ver los brazos del hombre agitándose contra el agua agitada, tratando desesperadamente de evitar que su cabeza se hundiera bajo la superficie.

Podría haber saltado al océano para salvar al hombre. Dean era un buen nadador. Podría haber llegado al hombre a tiempo y haberlo encerrado en la bodega de rescate. El piloto del barco podría haberlos visto balancearse en el agua y haber regresado a recogerlos.

Ahora no había forma de saberlo. Buscó al hombre a través de la lluvia torrencial. Pero solo había agua oscura, marejadas y rocío furioso.

El Padre Charles ya se había ido.

Dean se sentó de repente, recordando al sacerdote calvo que se paseaba por el canal negro. Estaba caminando sobre el agua. Charles le instó a seguir, como si el milagro fuera común, algo que cualquiera podría hacer. Dean escuchó la cálida risa, gritándole mientras luchaba a través de la pasarela de aguas residuales que se hundían y caía al suelo al otro lado.

Dean se levantó de la cama y se paró en el fresco piso de cemento. Todos los que estaban en las literas se quedaron dormidos. Se sintió más enfermo cuando vio a Grace, acurrucada en posición fetal en su cama individual frente a él. Ella parecía estar profundamente dormida. Sabía que se despertaría con el dolor de nuevo, la pérdida de un padre y protector. No fue su culpa. Dean lo entendió. Pero se sentía responsable a pesar de ello.

Dean agarró sus pantalones sucios, se metió en cada pierna del pantalón y los cerró a presión en su cintura. Se puso la camisa y tuvo que pasar por encima de la camisa mientras el algodón se pegaba a la piel húmeda. Empezó a abotonarse desde abajo. Nunca se había concentrado tanto en el simple acto de vestirse.

Dean estaba agradecido por irse para volver a Nueva York. Había sido planeado. No podía enfrentarse a Grace cuando se despertara. No quería lastimarla más. Era mejor que se fuera.

DEAN CAMINÓ DISTRAÍDAMENTE HACIA EL ORFANATO. Recordaba a Grace caminando a su lado esa mañana, que parecía estar a toda una vida de distancia. El olor de ella, la presencia. Pero estaba haciendo lo que había planeado, lo que tenía que hacer. Dean debía regresar a Nueva York. Tenía una historia que archivar. Se rio para sí mismo, una risa sin alegría, sin humor. Su historia, cuando se publicara, haría más que exponer el tráfico. Sería otro golpe contra Grace y lo que ella amaba. Sin embargo, tenía que hacerlo justo cuando tenía que irse.

Se detuvo en el borde del bosque. Las voces de los niños se elevaron en el aire. Estaban despiertos, pero se preguntaba quién los cuidaba. El Padre Charles no los habría dejado desatendidos mientras no estaba.

Dean consideró la posibilidad de bajar al recinto y averiguarlo. ¿Pero qué importaba? No podía hacer mucho al respecto de todos modos.

Cuando regresó al centro comunitario, Dean descubrió que todos se habían ido. Los Land Rovers se habían ido, los visitantes se habían ido. Su caminata había durado mucho más de lo que él pensaba. Pero, aún así, buscó a Grace. Su litera estaba vacía.

Dean caminó por la colina corta hasta la panadería. Las altas y magulladas montañas parecían escalar unas sobre otras en la distancia. Las crestas calvas eran como hombros que se disputaban su lugar en el sol. Podía imaginar futuros bosques de exuberante moringa cubriendo la cordillera, una isla volviendo a lo que una vez fue, hace siglos. ¿Por qué no?

El sol salía rápidamente, golpeándole como siempre. No luchó contra ello ni se quejó para sí mismo. Pronto saldría de allí. Encontró a Grace bajando la colina hacia él, como si supiera exactamente cuándo venir. Sonrió tontamente, emocionado de verla. Llevaba su pañuelo rojo, el delantal sucio. Su rostro estaba cubierto de harina.

Ambos se detuvieron a unos metros de distancia el uno del otro.

—Me dijeron que te ibas.

Dean asintió.

—¿Esta mañana?

Dean asintió de nuevo. Debería decir algo, pero no se le ocurrió ninguna palabra.

—Bueno, no, está bien.

—No me gustan las despedidas —dijo Dean. Tenía el hábito de no decir adiós, incluso en situaciones casuales. A menudo salía de las fiestas sin decir una palabra al anfitrión o a otros invitados. Lo sentía formal e innecesario. Sobre todo, le hacía sentir incómodo.

—Qué lástima.

—Venía a verte.

—Ya me viste.

Ella lo miró con desprecio.

—Lo siento.

—Ya lo dijiste —dijo ella, sus labios insinuando una burla que lo tomó por sorpresa.

—Grace, mira... —él se acercó a ella. Ella retrocedió.

—No lo hagas. No te acerques a mí —dijo—. Ya tienes tu historia. Vete a casa.

Dean estaba aturdido por su odio palpable.

—No quiero irme.

—Sí, sí quieres.

Dean nunca imaginó que habría una razón para quedarse. Mientras estudiaba su rostro familiar, las líneas de envejecimiento y de dolor que le gustaban más, le recordó de nuevo que su propia ambición periodística amenazaba con destruir el progreso que ella y otros habían hecho en Coluers. La exposición del orfanato traería el escrutinio a la aldea y a la región y podría amenazar la financiación que mantenía las cosas en marcha.

Escucharon el quejido de los engranajes del autobús a lo lejos. El tap-tap a Puerto Príncipe estaba subiendo la colina al otro lado de la panadería. Dean revisó la plataforma del mirador, tan desnuda como un altar. Grace siguió su atención. Ambos se quedaron mirando en silencio la plataforma como si tratara de hablarles.

—Siento mucho lo del Padre Charles.

—También lo dijiste.

El tap-tap subió la colina, arrastrando una nube familiar de polvo coloreado. Se detuvo justo detrás de ellos. Unos pocos pasajeros salieron del frente, sin prisa. Las cuerdas del costado estaban vacías. Pudo ver que Grace reconoció a algunos de sus empleados de la panadería. La saludaron con la mano y miraron con recelo al blan.

—Voy a volver —dijo Dean. No tenía ni idea de que iba a decirlo. Pero hablando en voz alta, sabía que era verdad.

—Tienes lo que viniste a buscar —dijo Grace. Sus ojos se habían suavizado, su cara estaba cansada y demacrada.

—No creo que lo tenga —dijo Dean. Sonrió con los labios, se entristeció con la misma intensidad que él había presenciado anoche.

—*Di m' ki sa ou renmen, m'a di ou ki moun ou ye.*

—¿Qué significa? —preguntó Dean.

Grace se inclinó hacia atrás.

—Dime lo que amas, y te diré quién eres —dijo.

Dean asintió, sabiendo lo que debía decir, lo que necesitaba decir. Pero no lo hizo. Se quedó mudo y no se movió cuando Grace se dio la vuelta y volvió a subir por el camino hacia la panadería.

EL COMUNICADO DE PRENSA LLEGÓ A SU BUZÓN EL
DÍA DESPUÉS DE QUE DEAN ENVIARA SU ARTÍCULO AL
EDITOR DE NEWSDAY. El membrete fotocopiado a
bajo precio había sido originalmente grabado con el
nombre de la organización, Moisson, con ramitas de
trigo cosechado cruzadas como brazos. No sabía que
la ONG tenía un logo. La cara de la organización en
su mente era Nelson. Era el abogado de ojos azules
y pelo blanco que cabalgaba a pelo en la mula en las
colinas interminables.

La corta nota de relaciones públicas, escrita en el estilo periodístico
común al género, hizo que Dean se sintiera aún más alejado. La nota
describía un monumento al mediodía en la capilla del orfanato, la
misma capilla donde él y el sacerdote habían hablado. Ahora, miles

de personas se apiñaban en el recinto, muchos viajando por millas a través de las montañas para presentar sus respetos. El Padre Charles era un héroe de los pobres, decía inequívocamente, un defensor de los jóvenes que necesitaban cuidados y anhelaban una vida familiar.

Dean se levantó de su escritorio en el rincón de la sala y miró hacia el jardín marrón otoñal. Escuchó el tráfico de media mañana retumbando por el imponente cañón de edificios de apartamentos monótonos que se alineaban a ambos lados de la Avenida West End. Se preguntó por qué había creído que la ciudad de Nueva York era un lugar en el que querría vivir.

Dean había considerado no escribir, o al menos no presentar la historia. Ya había hecho suficiente daño. Temía haber asumido el papel de la mayoría de los periodistas que vinieron a Haití: cazadores en busca de presas mortales que pudieran impulsar o incluso hacer una carrera. Jerome lo había dicho una vez en el tap-tap. Los periodistas no venían a contar la historia de Haití sino a usar el país para dejar su propia huella.

Peor aún, comprendió que lo que iba a informar perjudicaría al gran sacerdote. Grace se sentiría aún más herida, como si hubiera perdido dos veces a su amado padre.

Pero, a pesar de las dudas, Dean escribió y presentó la historia. Sintió la responsabilidad de reportar la verdad. Era la lealtad lo que importaba. No podía preocuparse por las consecuencias. Aún así, la historia había llegado a expensas de otros.

Se imaginó a Grace llorando al sacerdote calvo. Ella lo amaba como un padre y un salvador, un salvador personal, el hombre que la rescató de una vida de servidumbre y horror. Dean esperaba que Grace lo odiara por exponer su orfanato de tráfico al público. Sería como admitir ante el mundo que su padre no era el hombre que admiraba. Su alarde, su promesa de que volvería a Haití se sentía presuntuoso, ingenuo.

DEAN ESTABA ORGULLOSO DE SU HISTORIA A PESAR DE SUS DUDAS Y ESPERABA COMPRAR VEINTE COPIAS DEL PERIÓDICO EN EL PUESTO DE LA CALLE 96 Y BROADWAY. La presencia física de su historia le impresionó más allá de lo que esperaba. No era un artículo en la web. Podía recoger esto, sentirlo en su mano. Se sentía sustancial.

El quiosco era una caseta de acero situada cerca de la entrada del metro donde miles de personas pasaban a toda prisa. El vendedor hispano que estaba dentro se había opuesto a la gran compra ya que casi acabaría con su suministro del periódico del sábado, que el propietario creía que disuadiría a los clientes de detenerse en su negocio. Así que se decidieron por diez copias.

—¿Por qué tienes tantas? —preguntó. Sus ojos oscuros eran inteligentes y sospechosos.

Dean señaló su artículo y, sobre todo, el negrísimo pie de autor. Tuvo que admitir que se sentía como tener su nombre en las luces.

—¿Tú? —preguntó, impresionado.

Dean recordó cómo tantos extranjeros todavía respetaban la palabra escrita. Permanecía tan intrínseca a sus culturas como la televisión por cable lo era para los americanos.

El vendedor escudriñó el titular, sacudiendo la cabeza.

—Todo por dinero —dijo—. Como siempre, ¿verdad?

Más tarde, Dean estaba feliz de recibir correos electrónicos de amigos y conocidos que alababan su artículo. Pero no se animó. Sabía que las historias sobre eventos en países extranjeros no despertaban mucho interés, excepto quizás en Nueva York con sus legiones de inmigrantes.

Dean se mantuvo en contacto con el editor del periódico durante las siguientes semanas, lanzando historias. Pero casi todas sus breves y cordiales conversaciones por correo electrónico terminaron con la misma línea.

"Haznos saber cuando tengas algo más que compartir con nosotros".

La historia de Dean iba y venía en el ciclo de noticias de hiper-tiempo. La bestia de los medios era omnívora. La revelación de un orfanato que traficaba con niños fue un titular menor durante unas horas (sección de noticias mundiales, página 4), luego fue barrido del registro por otros nuevos. Dean esperaba más reacción, indignación quizás, o simple interés. La historia fue amplificada por unos pocos sitios web que recogieron la denuncia, pero el reportaje no pudo seguir el ritmo de la bestia que exigía nuevas noticias.

Había un lector atento. Una semana después de que apareciera el artículo, Dean recibió una nota manuscrita enviada por el editor del periódico. Fue publicada y fechada en la oficina alquilada de Moisson en Nueva York.

¡Saludos Dean!

No son las relaciones públicas que buscábamos. Pero leí tu artículo con considerable admiración y tristeza. Ofendiste a mucha gente, incluyendo a nuestra junta directiva, pero a nadie más que a los más cercanos a ti. Lo lamento. Pero escribiste lo que estabas obligado a escribir. Es tu vocación. Pensé que podría ser la mía una vez, pero la ley me encontró primero.

Dean podía oír la cálida voz de Nelson. Se frotó distraídamente el borde del papel entre el dedo y el pulgar, fascinado por recibir una carta genuina y física. Ya no conocía a nadie que las escribiera.

También te escribo para contarte. Herve Frenois no ha sido visto por semanas. No asistió al funeral. Incluso sin una investigación oficial, la publicidad no podría haber caído bien con un equipo acostumbrado a operar en la oscuridad.

Que Dios nos proteja a todos.

Saludos,

Nelson

Dean había citado a Herve en el artículo después de que afirmara que todo lo que él y el Padre Charles habían emprendido estaba dentro de la ley, sancionado por el gobierno y otras agencias. Era una mentira descarada, por supuesto, pero Herve supuso astutamente que nadie comprometería recursos para investigar el supuesto blanqueo de niños.

A nadie le importaba. Dean se sintió enojado como si hubiera sido estafado. Se suponía que esta historia iba a importar, para marcar la diferencia. Hizo mucho más daño que bien y ¿para qué? Se había engañado a sí mismo, pensó amargamente. Grace puede haber tenido razón con ese dicho haitiano. Había mostrado lo que amaba y ahora sabía quién era, y no era bonito.

HERVE NO ASISTIÓ AL FUNERAL. No necesitaba ir. Los ritos tristes eran para el consuelo de los vivos, no para Poppy. El sacerdote se fue con su Salvador. Poppy predicaba que la próxima vida era la meta de los vivos. Allí se uniría con el Padre, el Hijo y el Espíritu Santo. Pero, para Poppy, estaría con el Hijo de Dios, el hombre que vino a la tierra a sufrir por todos.

Herve no se creyó ni una palabra. Había mucho sufrimiento, y ningún hombre, ninguna crucifixión, iba a cambiar eso. Era una locura pensar que una persona sufriría voluntariamente por alguien más. La gente simplemente no hacía eso. El interés propio gobernaba.

Mientras caminaba por la calle oscura y sin luz hacia el Mercedes estacionado, escuchó a una pareja discutiendo fuertemente, sus voces rebotando en las fachadas de las casas de bloques de cemento como disparos. Las tensiones se agravaron en una noche calurosa y húmeda como ésta. El aire estaba muerto todavía.

Herve planeaba ir en coche al centro comunitario de Coluers. Había estado yendo todas las noches desde el accidente del barco. Grace se había hecho cargo de la administración por el momento y siempre estaba ahí para hablar. Ambos lo echaban de menos. Pero Herve se sorprendió de lo mucho que le preocupaba la muerte de Poppy. Durante semanas, evitó hablar con nadie. Compró algunas mujeres para aliviar su tristeza. Pero tampoco podía sentirse así.

Herve vivió un sueño despierto en el que veía al nervioso y sonriente sacerdote que amaba los filetes poco hechos, pero también al niño regordete que era su único amigo cuando eran niños. Su único amigo. Ahora se había ido. Pero la finalidad no lo tocaría. En su visión, Herve observaba cómo Poppy entraba a tropezones en el centro comunitario, sonriendo, diciéndole cómo Dios lo rescató del mar.

—Tienes que creer, Herve. Un día tendrás que hacerlo —Poppy le había dado más de una conferencia.

—¿Por qué?

—Porque no tendrás otra opción.

Herve se detuvo junto a la puerta principal de su coche, notando la suciedad endurecida en las llantas de los neumáticos delanteros. Es molesto. Le pagó a uno de los chicos del vecindario para que lavara y encerara el coche. Al menos la pintura lisa brillaba como el torso de una mujer a la tenue luz de las estrellas. A Herve le gustaba pensar que su coche era una mujer, y se deslizó dentro con gusto.

Sabía que la vida sería difícil sin Charles. No había forma de reemplazarlo como amigo. Pero el orfanato iba a necesitar a alguien. Le gustaba la idea de Grace. Era una *restavek*. Los niños se vendían por buenas razones. Cuando ella olía bien el dinero, cualquier objeción se desvanecía como el humo. Las mujeres amaban el dinero más que cualquier otra cosa. Prometió comodidad y seguridad y ropa sin fin. Grace no era diferente.

Herve todavía la quería mucho. Su cuerpo también podía ser traído de vuelta. No podía aguantar mucho más tiempo, especialmente sin el blan. Lo mismo de siempre. El hombre blanco tomó lo que vino a buscar y dejó un desastre para que alguien más lo limpiara, o no.

Herve escuchó el sonido de un coche acercándose por detrás de él. Se giró cuando aparecieron los faros. Se movía rápido, más rápido de lo que nunca había visto en la somnolienta Leogane. Herve se congeló en una confusión momentánea, pero lo sabía. Era un miedo que le perseguía como a tantos otros. Era tan parte de su historia como la libertad.

El viejo coche se detuvo, y se perdió una colisión con la parte trasera de su coche. Vio a los hombres que estaban dentro. Uno llevaba gafas de sol. Herve insertó la llave y giró. Todavía había una oportunidad de arrancar el coche y escapar. No serían capaces de seguir el ritmo. Pero no pasó nada. Giró la llave en la dirección opuesta y las cerraduras se abrieron.

Las puertas del coche se abrieron detrás de él. Las pisadas resonaron como disparos. Los perros ladraban desesperadamente en la distancia. Herve giró la llave para arrancar el motor. Las puertas se abrieron de golpe. Entró en acción, sorprendido por el golpe en la parte posterior de su cabeza, luego todo se puso blanco antes de perder el conocimiento.

LOS OJOS DE CYNTHIA SE ENTRECERRARON FRÍAMENTE MIENTRAS LO OBSERVABA. Las voces de los otros comensales del café se mezclaban con el tenue estruendo de los platos y cubiertos. Ambos se sentaron silenciosos y pensativos a la luz tenue de la vela de la mesa. Dean sabía que algo se avecinaba.

—¿Conociste a alguien allí? —preguntó Cynthia.

La pregunta fue casual, no de confrontación. Se expresó en el mismo tono que si hubiera preguntado si los mosquitos eran malos en Haití.

Dean fue honesto hasta la médula. Pero creía que esta vez no debía decir la verdad. No tenía sentido. Grace nunca dejaría Haití, y él estaba de vuelta en casa. No quería tener una confrontación de todos modos.

—Conocí a mucha gente —dijo Dean.

—Estoy segura de que lo hiciste —dijo Cynthia, mirando la cena sin comer en su plato. El glaseado del tofu a la parrilla se había enfriado y endurecido.

—¿Por qué?

—Porque has estado actuando de forma diferente desde que has vuelto —dijo Cynthia. Pudo ver que ella había estado pensando en ello durante algún tiempo—. Has actuado diferente conmigo —añadió.

—Comencé una nueva carrera, por el amor de Dios —dijo Dean. Se dijo a sí mismo de que probablemente se sentiría diferente incluso si no hubiera conocido a Grace. Pero tampoco había dejado de pensar en ella, recordando el aroma de las flores del árbol milagroso que se desprendía de ella en el aire húmedo y suave.

—Sí, una nueva carrera —dijo Cynthia y tomó su tenedor de plata y cortó un trozo de tofu. Dean podía oler la salsa de soja, un aroma que parecía emanar de todo el restaurante vegetariano.

—Soy consciente de que no lo apruebas —dijo Dean. Se había puesto furiosa cuando anunció que dejaba la empresa y volvía al trabajo que más le gustaba.

—Quién sabe, tal vez puedas ganarte la vida esta vez.

—Es una vida honesta.

—¿Es eso lo que son estas denuncias?

Dean se quedó en silencio. Entendió que su artículo había ayudado a cerrar el orfanato y las vidas de muchos niños desesperados. No tenían adónde ir. Había convertido a tantos en huérfanos hambrientos.

—La verdad te hará libre —dijo Dean. Fue una locura, y él no lo creía realmente, pero era demasiado tarde.

—¿Libre? ¿Te sientes libre, Dean?

Dean no tenía una respuesta. Se sentía culpable de que su reportaje había puesto fin al único hogar que esos niños conocían. No habría nadie que los alimentara, los alojara o cuidara de sus vidas. Por supuesto, tampoco serían vendidos como esclavos.

—Tienes razón. Necesito hacer algo —dijo Dean. Miró la ensalada de col rizada que había pedido. El aceite de sésamo en las hojas oscuras brillaba, oliendo a humo dulce. Aún no lo había probado.

—¿Como?

—Debería hacer algo —repitió Dean, queriendo convencerse a sí mismo—. No solo informar. Involucrarme.

—Oh Dios mío, Dean. ¿Ahora vas a ser un trabajador social?

Dean se encogió de hombros.

—Suenas como un niño. Y estás muy lejos de eso.

—Debería volver —dijo Dean. No pudo evitar pensar en Grace. La cara de Cynthia se puso tensa por la sorpresa. Tomó su bocado de comida como si su garganta estuviera seca y tuviera problemas para tragar. Finalmente, ella lo miró, sus ojos se tensaron y estuvo a punto de llorar.

—Conociste a alguien —dijo Cynthia—. Eres una mierda.

Cynthia se sentó en frío silencio. Unos momentos después, se rio de repente. Estaba oscuro y sardónico.

—¿Sabes qué es lo gracioso? No estoy realmente triste. Solo estoy enojada porque mentiste e intentaste encubrir lo que no puedes.

—Lo siento —dijo Dean.

—Cállate —dijo Cynthia—. Solo cállate.

DEAN SE MUDÓ DE SU APARTAMENTO UNOS DÍAS
DESPUÉS. Encontró un estudio subarrendado en el
East Village con una ventana que daba a una escalera
de incendios. La luz se filtraba al mediodía pero solo
por unas horas antes de que se oscureciera en el
interior, luego llegó la oscuridad. Hubo momentos en
los que se sintió como si viviera en una tumba. Pero
su nueva aventura como reportero independiente a
tiempo completo le mantuvo el ánimo alto. Se había
convertido en lo que una vez fue, lo que se suponía
que era su vocación. Sin embargo, se sentía como
un logro vacío. No era más feliz de lo que había
sido antes. Empezaba a sentirse perdido. El nuevo
camino por el que transitaba no era el adecuado.

En la CNN, la pantalla plana de la pared parloteaba mientras se conectaba a su ordenador. Vapor intenso salía de su café caliente de la mañana que estaba a su lado. Había dejado caer un panecillo inglés en la tostadora, que sabía que no iba a comer, pero se había convertido en su rutina. Su bandeja de entrada estaba inundada de correo basura a pesar de los filtros. Buscaba respuestas a los correos electrónicos que había enviado anoche sobre su nueva historia. Mientras tanto, los titulares de las noticias y las cintas de teletipo del mercado de valores fluían a través de la pantalla del televisor, cambiando a anuncios estridentes en medio de la corriente y luego de nuevo a los titulares. Lo que era extraño era que el anunciador repitiera la fecha, el 12 de enero. Bien, pensó Dean, así que es el 12 de enero.

Entonces el lector de noticias dijo algo que no estaba seguro de haber escuchado correctamente. Era un nombre familiar. La segunda vez que Dean lo oyó bien: Leogane. Miró hacia la pantalla. Parecía ser una especie de campo de refugiados. Entonces, la repetición comenzó. Leogane fue el epicentro del terremoto. Por supuesto. Leogane. El nombre de la casa de Herve explotó en su mente. Un terremoto había golpeado. Las ciudades fueron arrasadas. Miles de muertos entre casas y edificios que se derrumbaban.

Dean se volvió de su escritorio a la pequeña sala de estar para ver las imágenes. No era el mismo país. Las chabolas explotaron en un vasto y extenso mar de ladrillos, tierra y escombros. Las colinas se arrasaron. Las ciudades explotaron como si hubieran sido el objetivo de un asalto aéreo. Los rostros abatidos, llorando. Cadáveres en la calle.

Leogane había sido más golpeada que Puerto Príncipe. Coluers, sabía, estaba a menos de media hora en coche. Fácilmente rodeado en la zona del terremoto. Adivinó que Grace había estado en el centro comunitario o en su panadería. La imaginó allí, con la cara cubierta de harina blanca. Dean sintió como si estuviera en un sueño, sin entender realmente lo que estaba pasando a su alrededor.

Dean agarró su celular. Llamó al número de Nelson en la ONG. Pero estaba ocupado, probablemente atascado con otras llamadas. Dean caminaba por su estrecho pasillo. Llamó a la Embajada de Haití en el centro. Un contestador automático recogió. Tenía que averiguar qué le había pasado a Grace. Se imaginó el orfanato endeble, el suelo que se elevaba, aterrorizando a los niños, las paredes aplanadas como fichas de dominó.

No había vuelos comerciales a Haití. Pasó casi una semana antes de que Dean pudiera hablar con los Servicios Católicos de Ayuda para conseguir un asiento en un vuelo chárter. Compartió el pequeño y estrecho avión de hélice con los ayudantes que acostumbraban a volar a las zonas de desastre. Dormían a través del aire inestable que tiraba del avión arriba y abajo como un yo-yo.

Un miembro del personal de la Cruz Roja le había advertido que Haití seguía siendo un caos desde el "*bayat la*", como lo llamaba la gente. *Esa cosa.* El aterrador estruendo de las réplicas continuaba.

Dean contrató a un conductor para que lo llevara directamente a Coluers y evitara la ciudad, o lo que quedaba de ella. Él informaría sobre Puerto Príncipe más tarde.

En Coluers, Dean se sorprendió al ver que no había ruinas, ni sufrimientos por el terremoto. En su lugar, había el bullicio y el zumbido del progreso. Las mujeres de la panadería, todavía con sus delantales blancos y gorras de béisbol rozadas con harina de pan, sonreían mientras se apresuraban a pasar el blanco hacia el autobús. Hubo una explosión de risas desde el interior del tap-tap donde los trabajadores habían desaparecido.

Dean subió a la terraza de cemento fuera de la panadería. Un poco de barro salió volando de sus zapatos, esparciéndose en el cemento blanco de la pasta de dientes, y se arrepintió de haberlo ensuciado. Se había instalado un nuevo banco de picnic cerca, que parecía una parada de descanso en la autopista de Connecticut. Escuchó una radio parloteando desde dentro de la panadería, luego el estallido del rock Kreyol, sonando familiarmente, como cualquier estación de música pop a todo volumen desde una bodega en las calles de Nueva York.

Cuando se acercó al edificio, tan blanco como la terraza, vio sacos de harina apilados casi hasta el techo. Lámparas desnudas colgaban de los techos de hormigón, iluminando los amplios hornos de acero sin manchas. Dean estaba impresionado con el progreso que había tenido lugar en la panadería en los meses que había estado fuera. Funcionaba completamente ahora y estaba mejor abastecida que cualquier tienda que hubiera visto en el país.

Caminó con aprensión hacia la sala del horno, junto a los sacos de harina, buscando. Una radio portátil barata, sin ser vista, estaba reproduciendo una balada en kreyol. Dio la vuelta a la esquina antes de ver a la mujer que había ido a buscar. Incluso entonces, no estaba seguro de lo que haría.

Grace se paró en una mesa de acero inoxidable, amasando masa. Un pañuelo rojo cubría su cabeza como un velo. Sus orgullosos pómulos brillaban con el sudor; una raya de harina blanca se extendió sobre uno como si fuera maquillaje. Grace trabajaba duro, completamente concentrada en la tarea. La estudió sin sentido del tiempo, admirando su familiar belleza con asombro.

Grace se volvió para mirarlo. Sus ojos apenas se registraron por un momento. Dean pensó que había cometido un terrible error al regresar. Había juzgado mal los sentimientos de ella por él, asumiendo que eran tan vitales como los de él. No sabía qué hacer.

De repente, el viejo yo de Grace regresó, sus ojos se iluminaron con afecto. Sus labios apretados se relajaron, y luego creció una amplia sonrisa. Ella le sonrió, y él se sintió sonriendo como un niño. No había juzgado mal sus sentimientos.

Mientras caminaba hacia ella, ella revisó la masa en sus manos enharinadas. Sus ojos se llenaron de lágrimas cuando se encontró con el suyo.

—Tenía que volver —dijo Dean, como si se necesitara una explicación.

Los labios de Grace temblaban mientras su cara se tensaba con tal intensidad que se le veían venas en las sienes. Él pensó que ella iba a gritarle o a desmayarse. Dean se acercó pero se detuvo justo fuera de su alcance, temeroso de que pudiera molestarla más.

—La panadería está bien —dijo, desconcertado en su voz.

—¿Y Coluers?

Ella se puso tensa cuando él le tocó el hombro con la mano. Dean retiró su mano pero la miró de cerca, temeroso.

—Se ha ido —dijo ella—. El orfanato está en mal estado, pero ninguno de los niños fue herido.

—Es un milagro —dijo él, asombrado. Dean no podía imaginar que los barracones de madera contrachapada pudieran resistir la fuerza de la tierra en movimiento.

Sus ojos brillaban con una desesperación que nunca antes había visto, ni siquiera después de la pérdida del Padre Charles. Dean siguió adelante, sintiéndose desesperado. Había regresado para estar con ella. Pero no podía invocar ninguna palabra para expresarse. Estaba abrumado.

—¿Volviste para reportar? —Grace preguntó, con frialdad.

Dean sintió la separación, silenciosa pero temblando debajo de ellos como un terremoto. Ella se estaba alejando de él. Dean sacudió la cabeza cuando se encontró con su mirada interrogante. Pero aún así, las palabras no vendrían.

—Tengo que volver al trabajo —dijo Grace, limpiándose las manos en su sucio delantal—. Es todo lo que podemos hacer ahora.

Grace se alejó, mecánicamente, dejándolo sin aliento. Dean no podía creer lo que estaba permitiendo que sucediera. Era como ver un accidente en cámara lenta, un vaso cayendo de una mesa momentos antes de que se rompiera en el suelo.

—Grace —llamó. Se detuvo y se dio vuelta lentamente. Parecía simplemente curiosa, como si quisiera hacer una pregunta trivial.

Dean se sintió tonto, humillado. Había regresado para sacarla de sus casillas, pero cuando llegó el momento, no pudo hacerlo. En su lugar, se paró en el barro en un camino vacío sin ningún lugar a donde ir.

El quejido de un motor distante rompió el silencio. Grace se volvió a la panadería sin decir una palabra.

El brillante tap-tap apareció en la curva, la luz del sol rebotando en el exuberante graffiti. Dean se adelantó como un sonámbulo mientras el autobús disminuía su velocidad y se entrecerraba para tomar asiento. Mientras el autobús se tambaleaba hacia adelante, él se robó una última mirada por la ventana.

Grace se acercaba al autobús. Dean ni siquiera era consciente de la rapidez con que se levantó de su asiento o de la orden gritada al conductor de abrir la puerta. Él saltó fuera mucho antes de que el tap-tap incluso disminuyera la velocidad, de modo que salió de la carretera tan pronto como se golpeó y cayó sobre su hombro. Luego se apartó de la carretera y se dirigió rápidamente hacia ella.

Se detuvieron a unos pasos uno del otro como si hubiera una línea divisoria. La distancia entre ellos era pequeña, pero parecía ampliarse con cada momento de vacilación y confusión. Dean luchó por recuperar el aliento, viendo su cuello y su pecho agitarse, tensándose bajo la delgada camisa.

—¿Por qué has vuelto? —Grace preguntó, finalmente, las lágrimas goteaban por sus polvorientas mejillas—. ¿No puedes decírmelo? ¿Por qué?

—Por ti, Grace. Solo por ti.

Las palabras salieron de él. Sintió una sensación de triunfo y también de miedo, una vulnerabilidad que no le gustaba, que lo empujaba hacia adelante. Estaba atrapado en una corriente desconocida, sintiendo que su vida cambiaba, arrastrándolo hacia adelante, estuviera listo o no.

Se abrazaron el uno al otro. Dean se aferró, sintiendo sus cuerpos unidos sin pensar en soltarse nunca.

Vieron la nube de polvo que se arremolinaba después del tap-tap, a la vuelta de la esquina y bajando la montaña desnuda. Se quedaron solos en el camino azotado por el sol. Una brisa caliente se agitó y luego se derrumbó, y fueron rodeados por el rugido de las cigarras.

Besó el lado de su cabeza más cercano a él, probando su pelo húmedo, oliendo su sudor. Sintió su corazón acelerado, temblando contra su caja torácica. Alisó su pelo con reflejos, queriendo calmarla. Se sorprendió al sentir de repente su propio pecho latiendo tan rápido como el de ella.

Después de un largo momento, Grace se escabulló, tomando sus dos manos mientras lo hacía. Se miraron el uno al otro y se rieron.

—Te amo, Grace Mouzon —dijo Dean. Se sintió expuesto y solo, como si estuviera compartiendo un secreto.

—Lo sé —dijo Grace.

Dean echó un vistazo a la colina del centro comunitario situado en la cima de la colina. Recordó cómo había empezado cuando la conoció saliendo de las sombras de la puerta del hotel, emocionado y luego asustado, como si hubiera conocido algo más que una mujer encantadora en un porche oscuro y barrido por la lluvia. Era algo así como el destino. La pregunta entonces, como ahora, era si él era lo suficientemente abierto y fuerte para abrazarla.

—Quiero quedarme aquí contigo —dijo Dean.

—¿Aquí? —Grace dijo, sus labios formaban una sonrisa de vergüenza.

—Sí, aquí —dijo Dean.

—Estás enamorado —dijo Grace.

Se inclinó y se encontró con sus labios abiertos. Se besaron tiernamente; sus lenguas se entrelazaron como sus dedos húmedos. Cuando finalmente se retiraron, una brisa inesperada los tocó. Se tomaron de la mano, uno frente al otro.

Su labio inferior traicionó un ligero, casi con un invisible temblor. La estudió, recordando su pasado, los sentimientos de indignidad que se elevaban en ella en igual medida que su confianza general en sí misma.

—Te amo, Grace.

—Tú lo has dicho —dijo Grace, sonriendo, con sus ojos brillantes, con pasión. Se puso detrás de ella y se desató su delantal blanco. Se quitó los hombros y dejó que se cayera al camino. Se quitó su pañuelo rojo y agitó su pelo, que rebotó en la vida con un aire coqueto que le hizo reír.

—¿Qué estás haciendo? —preguntó Dean.

—Tomando un descanso.

Ella se paró frente a él, con sus largos brazos a los lados. Su pose y expresión le hizo imaginar a la desgarbada Grace de doce años, de pie fuera de la iglesia donde el Padre Charles la rescataría y le daría la promesa de una nueva vida.

—¿Qué hay de Nueva York? —preguntó Grace.

Se giraron juntos como por costumbre y empezaron a caminar en dirección a Coluers. Una tranquila sobriedad descendió sobre ellos como la luz que se desvanece durante el día.

—El centro se ha ido —le recordó.

—Pero el orfanato —dijo Dean—. ¿Quién cuida a los niños allí?

Grace no respondió. Dean se sintió incómodo a su lado, mirando el camino rural vacío. Sintió su mano en la suya, de repente, y se relajó.

DEAN SE DESPERTÓ CON ESCALOFRÍOS. La sombra de la mañana era fría y húmeda. No había vidrio en la ventana, solo un hueco para uno. La cabaña de madera contrachapada hacía que se sintiera como si estuvieran acampando y simplemente de paso. Salió de la cama vacía pero aún caliente y notó la luz del sol golpeando la plaza de hierba, teñida con un vapor ahumado. Respiró rápido, saboreando la dulce humedad. Pronto estaría lo suficientemente caliente. Ya se dio cuenta de que le gustaba.

Los niños todavía estaban dormidos. Pero la selva que los rodeaba se agitaba con el grito de pájaros invisibles y el parloteo de los insectos. Dean caminó a través del rellano de tablas, la madera recién tratada manchada con arsénico verde, y bajó los dos escalones hasta la hierba. Pensó en la pintura que se iniciará hoy. Había recogido los suministros él mismo días antes en un almacén del aeropuerto.

El sonido de los motores y el olor a bencina que se aferraba al aire húmedo del aeropuerto le trajeron recuerdos inesperados. Lo más destacado era la familiaridad, la sensación de viaje, de empezar de nuevo. Tal vez solo había sido la rutina de llegar a un nuevo aeropuerto en otra ciudad, pero había la inconfundible sensación de posibilidad incluso en eso.

Grace se había despertado temprano y había ido de excursión al centro para conseguir provisiones para el desayuno. La comida escaseó un día más hasta que llegó el camión de Leogane. Dean estaba trabajando para cambiar el sistema de entrega e incluso la comida misma. El arroz y los frijoles no eran suficientes. Podrían hacerlo mejor. Los niños se lo merecían.

—¡*Blan*! —la aguda voz femenina lo asustó. Dean se giró para encontrar a Katrine parada detrás de él, con las manos en sus pequeñas caderas, mirándolo fijamente. Era la niña más vocal y estridente del orfanato, un hecho que no siempre le gustó. Katrine podía ser una molestia.

—*Bewn jou* —dijo Dean—. Te has levantado temprano.

—Tengo hambre, *blan*.

Dean asintió. Caminó hacia ella y la tomó en sus brazos.

Sus ojos oscuros le miraron.

—Yo también tengo hambre, Katrine. Comeremos pronto.

La niña asintió, complacida.

—¿Qué?

—¿Qué comeremos? Comida.

—¿Gachas de avena? ¿Fruta?

—Moringa tal vez —dijo Dean. Había crecido para que le gustaran las judías milagrosas cuando se hace puré y se condimenta en caliente.

—¿Eso es todo?

Dean no sabía qué tipo de comida traería Grace al orfanato. También esperaba que hubiera baguettes de la panadería, aunque tuvieran días de antigüedad y fueran un poco duras. Sabían maravillosas con la mantequilla de Francia, un alimento básico enviado por una ONG con sede en París.

—Un festín, Katrine —dijo Dean, sonriendo. Se frotó la nariz con la de ella hasta que ella se rio. De repente, ella puso su pequeña mano en su cara húmeda y la dejó allí, estudiando su piel.

—Creo que te llamaré papá —dijo.

—¿No más *blan*?

—*Poppa Blan* —dijo y se rio.

Dean sonrió y caminó con ella hacia el centro de atención creado por el sol lo calentó instantáneamente. Le encantaba abrazar a la niña como si fuera su propia hija. Ignoró el mosquito que le picó en el cuello. Era, como el calor incesante, una parte de la vida en las altas montañas.

Otros libros por **WILLIAM PETRICK**

En una remota selva tropical de Belice, un cineasta arriesga todo para conseguir su historia.

LOS CINCO DÍAS PERDIDOS

".... me hace agradecer todas las llamadas cercanas que evité en toda una vida de reportajes documentales.... absolutamente creíbles y francamente aterradores."
– Bill Moyers, legendario periodista y ganador de más de 30 premios Emmy

---

Un videógrafo obsesivo se lanza a filmar su propio salto en paracaídas, con un error fatal. El padre de un asesino condenado se enfrenta a una ambiciosa reportera ansiosa por hacer carrera. Un asesor de prensa corporativo aprende que a veces la verdad absoluta es la mentira más efectiva. Historias de la vida en los medios de comunicación de los espejos.

VIDEO VÉRITÉ Y OTRAS HISTORIAS

"... los cuentos poderosos te darán mucho en qué pensar y permanecerán contigo mucho tiempo después de que hayas terminado el libro."
– Seattle Post-Intelligencer

Visit **PearhousePress.com**